KB245972

청년 **김구**

청년 김구

이해경 장편소설

창수의 수업 시대

"자네 김구를 나쁘지 않게 생각하는 모양인데…… 그런가?" "사
랑스런 테러리스트 아냐?" "됐어. 그럼 우리 김구 선생 묘를 참
배하는 게 어때?" (……) 아스팔트 위에는 낙엽들이 자그마한 휴
지조각처럼 굴러다닌다. 늘 보지만 이 길은 조용한 거리다. 승은(承
思)은 학(鶴)의 옆구리를 꾹 찌르며 말했다. "봐, 세상은 아무 일
없는 것 같지?" 학은 한참 말없이 있다가, "글쎄, 정말 아무 일
도 없는지도 모르지." (……) 효창공원 바로 앞에서 내려 그들은
걸어갔다. 아래로 내려다보이는 학교 뜰을 학생 서넛이 지나가는
것이 보인다. "오승은 씨, 자넨 연애에 대해서 어떻게 생각하나?"
정도가 말했다. "애국지사의 묘를 참배하러 가는 길에서 그런 말
하면 못써." 승은이 점잖게 타일렀다. 정도는 킥 웃었다. 그들은
김구 선생 묘 앞에 섰다. "기분이 묘한데?" 승은의 말. "왜?" 김
학. "쑥스럽다." 김명식. "애국지사의 묘 앞에서 쑥스럽다는 것
은?" 김학. "글쎄, 그러니까 말이야." 김명식. "내 말은 그게 아

니야.” 오승은. “그럼?” 김명식. “스릴이 있단 말이야.” 오승은. “스릴?” 김학. “대통령이 지나가는 연도에서 손뼉을 치는 것과 꼭 반대의 일을 하고 있단 말이야. 우리는, 지금…… 앗, 앉아라!” 그들은 일제히 주저앉았다. 그리고 꼭 같이 주변을 재빨리 살폈다. “핫핫하……” 승은은 좋아서 깔깔 웃으면서 잔디 풀 위에 뒹굴었다. 세 사람은 병신처럼 쭈그리고 앉은 채 그가 좋아하는 모양을 바라보았다. “호호…… 아 통쾌하다. 왜 그러고 있어. 오줌 누는 거야? 누워.” 그제야 속은 줄 안 세 사람은 묘소 쪽을 머리로 하고 드러누웠다. 그들 네 사람은 승은의 장난에 대해서 나타낸 자기들의 반응이 뜻하는 것을 생각하면서 누워 있었다. 이윽고, “지사(志士)의 묘를 방문하면서 스릴을 느낀대서야.” 승은은 신음하듯 그렇게 말했다. 그들의 발치 저만치에서 어린 계집애들이 줄넘기를 하고 있다.

—최인훈, 『회색인』에서

표류

1896년 2월 하순의 어느 날, 창수는 배를 타고 강물 위에 떠 있었다. 떠서 흔들리는 것은 그의 팔자였다. 그날 창수는 평안도 용강을 떠나 황해도 안악으로 가기 위해 강을 건너는 중이었다. 겨우내 얼어붙었던 대동강 하류에는 커다란 얼음이 떼를 지어 떠다녔다. 강가에서 바라볼 때 그것은 장관이었지만, 배 안에서 바라볼 때 그것은 재앙이었다. 얼음 덩어리들이 배를 둘러싸기라도 하면 오도 가도 못해 떼죽음을 당할 수도 있음을 사공은 알고 있었다. 그저 알고 있을 뿐, 알면서도 먹고살기 위해 목숨 걸고 배를 띄웠을 뿐, 그날따라 자석에 끌리는 쇠붙이마냥 배 주위로 모여드는 작은 빙산들을 막을 재간은 없었다. 배는 삽시간에 얼음 감옥에 갇혀 오락가락하는 신세가 되고 말았다. 바다가 보이는 남포 하구까지 떠내려갔다가 조수에 밀려 되돌아오기를 거듭하는 이상한 표류였다.

배는 어른 열 명을 태울 수 있는 중형 나룻배였다. 한 폭짜리 작은 돛으로는 얼음의 무게를 이길 수 없었다. 사공은 돛을 내리고 삿대를 잡았다. 배의 위치는 강의 한복판이었다. 삿대는 강바닥에 닿지 않았다. 삿대 끝에 달린 노를 휘젓는 기술도 써먹을 수 없었다. 물살을 채기에는 얼음 틈새가 너무 좁은 탓이었다. 날이 저물어 사공은 비상용 횃불을 밝혔다. 멀리서 보면 배는 유리 장식을 두른 등불처럼 아름다웠다. 그 안에서 춥고 배고픈 승객들은 울부짖으며 하느님이나 어머니를 찾았다. 창수는 망설이는 자신의 등을 떠밀어 기어코 사람들 앞에 나섰다.

"운다고 죽을 목숨이 살아난답니까. 사공한테만 배를 맡겨둘 게 아니라, 우리 힘을 합쳐서 빙산을 밀어냅시다."

사공이 많으면 배가 산으로 간다는 말이 이럴 때는 구원의 소리였다. 창수의 제안을 가장 반긴 사람은 사공이었다. 창수는 생각했다. 빙산을 밀어내지는 못하더라도, 다들 힘을 쓰고 나면 추위는 좀 가시겠지. 배는 더 고프려나. 불쌍하지만 저 녀석이라도 잡아먹는 수밖에. 창수는 뱃전에 매인 나귀 한 마리를 바라봤다. 홀로 의연한 모습이었다.

힘을 합치기는 생각보다 어려웠다. 상대는 차갑고 미끄러웠다. 배 안에서 바둥거려봐야 헛수고 아닐까. 판단과 동시에 창수는 몸을 날려 얼음판으로 건너갔다. 그를 따라 하는 사람은 아무도 없었다. 여자들은 비명을 질렀고 남자들은 탄성을 발했을 뿐이었다. 바람은 태풍처럼 사나웠고 물결은 바다처럼 거칠었다. 창수는 몸의 균형을 잡기 위해 두 팔을 벌리고 쪼그려 앉았다. 그의 시린 등

줄기를 타고 한줄기 식은땀이 흘러내렸다. 이러다가 나만 물에 빠져 죽는 거 아닌가. 잠자코 있을 것이지 괜히 나서가지고는……

하지만 아무 한 것도 없이 배로 돌아갈 수는 없는 일이었다. 돌아가는 일이 쉬워 보이지도 않았다. 창수는 기다시피 걸음을 옮겨 가장 큰 얼음 덩어리에 매달렸다. 흔들림이 한결 덜해서 견딜 만했다. 찬찬히 살펴보니 뱃머리에 몰려 있는 만만한 얼음 조각들이 눈에 띄었다. 저것들을 발로 밀어내면 배가 빠져나갈 틈이 생길 수도 있겠군. 배 안의 사람들은 기대 반 걱정 반으로 창수의 몸놀림을 주시하고 있었다. 창수는 뭔지 모를 아득한 예감에 몸을 떨었다.

지연

계획대로 길을 갔다면 창수가 건너는 강은 압록강이어야 했다. 목적지는 베이징이었다. 거기 가서 뭘 하겠다는 계획은 없이 봇짐 하나 둘러메고 떠난 나그네 길이었다. 가면 보일 것이고, 보이면 잡을 수 있으리라. 보기 전에는 알 수 없다는 믿음이 낯선 세상에 뛰어들려 하는 창수의 유일한 준비였다. 그의 나이 만 스무 살, 겁 없는 청춘이었다.

중국으로 향하던 창수의 발길을 돌려놓은 것은 어떤 소문이었다. 경성의 종로 거리에서 큰 소동이 일어나 조선인이 일본인을 죽이고 그들의 집을 부수고…… 충청 전라 경상 각지에서 의병이 들고 일어날 조짐이라고도 했다. 그게 사실이라면 굳이 나라를 떠날 까닭이 없다는 게 창수의 생각이었다. 돌아가서 사태의 추이를 관망하리라. 그러나 지켜보기만 하는 것은 그에게 어울리지 않는 일이었다. 혹은 다 지켜보는 데 이십 년이 넘게 걸린 셈이었다. 미루어진 그의 중국행이 이루어질 때까지.

창수의 이십 년을 바꿔놓은 소문의 뿌리는 단발령이었다. 조선 남자들의 머리 모양을 강제로 바꿔놓겠다는 친일내각의 해괴망측한 법령. 그러지 않아도 일본에 대한 조선인의 감정이 극도로 악화된 시기였다. 차라리 목을 자르라며 통곡하는 선비들이 줄을 섰는데, 일각에서는 그들의 반응 또한 적절치 못하다는 반응을 보이기도 했다. 겨레의 목숨이 위태로운 마당에 머리카락 길이가 대수냐는 지적이었다.

대다수의 평민들은 상투를 잘리기도 싫었지만 신체발부 수지부모했다 하여 머리카락 대신 머리를 통째로 잘릴 뜻은 더욱 없었다. 머리도 엄연히 부모에게 받은 신체의 일부이므로 그들의 입장은 떳떳했다. 길을 가다가 관헌의 단속에 걸려 머리를 깎인 이들은 그날의 사나운 운세를 탓하며 침 한번 뱉고 가던 길을 마저 갔다. 단발은 죽기보다 싫고 죽는 것도 단발 못지않게 싫은 이들은 숨어 지내거나 도망을 쳤다.

창수도 그런 이들 가운데 하나였다. 그에게 피신을 권유한 사람은 스승인 고능선이었다. 그는 강직한 한학자였다. 단발령을 받아들일 수도 있다는 이웃의 말에 그 자리에서 절교를 선언할 정도였다. 그 이웃은 안태훈이었고 그의 맏아들 이름은 중근이었다. 그런 고능선이었기에 그가 창수에게 건넨 말도 허튼소리는 아니었다.

"머리를 자르는 재앙이 닥치면 난 이 자리에서 죽어버리겠네."

다행히 자기 입장을 남에게 강요하지 않는 분별력은 있는 사람이었다.

"창수 자네는 어서 달아나게. 단발의 화를 피해야 하지 않겠나."

고능선과 맺어진 인연 속에서 미뤄진 또 한 가지는 창수의 결혼이었다. 창수는 스승의 손녀와 약혼한 사이였다. 당시의 풍속대로 양가 어른들끼리의 약속이기는 했지만, 스승의 집을 드나들며 이미 손녀의 자태를 보아온 창수였다. 그녀와 부부 사이가 된다는 게 창수는 더할 수 없이 흡족했다. 약혼 후에도 스승의 집에서 그녀와 자리를 같이할 때면 더욱 마음이 설레었고, 집에 돌아와 그녀를 생각하면 굶어도 배고프지 않았고 누워도 잠이 오지 않았다.

첫사랑이 이루어지기 힘든 것은 19세기도 마찬가지였다. 수년 전 창수의 아버지가 술김에 농담처럼 맺어놓은 혼약이 말썽이었다. 창수가 싫다고 고집을 부려 흐지부지되었던 혼사의 상대방이, 아직도 그 혼약은 유효하다며 훼방을 놓고 나선 것이었다. 그가 노리는 것은 돈이었다. 돈으로 해결할 형편이 못 되기도 했지만, 고능선의 결벽은 손녀의 혼사에 끼어든 잡음을 감당하지 못했다.

"그자가 또 온다니 어쩌면 좋은가."

평소 같지 않게 약한 모습을 보이는 스승에게 창수는 말했다.

"제가 손자사위나 되려고 선생님을 믿고 따랐겠습니까. 선생님의 가르침이 가슴에 사무칠 뿐이지요. 혼사는 틀어졌으니 사제의 의리로만 선생님을 모시렵니다.”

창수는 왜 그답지 않게 맥없이 물러서고 말았을까. 상대가 스승 앞에 칼을 꽂고 공포 분위기를 조성했다지만, 천하의 김창수가 그 얘기를 듣고 겁에 질려 꽁무니를 빼지는 않았을 것이다. 아마도 제 한 몸의 행불행에 관한 문제였기 때문에. 마음에 드는 여자와 기어코 같이 살겠다고 버티기가 민망했기 때문일 것이었다. 겉으로는 의연해 보인 창수의 마음은 서운하기 이를 데 없었다. 결혼할 기회를 놓친 그가 우여곡절 끝에 다른 여자를 아내로 맞이한 것은 그로부터 십 년 가까이 흐른 뒤였다.

선택

얼음을 간신히 헤치고 나온 창수 일행이 건너편 강가에 닿았을 때는 서산 너머로 달마저 기운 한밤중이었다. 목적지인 치하포에서 2킬로미터쯤 떨어진 기슭이었다. 살아났다는 기쁨으로 추위를 녹이고 허기를 달래며 그들은 밤길을 걸어 포구에 도착했다. 치하포 주민들은 집으로 돌아갔고 나그네들은 포구에 남아 쉴 곳을 찾았다.

여관은 손님들로 바글바글했다. 풍랑이 심해서 배편이 끊긴 탓이었다. 방은 모두 세 칸인데 어디서나 코고는 소리가 진동했다.

포성이 울리는 전쟁터에서 포복으로 힘겹게 전진하듯, 얼음을 가르는 것보다 더 어렵게 사람들 틈을 비집고 자리를 확보한 창수는, 눕자마자 코고는 대열에 합류해 깊은 잠에 빠져들었다. 혼사가 틀어지지만 않았다면 아늑한 신혼 방에서 이불 뒤집어쓰고 애틋한 부부의 정을 나눌 시간이었다.

결혼이야 사람이 어찌할 수 없는 하늘의 일이라 쳐도, 창수가 그날 그 시간에 거기서 그렇게 자빠져 있지 않을 수 있는 길은 따로 얼마든지 있었다. 창수는 왜 그날 꼭 강을 건너야 했을까. 급한 볼일이 있었던 것도 아니고, 웬만한 사공들은 하루 공치기로 작정할 만큼 파도가 거셌다는데. 그것이 바로 거침없는 창수의 뚝심이라고 하면 할 말이 없다. 그렇다면 창수의 발길을 돌려놓은 소문에 대해서는? 소문의 진위 여부와는 상관없이, 창수는 왜 남들 하는 말에 솔깃해서 인생의 중요한 결정을 뒤집어버렸을까. 그 뚝심 좋은 창수가 왜 소문일랑 흘려듣고 사나이 한번 정한 길을 계속 가지 못한 것이었을까.

국내 사정에 연연하다 세계정세의 큰 흐름을 놓쳤다고 아쉬워하는 게 아니다. 이십 년도 더 지나서야 중국에 가게 된 것이 창수 개인에게 얼마나 큰 손해였겠냐고 안타까워하는 것도 결코 아니다. 문제는, 그러는 바람에 사람을 죽였다는 것. 그 사람이 누구든, 그 사람을 왜 죽였든, 그 사람을 죽인 것에 대해 사람들이 뭐라 했든, 중요한 것은 스무 살 청년 김창수가 사람을 죽였다는 것. 그런 경험은 누구에게든 특별할 수밖에 없다. 최소한 아무도 안 죽인 경우와 같을 수는 없다. 이후의 삶이. 삶을 꾸려가는 생각과 마음이. 그 색깔과 무늬가. 죽을 때까지.

운명이란 그런 것이다. 꼭 그래야만 하는 까닭도 없이 접어든 어느 길목에서 마주쳐, 꼭 그러지 않고는 견딜 수 없는 어떤 힘에 이끌려 끝내 저질러버리고야 마는 것. 닥치기 전에는 알 수 없고, 알고 난 뒤에는 돌이킬 수 없는. 자신이 선택한 운명의 순간이 점점 다가오는 줄도 모르고 창수는 객지의 허름한 여관방에 누워 코를 골고 있었다.

살인

여관방의 아침은 밥상이 들어오면서 시작되었다. 숟가락을 집어 국물을 뜨다가 창수는 열시 방향에 앉아 있는 한 사람을 보았다. 한복 차림이 왠지 어색해 보이는 짧은 머리의 사내였다. 옆 사람과 나누는 대화를 들어보니, 황해도 장연 사람이라면서 경성 말을 쓰고 있었다. 왜놈이구나. 창수의 직감이었다. 사내의 두루마기 자락 밑으로 검은 칼집이 살짝 나왔다가 들어갔다. 그는 진남포로 간다고 했다. 창수가 떠나온 쪽을 향해 강을 건너려는 것이었다. 창수는 생각에 잠겼다.

수상한 놈이야. 왜 조선사람 행세를 하고 다니지? 뭔가 있어……혹시! 저놈이 미우라 아닐까. 우리 국모를 죽인 놈 이름이 미우

라 맞지? 그놈이 변장하고 도망다니는 게 아닐까. 적어도 미우라
의 공범쯤은 돼 보이는데. 아무튼 칼을 차고 숨어 다니는 왜놈이
라…… 좋은 놈일 리가 있겠어? 우리에게는 독버섯 같은 놈인 게
분명해. 저놈을 칵 죽여버려?

창수는 그토록 비범했다. 일본인을 알아보는 날카로운 눈썰미도
그렇거니와, 무턱대고 그를 미우라로 의심하다니. 미우라의 사진
한 장 본 적도 없으면서. 그자는 자기 나라로 돌아가 활보하고 다
닌 지 오래였다.

그토록 평범하지 않은 창수의 생각을, 이해하자고 들면 못할 것
도 없다. 넉 달 전 을미년 가을에 미우라 일당이 저지른 만행으로
인해, 청춘의 뜨거운 피가 일본에 대한 증오심으로 더욱 끓어오르
게 되었을 것은 자명하다. 국가와 사회가 해야 할 일을 안하거나
못하고 나자빠져 있을 때 그 일을 대신 하겠다고 나서야 하는 개인
의 삶은 얼마나 고단하고 위태로운가. 그렇게 이해하고 넘어갈 수
도 있으나, 또한 이렇게 시비를 걸어볼 수도 있으니……

명색이 동학의 접주를 지낸 몸으로 왕비의 복수라니. 녹두장군
전봉준의 원혼을 달래기 위한 복수라면 몰라도. 불과 두 해 전 갑
오년의 농민군을 외세에 빌붙어 진압한 조정의 실세는 어느 가문
사람들이었던가. 인간적으로야 주검마저 무참하게 유린당한 한 여
인의 죽음 앞에 치가 떨려 마땅하지만, 그녀는 다 쓰러져가는 봉
건 왕가에 시집온 비운의 왕비일 뿐 온 백성의 어머니일 수는 없
지 않은가. 왕 또한 나라의 아비 구실을 제대로 할 수 없게 된 지

오래인 것을. 그런 시대는 이미 가버린 것을.

끈질긴 것은 왕조가 아니라 백성이었다. 왕실과 조정은 무력감에 젖어 있을 때 민초들이 떨쳐 일어나 외적의 간악한 범죄를 꾸짖고 나섰다. 시아버지를 잘못 만나 고생한 왕비는 죽어서 온 백성의 어머니로 거듭났고, 일본군 예비역 중장 미우라 고로는 세기말의 조선 사회를 격분시킨 공공의 적 1호로 떠올랐다.

창수도 그토록 우직한 백성의 한 사람이었다. 그러면서도 흔히 볼 수 없는 캐릭터의 소유자, 이른바 문제적 개인이었다. 아무나 사람 죽일 생각을 하지도 않거니와, 생각한다고 진짜로 죽이지는 않는 것이다. 그것도 처음 보는 사람을. 그러니 개인적으로는 원한도 치정도 아무 이유도 없이. 하다못해 뭘 훔치겠다는 목적도 없이. 그저 나라의 치욕을 씻기 위한 앙갚음으로. 창수는 그토록 엉뚱했다.

저놈을 칵 죽여버려? 하는 생각이 들자마자 창수가 행동에 나선 것은 아니었다. 살인은 장난이 아니었고, 엉뚱할지언정 창수는 바보가 아니었다. 섣불리 덤비다가는 칵, 죽어버리는 쪽은 자신이 될 수도 있었다. 그 일본인이 혼자라는 보장도 없었다. 어쩌면 일행이 열일곱 명쯤 되는지도 모를 일이었다. 좌중을 둘러보며 창수는 다시 생각에 잠겼다.

난 맨손인데. 칼을 어떻게 당해내지? 죽으면 누가 날 알아줄까. 내 뜻을 누가 알겠냐고. 느닷없이 저놈을 덮친다 해도 주먹 한 방에 숨이 끊어질 리 없지. 사람들이 날 말리면? 몇 대 때려보지도 못하고 두 팔을 붙들리면? 그 틈에 저놈이 칼로 나를 찌르겠지. 아, 불가능한 일이야.

창수는 가슴이 답답했다. 몸도 마음도 혼란스러웠다. 제정신으로 돌아왔다는 증거였다. 누구나 잠깐 엉뚱한 생각을 할 수는 있다. 이제 그 생각의 실행이 불가능함을 깨달았으니 참으로 다행한 일이었다. 얌전히 식사를 마치고 조용히 제 갈 길을 가면 될 일이었다. 창수에게는 창수의 길이 있고, 수상한 그자에게는 또 그의 길이 있을 것이었다. 그 길이 하 수상하여 어떤 길인지는 알 수 없어도, 두 사람의 길은 그렇게 스치며 어긋나는 것이 가장 무난하고 자연스러웠다. 저 묵묵히 흐르는 대동강처럼. 창수는 그만 그 사내를 잊고 밥에 몰두해야 했다. 그것은 충분히 가능한 일이었다.

문제는 늘 갑자기 생긴다. '갑자기'가 늘 문제인지도 모른다. 갑자기, 한줄기 환한 빛처럼 또렷한 환청이 들려와 창수의 마음을 꿰뚫더니 뼛속까지 파고들었다. '가지를 잡고 나무에 오르는 것은 누구나 할 수 있지. 벼랑에 매달려 손을 놓을 수 있어야 진정한 사내 대장부라네.' 스승 고능선의 가르침이었다.

자고로 스승을 잘못 만나면 인생이 피곤해진다. 심하면 위험해진다. 벼랑에 매달리면 죽을힘을 다해 기어올라야지 손을 놓아버리라니. 제자를 죽음으로 내모는 스승의 비정한 가르침. 그러나 역시 궁극적인 책임은 창수 본인에게 있었다. 아무 때나 스승의 가르침을 떠올려서는 제멋대로 갖다 맞추는 엉뚱한 순발력. 뜨뜻한 여관방에 앉아 김 오르는 밥상을 앞에 둔 상황이 벼랑 끝이라고 우기면, 진짜 벼랑에 매달린 이들은 웃다가 힘이 빠져 저절로 손을 놓을 터. 창수는 바보가 아니라는 말을 취소해야 할지도 모르겠다. 사서 고생하는 사람, 위험을 자초하는 사람에게 바보만큼 잘 어울리는 호칭도 없을 테니. 창수는 숟가락을 내려놓고 버릇처럼 속으로 혼자 묻고 답하기 시작했다.

저 왜놈을 죽여 설욕함이 마땅하다고 확신하나? 그럼, 그렇고말고. 너 어릴 때부터 소원이 착한 사람 되는 거 아니었어? 맞아. 맞는데, 지금 난 저놈을 죽이려다 내가 죽게 될까봐 두려워하고 있어. 한낱 도둑의 주검으로 남게 될까봐 걱정하고 있다고. 착한 게 이런 거라든? 이건 몸을 아끼고 이름이나 떨치려는 한심한 꼬락서니 잖아.

창수는 확실히 특이했다. 나란히 이어져 문을 터놓은 세 칸의 방에는 모두 마흔 명이 넘는 손님들이 있었는데, 밥 먹다 말고 그런 고민에 빠져 있는 사람이 또 있다고 보기는 어려웠다. 입신(立身)과 양명(揚名)은 당시에 사내대장부라면 밟아 마땅한 인생의 행로가 아니던가. 예나 지금이나 착하게 사는 것은 환영받지 못하는 삶의 태도. 그런데 성년이 되어서도 착하게 살 생각을 버리지 않고 있다니. 게다가 착하게 살기 위해 사람을 죽이겠다니.

확실히 창수는 남다른 두뇌 구조를 타고났거나 자라면서 이상한 교육을 받았거나 아니면 둘 다였던 것으로 봐야 한다. 아무래도 스승을 잘못 만난 탓이 컸을까. 그렇다면 청출어람이라. 혼자 묻고 답하는 가운데 목숨을 헌신짝처럼 여기기에 이른 창수는, 기껏 돌아온 정신을 도로 놓아버린 대가로 마음의 평안을 얻었다.
그리고 제정신이 아닌 사람답게 그의 머리는 빠르게 돌아가기 시
작했다.

우선 이 많은 사람들을 꼼짝 못하게 만들어야 해. 참, 마을 사람
들도 있지. 그들을 묶어놓을 보이지 않는 끈이 필요하군. 그리고
저 왜놈이 아무 눈치도 채지 못하게, 무방비 상태로 안심하게……
그래, 이건 하나의 연극이다. 꼭두각시놀음이야. 내 뜻대로 모든
사람들을 움직일 수 있어야 해.

엉뚱하고 특이한 창수였지만, 그래서 상식적으로 납득하기 어려
운 결심을 하고야 말았지만, 일단 방향을 잡은 뒤에 그가 내리는
구체적인 상황 판단만큼은 빠르고 정확했다. 그리고 그 판단에 따
라 세운 행동의 세부 계획은 치밀하면서도 역시 독특했다. 먼저 창
수는 불과 네댓 번의 숟가락질로 밥 한 그릇을 다 먹어치웠다. 먼
저 상을 받은 손님들의 밥도 아직 반 넘게 남아 있었다. 창수는 주
인을 불렀다. 방 안이 떠나갈 듯한 소리였다. 창수에게 쏠렸던 뭇
시선들이 주섬주섬 거두어지는 사이에 체격이 당당한 삼십대 후
반의 남자가 문 앞에 나타났다.

"누가 날 찾았나요?"

"여기요. 다름이 아니라 이 몸이 오늘 칠백 리 넘는 산길을 가야
하는데, 밥을 조금 더 먹어야겠으니 칠인분만 더 주쇼."

주인은 가만히 창수를 쳐다보다가 다른 손님들을 향해 말했다.

"젊은 나이에 돌아버리다니. 딱해서 어쩌나."

주인이 고개를 설레설레 흔들며 사라진 뒤에 창수는 아예 밥상 앞에 벌렁 드러누웠다. 잠시 후 저만치서 수군대는 소리가 들려왔다. 배운 게 좀 있어 보이는 청년들과 식후 연초를 즐기는 노인 사이의 가벼운 논란이었다.

"저거 진짜 미친놈 아니야?"

한 청년이 친구에게 작은 소리로 말했다. 그러자 노인이 담뱃대로 재떨이를 톡톡 두드리며 청년을 타일렀다.

"이봐 젊은이, 함부로 말하지 말게. 말세에는 이인이 나오는 법이네."

다른 청년의 대꾸가 이어졌다.

"어르신, 이인이라 함은 다를 이에 사람 인, 보통사람과는 달리 재주가 뛰어나고 신통한 사람을 뜻함이겠습죠."

그러더니 정중하던 그의 말투가 확 바뀌어 나왔다.

"에이, 생긴 거 보면 몰라요? 무슨 이인이 저렇게 펑퍼짐해요?"

그것은 날카로운 지적인가, 판에 박은 편견인가. 어쨌든, 젊어서 미친 놈이든 말세의 이인이든, 창수는 방 안의 사람들에게 범상치 않은 인상을 심어주는 데 성공한 셈이었다. 적어도 가까이 다가가기 꺼려지는 사람으로 느껴진 것만은 틀림없었다. 창수에게 표적으로 찍힌 일본 남자는 별다른 기색 없이 식사를 마치고 일어나 문설주에 기대서 있었다. 사내의 뒤쪽은 어른 키 높이의 계단이었다. 기회였다.

창수는 천천히 일어서는가 싶더니 별안간 으아! 크게 소리 지르며 몸을 날렸다. 느닷없는 발길질에 일격을 당한 사내가 비명과 함께 계단을 굴렀다. 재빠르게 쫓아 내려간 창수는 한쪽 발로 그의 목을 밟았다. 계단 꼭대기에서 사람들 머리가 동시에 튀어나왔다. 몰려 내려오는 사람들을 향해 창수는 준비된 한마디를 던졌다.

"이놈을 구하려는 자는 다 죽어버린다!"

긴장한 탓인지 끝소리가 뒤집혀 나왔다. 게다가 '죽여버린다'를 제대로 발음하지 못해서 이상한 말이 되고 말았다. 뒤늦게 굳어 있는 혀를 풀어봐야 소용없는 일이었다. 다행히 사람들은 무슨 말인지 곰곰 헤아려보느라 그러고들 있는지 계단에 멈춰서 주춤거리고만 있었다. 그 방심의 찰나, 창수의 느슨해진 발밑에서 정신을 추스르고 빠져나온 사내가 칼을 빼 들었다. 일도양단! 시퍼렇게 빛나는 칼날이 무서운 기세로 허공을 가르며 창수의 이마를 향해 돌진해왔다.

그 순간 이후 잠깐 동안의 기억을 창수는 온전히 되살릴 수 없었다. 어떻게 사내의 칼을 피했는지, 무슨 수로 사내를 쓰러뜨렸는지, 모든 것이 꿈속에서처럼 아득하고 몽롱한 느낌으로만 남아 있었다. 발차기로 사내의 옆구리를 가격했던 것도 같고, 거꾸러진 그의 손목을 밟아 짓이겼던가. 정신을 차렸을 때 창수 앞에는 온몸이 시뻘겋게 물든 사내의 주검이 놓여 있었다.

광기

목숨을 건 싸움이었다. 그럴 줄 모르고 덤빈 것은 아니었지만 겪어보기 전에는 어떤 것인지 알 수 없었다. 겪고 나서도 알게 되었다고 자신할 수 없었다. 창수는 다만 살기 위해, 죽지 않기 위해 정신없이 몸을 움직였을 뿐. 몸이 알아서 제 살길을 찾아냈을 따름이었다. 그것은 본능이었다. 그 순간 싸움의 이유 따위는 중요하지 않았다. 싸움이 끝난 뒤에도 창수는 왜 싸웠는지 얼른 생각나지 않았다. 눈앞에 머리부터 발끝까지 난자당한 몸뚱이 하나가 놓여 있을 뿐. 식어가는 주검에서 콸콸 솟는 더운 피가 눈 덮인 하얀 마당을 붉게 물들일 따름이었다.

이제 어쩌나? 창수의 계획은 거기까지였다. 일단 죽이고 보자. 죽인 다음에는? 죽일는지 죽을는지 알 수 없는 마당에 다음을 계획하기는 무리였다. 실은 계획대로 죽인 것도 아니었다. 계단 아래로 떨어진 사내를 제압했을 때 창수는 재빨리 그의 칼부터 빼앗았어야 했다. 그래야 진정한 제압이라 할 수 있었다. 그리고 단 한 번의 찌름. 적의 칼로 적의 심장을 정확하게 꿰뚫는 수순이 남아 있었다. 그런데 그 목숨과도 같은 칼을 적의 수중에 남겨놓다니. 말그대로 치명적인 실수가 될 뻔했다. 아니, 결과에 상관없이 그것은 명백한 실수였다. 예측해서 대비했음에도 불구하고, 몰려나오는 사람들을 지나치게 의식한 탓이었다. 그들이 조금 더 가까이 다가올 때까지 기다리지 못한 것이, 아직은 경륜이 보잘것없는 창수의 한계였다. 조바심은 집중력을 흐트러뜨린다. 칼을 뽑으며 사람들에게 던졌어야 할 준엄한 경고를 맨손으로 허겁지겁 때우고 만 것이었다. 그 실수는 커다란 차이를 가져왔다. 창수는 칼날이 정면으로 날아드는 미증유의 공포를 맛봐야 했고, 그다음부터는 정말로 제정신이 아니었다. 정신은 나간 상태에서 고도의 집중력이 발휘되는 희한한 체험. 오히려 적의 칼을 손에 쥐었을 때 창수의 두려움은 극에 달했다. 빼앗은 칼은 언제든 도로 빼앗길 수 있다⋯⋯ 그런 불안감이었을까. 그 순간 창수에게 단 한 번 찌르는 우아한 마무리를 기대한다는 것은 무리였다. 사람의 심장이 어디 붙어 있는지조차 생각해내기 힘들었을 테니. 그 결과가 살점이 튀고 피가 솟구치는 난도질이었다.

이제 어쩌지? 창수는 막막했다. 사람들은 구경하다 겁에 질려 다들 숨듯이 방 안으로 들어가 있었다. 창수는 문틈으로 자신을 지켜보는 시선들이 느껴졌다. 이대로 도망가버릴까? 생각하고 자시고 할 것도 없이 그러는 게 최선이었건만, 열에 아홉은 이미 줄행랑을 놓았을 급박한 상황이었건만, 그 와중에도 창수는 본연의 독특함을 잃지 않으려 애썼다. 무슨 소리! 도망갈 생각이면 애초에 죽일 생각도 안했어. 창수는 각오를 새롭게 다진다는 의미에서 눈을 부릅뜨고 적의 주검을 바라봤다.

하지만 다져야 할 각오가 무엇인지 막막하기는 마찬가지였다. 살아 있을 때 사람이었다는 것만 겨우 알아볼 수 있게 변해버린 주검 앞에서 저절로 눈살이 찌푸려질 뿐이었다. 내가 이자를 왜 죽였더라? 너무도 당연하다고 여겼던 살인의 이유가 짙은 안개 속 풍경처럼 아슴푸레했다. 아, 이럴 때가 아니지. 창수는 잡념을 떨치듯 머리를 흔들며 당장 어째야 할지 집중해서 생각하려 해보았지만, 시간을 끌수록 불리해진다는 것말고는 아무 생각도 나지 않았다. 창수의 눈에 피 묻은 자신의 손이 들어온 것은 바로 그때였다.

창수의 손에는 아직도 칼이 쥐어져 있었다. 아직 마르지 않은 핏물이 미끈한 일본도의 옆면에 파인 홈을 타고 흘러 칼끝에서 뚝뚝 떨어지고 있었다. 창수는 그 흉측한 물건을 당장 던져버리고 싶었지만, 손잡이를 감은 끈적끈적한 손가락에 힘을 주며 가까스로 참았다. 사람들이 보고 있어. 약한 모습을 보여서는 안 돼. 그의 손이 칼과 함께 파르르 떨렸다. 그제서야 잠시 전에 미친놈 칼춤 추듯 날뛰던 자신의 모습이 실감 나게 되살아나는 느낌이었다. 그래, 어차피 미친놈 취급당한 몸이 아니냐. 창수는 어디 한번 제대로 미쳐보자고 작정했다. 연극은 아직 끝나지 않았어. 때로는 행동이 마음을 이끌어낸다. 창수는 주검의 가슴팍을 움켜쥐었다.

사람이 미치지 않고 다른 사람의 피를 마실 수 있을까. 몸에 좋다고 사슴의 피를 마시는 것도 반쯤은 미쳐야 가능할 텐데. 그것도 자신이 죽인 사람의 피를 바로 그 현장에서. 미치기로 작정하더니 창수는 정말로 잠깐 미쳐버렸던 것이 아닐까. 자기 뜻대로 다른 사람들을 움직일 수 있으려면 자신부터 그리할 수 있어야 한다는 깨달음을 얻었는지도 모른다. 손바닥에 고인 죽은 자의 피를 마시고, 남은 피를 얼굴에 처바르고, 핏빛으로 변한 칼을 세워 들고, 창수는 사람들이 모여 있는 방을 향해 걸음을 떼어놓았다.

수습

"아까 저 왜놈을 구하고자 내게 덤비려던 놈이 누구냐?"

창수의 호통에 어린놈이 어디서 반말이냐고 야단칠 사람은 아무도 없었다. 모두 방바닥에 무릎 꿇고 엎드려서 빌기 바빴다.

"장군님, 살려주십시오. 저는 저놈이 왜놈인 줄 모르고 싸움을 말리려 했을 뿐입니다."

창수는 어느 틈에 장군이 되어 있었다.

"저 모르시겠어요, 장군님? 어제 배에서 같이 고생하지 않았습니까. 저 왜놈과는 한 배를 탄 적도 없다니까요."

피 칠갑한 창수의 몰골은 장군보다 괴물에 가까웠다. 사람들은 모두 떨고 있었다. 싸움 전에 창수를 조롱하는 청년들을 타일렀던 노인만이 떳떳이 고개 들고 말했다.

"장군님, 아직 철없는 젊은이들을 용서하시지요."

방 안에 창수보다 어린 사람은 없었다. 창수는 아버지의 아버지뻘 되는 노인의 존대가 부담스러워 아무 대꾸도 하지 못했다. 그때 마침 여관 주인이 왔다. 아까와는 달리 어깨를 움츠리고 허리를 잔뜩 구부린 모습이었다. 그는 방 안에 들어올 엄두도 못 내고 문간에서 무릎을 꿇었다.

"소인 이화보, 제대로 인사 여쭙니다. 안목이 둔하여 몰라뵙고 능멸한 죄 죽어 마땅하오나, 저 왜놈과 관련해서는 잠자리와 식사를 실비로 제공한 죄밖에 없습니다. 부디 살피소서."

상대의 극존칭에 웃음이 나올 것 같아 창수는 헛기침을 했다. 어느 정도 여유를 찾은 모습이었다. 창수는 방 안의 사람들에게 편히 앉으라 이른 뒤에 이화보에게 물었다.

"저놈이 왜놈인 줄 자네가 어찌 알았는가?"

한결 누그러진 말씨가 오히려 위엄을 더하며 상대를 압박했다.

"소, 소인이…… 아, 명색이 나루터 객주로 잔뼈가 굵지 않았습니까요. 진남포에 드나드는 왜인…… 아니 왜놈들, 그 나쁜 놈들이 종종 제 집에 머물다 보니…… 그나저나 우리 옷을 입은 왜놈은 저도 처음 봤구먼요. 틀림없이 훔쳤거나 빼앗은 옷일 테죠? 하, 나쁜 새끼. 저런 놈은 죽어도……"

죽어도 싸다는 말일 게 뻔했다. 창수는 참을 만큼 참았다는 기색과 함께 말을 끊었다.

"으흠! 저자는 복장뿐 아니라 우리말도 제법이던데 네가 무슨 수로 왜인임을 알았느냐?"

도로 딱딱해진 말씨였다. 눈치 빠른 이화보는 정신이 번쩍 들었다. 같은 질문을 또 하게 했다가는 목이 날아갈지도 모를 일이었다. 말하다가 제풀에 풀어진 긴장의 끈을 다시 죄며 그는 알고 있는 사실만을 간략히 전하려 애썼다.

"엊저녁에 황주에서 큰 배 한 척이 도착했습니다. 선원들이 말하기를 일본 관리 한…… 놈을 태웠다고 해서 제가 유심히……”

“그 배가 아직 포구에 머물러 있소?”

“그, 그렇습니다.”

이화보는 창수가 묻는 내용보다, 종잡을 수 없는 말씨에 적응하기가 힘들어 쩔쩔맸다.

“그들을 데려오라.”

“예? 아, 예.”

이화보는 포구에 기별한 후에 대야에 물을 받아 깨끗한 수건과 함께 들고 돌아왔다. 그가 또 물러갔다가 다시 왔을 때는 일꾼과 함께 상을 하나씩 들고 있었다. 상 하나에는 일곱 그릇의 밥이 놓여 있었고 나머지 상에는 반찬이 그득했다. 창수는 손과 얼굴을 씻고 상 앞에 앉으면서 자기도 모르게 한숨을 내쉴 뻔했다. 끈적끈적한 입 안을 물로 헹구며 그는 이화보를 흘겨봤다. 저 양반이 눈치도 없게시리…… 아침 먹은 지 얼마나 됐다고…… 싸움에 걸린 시간은 삼 분도 채 안 되었다. 시간은 창수 생각보다도 훨씬 조금밖에 흐르지 않았다.

그래도 밥 냄새를 맡은 창수는 두세 그릇쯤은 해치울 수 있을 것 같았다. 짧았지만 격렬했던 순간을 겪으며 기력이 바닥난 터였다. 칠인분은 너무 심했나. 창수는 자신의 허풍이 지나쳤다고 후회했다. 이제는 아무도 허풍으로 여기지 않을 것이라는 점이 문제였다. 다 못 먹으면 얕보일 텐데, 이건 또 어쩐다? 짐짓 난관에 부딪친 시늉이었을 뿐, 이제 그 정도는 창수에게 어려운 과제가 아니었다. 사람들은 창수를 장군으로 만들어놨지만 창수 스스로는 노련한 배우가 되어 있었다.

"여기 이 대야만한 양푼이 하나 있으면 좋을 텐데……"

혼잣말하듯 작게 중얼거렸음에도, 창수의 말이 떨어지기가 무섭게 이화보의 눈짓과 일꾼의 달음질이 이어졌다. 금세 밥상 위에는 커다란 양푼 하나가 놓였다. 갓난아기 목욕도 시킬 수 있을 만큼 넉넉한 물건이었다. 창수는 양푼에 밥과 반찬을 몽땅 쏟아 섞고 나서, 이번엔 마치 장군이 돌격을 명하듯 귀청 떨어질 소리로 말했다.

"숟가락을 하나 더 가져오너라!"

주인의 눈짓 없이도 일꾼은 알아서 부엌으로 내달렸다. 이화보는 고개를 갸우뚱했다. 양푼에 비벼 먹겠다는 뜻은 알겠는데 숟가락은 왜 하나 더? 혼자서는 벅차니 누구랑 나눠 먹게? 칠인분을 가져오랄 땐 언제고…… 헌데 누구랑 나눠 먹을 심산인가? 이화보는 꺼림칙했다. 혹여 나랑? 이화보는 더럭 겁이 났다. 반으로 나눠도 산더미 같은 저 밥을, 다 못 먹으면 혹시…… 죽이려는 거 아냐? 에이, 목숨이 달렸는데 설마 못 먹기야 하겠어? 그런데 그게 아니라 자기보다 늦게 먹으면…… 숟가락이 도착할 때까지 사람들 태반은 이화보와 비슷한 생각을 하며 다시 떨고 있었다. 죽이려고 마음만 먹으면 이유야 뭐든 못 갖다 붙일까. 그런 걱정이었다.

창수는 아무 말 없이 숟가락 두 개를 한 손에 포개 들고 밥을 퍼 먹기 시작했다. 역시 맨밥보다는 비빔밥이 잘 넘어갔다. 곧 여기저기서 탄성이 터져나왔다. 창수가 한 번에 떠서 입에 넣는 밥의 양은 거짓말 좀 보태서 한 사발이었다. 누가 보더라도 그대로 가면 열 술도 채 뜨기 전에 비빔밥은 동이 날 게 뻔했다. 순식간에 두어 그릇 분량이 줄었을 때, 창수는 돌연 숟가락을 내던지고 심드렁하게 중얼거렸다.

"먹고 싶던 원수 놈의 피를 하도 마셔서 그런가? 밥이 통 들어가지를 않네."

선언

대일본제국 육군 중위 쓰치다 조료. 선원들이 가져온 유품을 뒤져 알아낸 죽은 사내의 정체였다. 아니다. 죽은 자의 정체는 죽은 자일 뿐. 신분이나 계급 따위, 심지어는 이름조차 이승에 떨궈놓은 허깨비에 불과한 것. 훗날 공개된 일본 외무성 자료에는 그가 상인이었다고 나와 있다니 그 허깨비의 정체마저 확실치 않다. 직접 확인했다는 창수를 믿는 수밖에. 하기는 이미 불귀의 객이 되어버린 쓰치다로서야 살아생전 군인이었든 장사꾼이었든 그 또한 무슨 상관이랴. 그를 죽이고 살아남은 창수한테라면 모를까.

무슨 명분으로든 사람을 죽여놓고 홀가분했다는 말은 좀 그렇지만, 자신이 죽인 일본인이 군인이어서 아무래도 창수는 마음의 짐을 좀 덜 수 있었다. 힘없는 조국을 대신해서 그는 홀로 일본과 전쟁 중이었고, 전시에 적군을 죽이는 행위는 정당했다. 대일본제국? 웃기고 자빠졌네. 창수는 적국의 이름 앞뒤에 갖다 붙인 거창한 장식, 그 왜소 컴플렉스의 산 증거를 비웃어주는 것으로 살인의 촉감과 냄새를 씻으려 했다. 나는 너희들이 그토록 우습게 보는 약소국 조선의 의로운 용사 김창수다. 의병에게는 계급이 없다. 아니구나. 오늘 하루는 내가 장군이 아니냐. 일개 중위의 피로 손을 더럽혔으니 부끄러울 따름이다……

그렇게, 창수가 그 싸움을 전쟁터의 각개전투 같은 것으로 여겼다고 보지 않고서는 이후에 보여준 그의 행적을 이해할 수 없다. 그렇게 보더라도 창수의 선택을 수긍하기란 쉬운 일이 아니다. 세상에 허다한 갑남을녀들로서는. 그 기상천외한 운신의 기예를. 한번은 닥쳐왔고 한번은 스스로 다가갔던 죽음의 위기를 거푸 넘어서는 가운데 드디어 빛을 보기 시작한 창수의 비범한 판단력, 범상치 않기에 여전히 엉뚱한 그 생각의 줄타기를.

쓰치다가 남긴 돈은 창수를 잠깐 갈등에 빠뜨릴 만큼 두둑했다. 그 돈에서 뱃삯을 떼어 선원들에게 주고 나머지는 마을의 이장을 겸한 이화보를 시켜 가난한 이웃들에게 다 나눠주라 이를 때까지만 해도 창수의 특별한 면모는 드러나지 않고 있었다. 만인의 주목을 한 몸에 받고 있는 상황에서 하루저녁 술값이라도 챙기려 들었다면 그거야말로 매우 창의적인 발상이 아닐 수 없었다. 쓰치다의 주검은 싸늘히 식은 채 마당에 방치되어 있었다. 시체를 어떻게 처리해야 좋을지 묻는 이화보에게 창수는 다음과 같은 분부를 내렸다.

"왜놈들이 어디 우리 조선의 사람들하고만 원수를 졌더냐. 강물에 던져서 물짐승들을 배불리 먹이도록 하라."

조선의 물고기나 자라에게도 원수를 뜯어먹을 기회를 줘야 한다는 뜻이렷다. 싱거운 농담처럼 들리기는 해도 시체를 치우는 합당한 방법인 것만은 분명했다. 파묻거나 태우려면 시간이 오래 걸리니까. 그렇다고 물짐승의 복수를 대신 해주기도 마땅치 않았다. 그럴 만큼 비위가 좋은 사람은 아마도 창수뿐이었을 텐데, 남들 하루치 밥을 한 끼에 해치운 뒤라 배가 불러서 어디…… 설령 그 동네 주민들이 인육을 즐겨 먹는다 해도 그 또한 상당한 시간을 요하는 일이었을 테니. 역시 물고기 밥으로 처리하는 방법이 가장 무난하고도 적절했다. 그렇게 순리대로 일 처리를 잘해나가던 창수의 행보가 또 상식을 벗어나기 시작한 것은 그다음부터였다.

창수는 이화보를 시켜 종이와 필기도구를 가져오게 했다. 이화보는 어느 틈에 창수의 비서 노릇을 하고 있었다. 붓을 쥔 창수는 거침없이 써내려갔다. 그것은 일종의 포고문이었다. 써놓기를, 國母報讐의 目的으로 此 倭를 打殺하노라. 읽어보면, 국모보수의 목적으로 차 왜를 타살하노라. 뜻인즉슨, 국모의 원수를 갚을 목적으로 이 왜놈을 때려죽이노라.

먼저 이런 의문이 생길 수 있다. 칼로 찔러 죽였으면서 왜 때려죽였다고 거짓말을 했을까. 실제로 창수는 상대를 칼로 때렸을까? 별다른 의도는 없었던 것 같다. '찌르다' 혹은 '베다'의 뜻을 지닌 한자가 얼른 떠오르지 않았거나, 아니면 나름대로 문학적인 표현을 쓰고 싶었거나. 혹시 때려죽이는 게 더 멋져 보인다는 생각에 사실을 왜곡했다 해도 그 정도는 귀엽게 봐주고 넘어갈 수 있다. 어쩌면 창수는 자신이 휘두른 칼이 쓰치다의 몸에 닿을 때마다 때리고 있다는 느낌을 받았는지도 모른다.

어쨌거나 창수 입장에서는 살인의 목적이 사사롭지 않음을 분명히 해둘 필요가 있었을 법도 하다. 문제는 그 뒤에 남긴 열 글자, 海州 白雲坊 基洞 金昌洙. 또 읽어보면, 해주 백운방 기동 김창수. 뜻을 새길 것도 없이 이런 도도하고도 얄미운 선언이 아니었겠는가. 왜놈을 죽이고 이 글을 쓴 자는 바로 나, 해주 백운방 텃골에 사는 김창수다. 어쩔래?

창수는 그길로 치하포를 떠나 황해도를 남북으로 가로질러 해주 백운방 텃골로 갔다.

신화

"우리 집이 흥하든 망하든 네가 알아서 해라."

집으로 돌아온 창수에게 아버지 김순영이 한 말이었다. 창수는 그 말을 이런 뜻으로 알아듣고 각오를 새롭게 다졌다. 가문의 흥망이 너에게 달렸으니 잘해봐라. 그런 격려와 당부. 하지만 아무래도 그 말의 진의는 이런 게 아니었을까. 우리 집이 망하면 다 네 탓인 줄 알아라. 또는, 네가 집안을 말아먹으려고 작정을 했구나. 그런 질책이나 탄식. 딴 데로 몸을 피하라고 아무리 설득해도 고

집을 꺾지 않는 아들 앞에서 끝내 체념할 수밖에 없었던 아버지가 입 다물기 전에 마지막으로 한 말이었으니. 창수의 부모 역시 남다른 이들이라 대형사고를 치고 돌아온 아들을 애써 담담하게 대하기는 했지만, 자식에게 이런 말을 듣는 부모의 심정이란 그래 봐야 거기서 거기가 아닐 수 없다.

"피신할 생각이면 애당초 그런 일을 했겠습니까. 이미 엎질러진 물입니다. 법대로 하라죠 뭐. 이 한 몸 바쳐서 만인을 깨우칠 수만 있다면 죽어도 영광 아닙니까. 제 생각은 그래요. 그냥 집에 있다가 당할랍니다. 그게 의로운 길이잖아요."

창수는 비극적인 영웅담의 주인공이 되고 싶었을까. 아니면 광야에서 외치는 선지자의 길을 걷기 원했을까. 영웅이나 선지자나 자기 동네에서는 대접이 시원치 않다는 점에서 보면, 뭐가 되든 창수는 바라는 바를 이룬 것처럼도 보인다. 텃골에 발을 들여놓기 전까지, 길 위에서 창수는 신화적인 존재였다.

창수가 치하포를 떠날 즈음으로 돌아가서, 그가 작성한 문건에 좀더 주의를 기울일 필요가 있다. 앞뒤 맥락을 모르고 보면 그것은 자수를 결심한 범인의 자술서로 오해될 수 있다. 범행 동기에다 이름과 주소까지 죄다 밝혀놓았으니, 그것을 들고 곧장 감영으로 가서 보여주면 번거로운 신문 절차를 줄여줘서 고맙다는 인사를 받을 만했다. 범행의 방법에 대한 허위 진술이 여전히 좀 걸리기는 하지만, 자수하면 해준다는 정상 참작이 그 시절에도 없지 않았을 테니 그리 큰 문제는 아닐 듯하다.

그런데 이미 말했듯이 그것은 포고문이었다. 그 간단명료한 포고문은 창수의 명에 의해 벽보의 형식을 갖춰 마을 대로변에 나붙었다. 그리고 마을의 대표인 이화보에게 창수가 내린 마지막 분부는 이런 것이었다.

"안악 군수에게 가서 죄다 고하도록. 왜놈의 칼은 기념으로 내가 접수한다."

그게 다는 아니고 그 두 마디 사이에 창수는 이런 말을 했다.

"나는 집에 가서 하회를 보겠다."

'하회(下回)'란 '윗사람이 아랫사람에게 주는 회답'을 뜻하는데, 간혹 '다음 차례'라는 뜻으로 쓰이기도 했다. 창수가 그 단어를 어떤 뜻으로 썼든, 중요한 것은 그가 도망가지도 않고 자수하지도 않았다는 것. 창수가 선택한 것은 말하자면 제3의 길이었다. 집에 가서 기다린다는 것. 창수의 독특함과 비범함은 바로 그런 판단에서 유감없이 발휘되었다. 도망이나 자수나 범죄를 인정한다는 점에서는 매한가지. 집으로 돌아가는 창수의 모습은 한차례의 전투를 치르고 성으로 귀환하는 장수와도 같았다. 싸움이 끝났으니 피로 붉게 물든 전투복일랑 하얀 두루마기로 가리고. 허리에 찬 일본도 한 자루는 승리를 과시하는 전리품이었다.

그렇게 위풍당당한 모습으로 치하포를 떠나는 창수의 마음은, 그러나 조급하기 이를 데 없었다. 저들이 나를 가지 못하게 막으면 어쩌나. 수십 명의 마을 주민들이 창수를 둘러싼 채 좀처럼 길을 열어주지 않고 있었다. 창수의 눈에는 언뜻 그들의 눈빛이 이렇게 말하는 것처럼 보였다. 복수고 나발이고 우리 동네에서 사람을 죽였으니 이대로 갈 수는 없지. 남아서 끝까지 책임을 져야 할 거 아냐, 인마.

그렇게 붙들려 있는 사이에 왜놈들이 들이닥치면 어쩌나. 체포에 대한 두려움보다 더 큰 것은, 현행범으로 붙잡히게 되면 도망이나 자수를 안 한 게 아니라 못한 것으로 간주되고 말 것이라는 우려였다. 창수는 낭패감을 떨치기 위해 눈을 질끈 감았다 떴다. 아니지. 지금 나에게 겁도 없이 대들 사람이 여기 있을 리 없지. 그들이 집단 최면에서 깨어나기 전에 얼른 마을에서 벗어나는 것이 창수의 마지막 과제였다. 그럴수록 천천히, 한가롭게, 태연스레…… 창수는 연극의 막바지에 산통을 깨서는 안 된다고 스스로를 타이르며 느릿느릿 걸음을 내디뎠다. 뭉쳐 있던 주민들이 둘로 갈라지며 문이 열리듯 좁은 길이 트였다. 마을을 빠져나온 창수가 고갯마루에 이르러 힐끗 내려다보니, 주민들은 여전히 모여 서서 우러러보듯 창수의 뒷모습을 눈에 담고 있었다. 창수는 고개를 넘자마자 자신이 낼 수 있는 가장 빠른 속도로 걷기 시작했다.

가는 날이 장날이라고 신천읍에는 장이 서 있었다. 장터에는 창수에 관한 소문이 창수보다 먼저 도착해 있었다. 수다꾼들이 둘러앉은 양지바른 곳마다 치하포! 치하포! 하며 침 튀기는 소리들이 자자했다.

"치하포에 장사가 나타났다면서?"

"일본놈을 한주먹에 때려죽였대."

"용강에서 같이 배를 타고 온 사람이 그러는데, 스무 살도 채 안
돼 보이는 소년 장사라는구먼."

"집채만한 빙산을 밀어내고 배에 탄 사람들을 다 살렸다지 뭔가."

"그뿐이 아니야."

"또 뭔데?"

"그 장사 먹성이 얼마나 좋은지 밥 일곱 그릇을 눈 깜짝할 사이
에 해치우더라는걸."

마지막 말이 창수의 속을 편치 않게 만들었다. 곧 춘궁기가 닥
쳐올 텐데 사람들이 나를 생각 없이 밥만 축내는 놈으로 기억하면
어쩌나. 창수는 귀가를 잠시 미루고 기억을 더듬어 신천 읍내의 한
가옥을 찾아갔다. 옛 동학당 동료 유해순의 집이었다.

"옷에 웬 피가 이렇게 많이 묻었어?"

두루마기를 굳이 벗고 앉는 창수에게 유해순이 놀라며 물었다.

"오다가 왜가리 한 마리를 잡아먹었거든."

많고 많은 새들 중에서 왜가리를 고른 까닭을 따로 설명할 필요
는 없으리라.

"그 칼은 웬 거야?"

"이거? 형이 동학 접주 시절에 챙겨둔 재물이 많다길래 내가 강
도질하러 왔지."

"지금 나더러 그 말을 믿으라는 거야? 같이 접주였던 처지에 뻔
히 알면서. 농담 그만하고 빨리 사실대로 말해봐. 어떻게 된 거야?"

창수가 사실을 털어놓자 유해순은 경탄해마지 않았다.

"과연 김창수로군. 쾌남아 중의 쾌남아야."

그런 뒤에 걱정스레 덧붙이기를,

"집으로 가면 안 되는 거 알지? 다른 데로 몸을 피하고 보는 거야."

네, 하고 얌전히 따를 창수가 아니었다. 그럴 거면 뭐 하러 그를 찾아갔겠나. 마치 배심원에게 강한 인상을 남기려는 변호인처럼 창수는 목에 힘주어 자신의 뜻을 밝혔다.

"절대로 그럴 수 없어. 밝고 떳떳하게! 그래야 살든 죽든 인간으로서 가치가 있지. 나보고 세상을 속이고 구차히 살아가라고? 그게 사내대장부가 할 짓이야!"

그렇게, '치하포의 신화'는 창수 자신에 의해 완성되었다. 창수의 말을 들은 유해순의 표정이 어땠는지에 관해서는 전해오는 바가 없다.

투옥

채찍과 곤봉으로 무장한 삼십여 명의 순검과 사령들이 창수네 집으로 들이닥친 것은 5월 11일. 창수가 집으로 돌아온 지 팔십 일쯤 지나서였다. 그들이 단체로 세계일주 여행이라도 다녀온 것이었을까. 당시에 사법당국이 창수를 체포하는 데 그토록 늑장을 부린 까닭이 무엇이었는지 시원스레 밝혀놓은 기록은 아직 발견되

지 않았다. 다만 여러 정황을 놓고 따져볼 때 개연성 있는 두 개의 가설을 제시하면,

첫째, 창수에게 도주나 증거 인멸의 우려가 없다고 판단한 당국이 범인의 소재만 파악해놓고 느긋하게 수사를 진행했을 가능성. 용의자의 자백에 의존하는 전근대적인 수사 관행을 근절해보자는 각성이 그 시절이라고 해서 없었으리라는 법도 없다. 하지만 선뜻 증인을 자처하고 나설 치하포 주민이 누가 있었겠는가. 시체를 찾기 위해 잠수부를 동원할 만한 여건도 아니었을 테고, 결국엔 유일한 물증을 잘 보관하고 있으리라 기대되는 창수를 찾아가는 것 말고는 다른 뾰족한 수가 없었을 것이다.

둘째, 평양 주재 일본 경찰과 해주 감영 사이에 수사 공조가 원활하지 못했으리라는 확신에 가까운 추측. 기록을 보면 뒤늦게 현장으로 출동한 일경(日警)은 당연히 시체를 찾아낼 수 없었고, 애먼 용의자와 목격자들만 체포해서 돌아갔다고 되어 있다. 창수의 포고문은 발견되지 않았다. 그 뒤로 일본 공사가 여러 차례 해주 감영에 사건을 조회했다는 기록은, 해주 감영 측에서 사건 조회를 여러 차례 묵살했다는 반증으로 해석될 수 있다.

일본 영사관은 경성의 고위 관료들 쪽으로 추궁의 과녁을 바꿨다. 외부대신 이완용, 내부대신 박정양 등은 버티고 또 버텼으나 끝내 일본의 성화를 이기지 못하고 김창수의 체포를 지시했다. 당시에 이완용은 러시아와 친했다.

그리하여 마침내 '하회'의 날은 닥쳐왔다. 창수가 손꼽아 기다리

고 있었는지, 하도 안 와서 깜빡 잊고 있었는지 모를 그날이 왔음을 맨 처음 창수에게 전한 사람은 어머니 곽낙원, 그 유명한 곽마리아 여사였다.

"얘, 창수야. 쟤들 뭐냐? 못 보던 애들이 떼로 몰려와서 우리 집을 아주 둘러쌌구나. 원, 몇이나 되는지 셀 수가 없네."

그 말이 끝나기가 무섭게 한 무리의 사내들이 우르르 집 안으로 달려 들어왔다. 곧 우두머리가 입을 열었다.

"너 김창수 맞지?"

"맞는데요. 그러는 댁들은 뉘시길래 남의 집에 함부로 쳐들어와서 소란을 피워!"

비교적 공손하던 창수의 태도가 돌변하더니 버럭 호통을 치는 바람에 마당에는 순간 팽팽한 긴장이 감돌았다. 그러나 싱겁게도 그것으로 끝이었다. 우두머리는 말없이 체포영장을 제시했고, 창수는 순순히 쇠사슬에 매인 몸이 되었다. 사령들이 온 집 안을 샅샅이 뒤졌지만 일본도는 끝내 나오지 않았다. 창수도 그 물건이 어디로 갔는지 모르기는 마찬가지였다.

끌려가는 창수를 문틈으로나마 내다보는 이웃은 한 사람도 없었다. 그들은 모두 같은 문중 사람들이었다. 인근 마을의 타성바지들은 멀찌감치 구경나와 수군거렸다.

"쟤 동학했다고 잡혀가는 거야?"

"이런…… 소문도 못 들었어? 저 청년이 미우라를 때려죽였다잖아."

“아…… 그런데 미우라가 누구야?”

이틀 뒤에 창수는 해주 감옥에 갇혔다.

부인

“그런 일 없소.”

취조를 당하는 동안 창수 입에서 흘러나온 단 한마디 대답이었다.

“다 알고 묻는 건데 잡아뗄 거야?”

담당 취조관 김효익은 성질이 급한 사람이었다. 상대의 허를 찌르는 데 능한 자였거나. 그는 대기 중인 사령들에게 바로 고문을 지시했다. 창수는 단 한 번 부인으로 주리가 틀리는 억울한 지경에 처하고 말았다. 정강이뼈가 튕겨져 나올 것 같은 극심한 고통 속에서도 창수는 입을 열지 않았다. 이를 악물어야 했기 때문이었다. 창수는 기절하고 말았다.

창수가 그런 일 없다고 부인한 그 일은 과연 무슨 일이었을까. 그걸 몰라서 묻냐는 짜증 섞인 반문이 쏟아질 테지만, 뻔한 것을 물어볼 때는 다 꿍꿍이속이 있는 법이다. 그런데 더 시급히 풀어야 할 의문거리가 하나 있다. 창수는 왜 부인했을까. 그야말로 무슨 꿍꿍이속이 있었기에, 그토록 당당하게 자신의 소행을 밝혔던 그가 김효익의 말마따나 싹 잡아뗸 것이었을까. 모든 의문은 김효익의 말 한마디로 풀릴 수 있다. 그가 취조를 시작하며 창수에게 던진 질문은 이런 것이었다.

"네가 치하포에서 왜인을 죽이고 도둑질을 했다는데, 맞아?"

창수가 없다고 한 '그런 일'은 도둑질이었다.

그렇다면, 만약에 김효익이 도둑질이라는 단어를 빼고 물었다면 창수는 냉큼 시인했을까. 아마도 그런 일 또한 없었으리라. 창수로부터 긍정적인 답변을 끌어낼 수 있는 유일한 질문은 이런 것이었을 테니. 네가 국모의 원수를 갚을 목적으로 왜놈을 때려죽인 자가 맞느냐? 그렇게 물었어도 어쩌면 창수는 묵묵부답이지 않았을지. 목에 큰 칼을 찬 채 기절한 창수의 정신을 되돌려놓은 것은, 그런 장면에서 늘상 그러하듯 얼굴에 끼얹어진 한 바가지의 찬물이었다. 정신을 차리자마자 같은 질문을 되풀이하는 김효익에게 창수는 대답 대신 이렇게 말했다.

"영장을 보면 내부대신 직속 관할로 되어 있던데, 여기서 처리할 사건이 아니잖소. 내부에 보고만 하고 끝내요."

너희 같은 조무래기들을 상대할 생각 없으니 헛수고하지 말라는 뜻이렷다. 성질 급한 김효익은 두말 않고 취조를 끝냈다.

불효

창수의 부모는 아들을 따라 읍내로 나왔다. 어머니는 밥을 빌어 아들의 끼니를 댔고, 아버지는 관아의 하급 관리들을 찾아다니며 아들의 석방을 도모했다. 아버지 김순영에게 해주 감옥은 낯선 곳이 아니었다. 수차례에 걸친 그의 옥살이는 주로 폭행으로 인한 것이었고, 얻어맞은 상대는 대부분 양반이었다. 힘은 있고 싸가지는 없는 자들을 김순영은 그냥 보아 넘기지 않았다. 강자가 약자를 괴롭히다니! 불의를 보면 참지 못하는 불같은 성질은 부전자전이었다.

부자지간에 다른 점이 하나 있다면, 창수는 술김에 정의의 사도로 나서지는 않았다는 것. 김순영이 술을 마시지 않고도 불의를 참지 못한 적은 거의 없었다. 술은 창수네 집안의 내력이었다. 어린 창수에게 어머니는 이렇게 경고했다.

"이 집안 남자들은 다 술로 망할 거다. 집안에 끊이지 않는 풍파가 다 술 때문이잖냐. 너마저 술을 먹었단 봐라. 난 그 꼴 못 본다. 콱 죽어버릴 거야."

창수는 그 말을 흘려들을 수 없었다. 한 남자의 처참한 꼴을 본 뒤였기 때문이었다.

창수의 삼촌 김준영은 형 못지않은 주당인데다가 취하면 싸움도 잘했다. 형제지간에 다른 점이 하나 있다면, 동생은 양반에게는 고분고분했고 주로 집안 어른들에게 시비를 걸었다는 것. 김준영이 크게 사고를 친 것은 창수의 할아버지, 즉 자기 아버지의 장례를 치를 때였다. 술에 취한 김준영은 일을 돕던 친척들은 물론이고 상여를 메고 가던 일꾼들마저 두들겨 패서 쫓아버렸다. 식구들은 그를 꽁꽁 묶어 광에 가둬놓고 직접 상여를 멘 끝에 간신히 남은 장례 절차를 치렀다. 문중 어른들이 소집한 회의에서 김준영을 앉은뱅이로 만들자는 결정이 내려졌다. 불효막심한 난동을 빌미 삼아 집안의 사고뭉치를 제압하겠다는 잔인한 린치였다. 다행히 아킬레스건을 다치지는 않았지만, 김준영의 발뒤꿈치가 잘려나가 던 날 창수는 짐승처럼 울부짖는 삼촌이 무서워 근처에도 얼씬거 리지 못했다.

다시 창수 부모에 관한 얘기로 돌아와서, 김순영은 풍부한 감옥 생활의 체험을 통해 높은 벼슬아치들은 별 도움이 안 된다는 사실 을 알고 있었다. 그들에게 공을 들여봤자 고생은 고생대로 직싸게 하고 헛돈만 쓰게 되는 꼴을 여러 차례 보아온 터였다. 그의 순탄 했던 옥살이는 늘 간수나 사령 같은 말단과의 거래를 통해 확보된 것이었다. 그래서 왕년의 가락대로, 이번에는 아들의 안녕을 위해, 김순영은 다시금 그들을 구워삶으려 해보았으나…… 나이 들어 발길이 뜸해진 사이에 시세는 엄청나게 뛴데다가, 사건이 워낙 막 중한지라 뜻대로 먹혀들지 않았다.

창수가 투옥된 지 두 달 가까이 지났을 때, 인천에서 순검 몇 사 람이 특파되어 해주에 당도했다. 창수를 데려가는 것이 그들의 임 무였다. 김순영은 즉시 텃골로 돌아갔다. 아들의 옥바라지에 쓸 돈 을 마련하기 위해서였다. 어머니 곽낙원은 창수와 함께 인천으로 향했다.

연안 근처 어느 무덤가에서 잠시 쉬어갈 때였다. 순검들은 참외 를 사서 자기들끼리만 먹으며 더위를 식히고 있었다. 창수는 하릴

없이 묘비에 새겨진 글자들을 눈에 담았다. 孝子李昌梅之墓. 순검들에게 참외를 판 인근 농부가 마침 효자 이창매에 대한 애기를 들려주고 있었다.

"옆에 있는 저 무덤이 부친 거요. 이창매 저 사람, 비가 오나 눈이 오나 저 앞을 떠나지 않았지요. 저기 봐요, 시묘하는 정성이 얼마나 지극했던지 무릎 꿇었던 자리에 풀 한 포기 안 나잖소. 움푹 패인 저 자리를 흙으로 메우면 어찌 되는지 알아요? 바로 천둥 번개가 치고 비가 쏟아져서 흙이 다 씻겨 내려가버리죠."

창수는 남들이 눈치 못 채게 속으로 피눈물을 쏟았다. 어머니는 곁에 앉아 한숨만 짓고 있었다. 넋이 빠지고 기력이 쇠한 모습이었다. 팔도 유람은 못 보내드릴망정 이게 무슨 꼴인가. 이창매가 당장 무덤에서 살아나와 혀를 차며 꾸짖을 것만 같았다. 넌 서당에 다닐 때 이런 구절도 못 읽어봤냐? 나무는 조용하고자 하나 바람이 그치지 않고…… 창수는 뜻 없이 달달 외웠던 구절을 속으로 가만히 되씹어보았다. 자식은 모시고자 하나 어버이가 기다려주지 않네. 다시 길을 떠나며 창수는 부모에 대한 속죄를 대신하여 이창매의 묘를 향해 수없이 절했다. 마음속으로.

모정

7월 25일 밤, 창수 일행은 뱃길로 강화도를 지나고 있었다. 달이

구름에 가려 있어 바다는 어두웠다. 천지사방에는 바닷물이 만들어내는 이상한 소리들만 가득했다. 물귀신으로 변한 쓰치다가 저 아래 숨어서 따라오며 내는 소리 아닐까. 문득 떠오른 생각에 창수는 진저리를 쳤다. 순검들은 뱃전에 기대어 졸고 있었다. 감옥이나 다름없는 곳이었으니 방심할 만도 했다. 곽낙원은 뱃사공이 듣지 못할 작은 소리로 창수에게 말했다.

"얘, 너 이제 가면 왜놈 손에 죽을 목숨 아니냐. 차라리 깨끗하게 이 물에 뛰어들자꾸나. 죽어서 귀신이 돼서라도 우리 모자 같이 다니게."

곽낙원은 아들 손을 붙들고 뱃전으로 다가갔다. 창수는 착잡한 심정으로 어머니를 말렸다.

"이러지 마세요, 어머니. 제가 왜 죽어요? 절대로 안 죽어요. 하늘의 뜻을 따라 나라를 위해 원수를 죽였는데, 하늘이 그냥 보고만 있겠어요? 하늘이 도우실 겁니다. 안 죽는 게 확실하다니까요."

곽낙원은 자신을 안심시키려 애쓰는 아들이 안쓰러웠다. 그녀는 다시 창수의 손을 잡아끌었다. 창수는 기겁을 해서 버팅기며 하소연했다.

"아니, 자식 말을 왜 이렇게 못 믿으세요?"

그 말을 듣고 곽낙원이 창수 말을 믿게 된 것은 아니었다. 다만 건장한 아들을 번쩍 들어 바다에 던질 수도 없는 노릇이고, 혼자 물에 뛰어들려 한들 죽으려는 어머니를 그냥 보고만 있을 아들은 세상에 몇 안 되겠거니와, 아들과 함께 죽는 게 아니라면 그녀에게는 죽을 이유가 전혀 없었다. 곽낙원은 창수의 손을 놓고 말했다.

"네 아버지하고도 약속했어. 네가 죽는 날이 오면, 우리도 같이 죽자고."

창수에게 할 말이 있을 리 없었다. 그저 어머니가 자기 말을 믿어주는 것 같아서 안도의 한숨을 내쉴 뿐이었다. 곽낙원은 보이지 않는 하늘을 향해 두 손을 비비며 알아듣지 못할 소리로 빌고 있었다.

투병

인천 감옥에 먼저 와서 창수를 기다리는 사람이 있었다. 치하포의 여관 주인 이화보였다. 그는 살인범의 도주를 방조했다는 혐의를 받고 있었다. 창수를 다시 만난 이화보의 얼굴에는 화색이 돌았다. 드디어 자신의 무죄를 밝혀줄 증인이 나타났다는 반가움의 표현이었다. 이화보는 상관의 칭찬을 기대하는 부하처럼 자랑스럽게 자신의 활약상을 전했다.

"왜놈들이 들이닥쳤을 때는 이미 제가 뒤처리를 말끔히 끝낸 뒤였습죠. 장군님 명의로 나붙은 벽보를 떼는 것도 잊지 않았습니다. 제가 태워버렸으니 걱정 마십시오. 놈들은 장군님을 그저 단순한 살인강도로 알고 있다니까요. 제가 알아서 다 꾸며댔습니다. 나이를 헛먹겠습니까. 허허허."

창수는 기가 막혀서 말이 안 나왔다.

정치범 대우를 받을 수 없게 된 창수는 살인범과 강도들이 모인 방에 수감되었다. 그들과 함께 9인용의 길다란 차꼬에 굴비처럼 엮인 모습이었다. 창수의 위치는 정가운데였다. 가장 위험한 죄수로 찍혔다는 증거였다.

감방 안은 무지하게 더러웠다. 죄수들의 몸도 마찬가지였다. 방이 더러워서 사람도 더러워졌는지, 더러운 사람들 탓에 방이 돼지우리가 됐는지 알 수 없을 지경이었다. 게다가 푹푹 찌는 더위가 여러 날 계속되고 있었다. 방 안에 득실거릴 온갖 병균에 감염되지 않는다면 비정상이었다. 창수는 정상이었다.

어렸을 때 천연두에 걸려 고생한 이후로 그토록 심하게 앓은 적은 처음이었다. 머리가 쪼개질 듯 아프고, 온몸에 힘이 쭉 빠지는가 싶으면 별안간 쿡쿡 쑤셔대고, 열이 펄펄 끓어 잠을 이루지 못했다. 당연히 식욕은 떨어지고, 코피에 기침에다 설사로 모자라 변비까지…… 장티푸스는 창수로 하여금 죽고 싶어지게 할 만큼 고통스러웠다. 그러나 아무리 고통스럽다 해도 병에 걸린 장소가 감옥이 아니었다면 자살을 결심하지는 않았을 것이다. 낮에 동료들이 잠든 틈을 타서 창수는 허리띠로 자신의 목을 졸랐다. 그전에 유서를 쓰듯 이마에 손톱으로 새긴 글자는 '忠'이었다. 그로써 '충'은 '효'의 반대말이 되었다.

숨이 끊어질 때까지 자신의 목을 조른다는 것은 굉장한 묘기가 아닐 수 없다. 그처럼 초인적인 능력을 지닌 인물의 실존 여부가

판가름 나는 중요한 순간이었다. 그야말로 숨막히는 고통을 참아
낸 끝에 창수는 드디어 죽었다, 고 느꼈다. 몸이 붕 떠오르며 눈앞
에 펼쳐진 풍경은 아름다운 고향 마을이었다. 창수는 정든 사람들
과 어울려 신나게 놀았다. 갑자기 사방에 땅거미가 깔리더니 어둠
을 뚫고 시뻘건 물체가 미끄러지듯 다가왔다. 일곱 구멍으로 피를
쏟고 있는 쓰치다였다. 창수는 무섭기보다 까닭 모를 슬픔에 휩싸
여 그를 외면했다. 쓰치다는 피가 뚝뚝 떨어지는 손을 창수에게 내
밀었다. 알 수 없는 힘에 이끌린 창수의 손이 그 손을 향해 천천히
움직였다. 그 순간 등 뒤에서 다급한 목소리가 들려왔다. 형! 이제
그만 돌아와요. 다들 기다리고 있잖아. 돌아보니 고향 후배 안중
근이 두 팔을 벌리고 서 있었다. 그의 뒤로 퍼져가는 환한 빛이 눈
부셔서 창수는 눈을 감았다. 주위가 시끄러워 눈을 떠보니…… 좌
우로 늘어선 감방 동료들이 소리를 지르고 난리였다.

"사람이 죽었다!"

"어? 살았네!"

혼이 잠깐 나가기 직전 요동쳤던 창수의 몸부림에 동료들은 모
두 깨어나 있었다.

창수가 스스로 목숨을 끊을 기회는 다시 찾아오지 않았다. 동료
들이 그럴 틈을 주지 않았기 때문이었다. 창수 자신도 다시는 자
살을 꿈꾸지 않으리라 다짐했다. 내가 나를 죽이는 짓은 옳지 않아.
이러다 병으로 죽거나 왜놈들에게 죽임을 당하는 한이 있어도 어
쨌든 저절로 죽어야지. 장티푸스의 증상 가운데 하나는 고열로 인

해 정신이 오락가락하는 것이었다. 다행히 열은 떨어졌지만 기력
또한 바닥이어서 목 조를 힘은커녕 혀 깨물 힘조차 남아 있지 않
았다. 그사이 아무것도 먹지 못한 탓이었다. 어머니가 남의 집 더
부살이로 들어가 허드렛일을 해서 넣어주는 밥을, 창수는 보름 동
안 한 끼도 먹을 수 없었다.

웅변

　인천 경무청에는 외국인 관련 사건을 전담하는 특별재판소가
설치되어 있었다. 창수가 인천 감옥으로 이송된 이유였다. 창수의
첫 공판은 피치 못할 투병과 본의 아닌 단식으로 기진맥진한 상태
에서 열렸다. 애초에 창수는 경성의 고관들을 상대로 자신의 소견
을 펼칠 계획이었으나, 뜻하지 않은 발병으로 언제 죽을지 모르게
된 마당에 계획대로 밀고 나간다는 것은 어리석은 짓이었다. 아쉽
지만 여기서라도 왜놈을 죽인 참뜻을 명백히 밝힌 연후에 죽으리라.
결연한 각오를 다진 창수는 간수의 등에 업혀 경무청 안으로 들어
갔다.
　법정에는 조선인 경무관과 순검들, 일본 경찰에서 파견한 순사
등이 자리잡고 있었다. 창수를 변호해줄 사람은 오직 창수 자신뿐
이었다. 방청석에 참관인들이 앉아 있기는 했지만 재판정이라기
보다는 구경이 허락된 취조실의 분위기였다. 경무관 김윤정이 입

을 열었다.

“어쩌다가 저 모양이 됐나?”

열병 탓이라는 간수의 대답을 듣고 김윤정은 창수에게 첫 질문을 던졌다.

“묻는 말에 대답할 정신은 있나?”

“정신은 말짱한데 목구멍이 말라붙었나 보오. 물 한잔 마시면 말하는 데 도움이 되겠소.”

창수에게 물 마실 짬을 허락한 뒤에 김윤정은 본격적인 신문에 들어갔다.

“황해도 해주에 사는 김창수 맞나?”

“그렇소.”

“안악군 치하포에서 일본인을 살해한 일이 있나?”

도둑질 운운하지 않은 것이 창수로서는 일단 만족스러웠다. 편안한 마음으로 창수는 준비한 대답을 또박또박 건넸다.

“국모의 원수를 갚기 위해 왜구 한 명을 타살한 일이 있소.”

여전히 때려죽였다는 소신에는 변함이 없었다. 김윤정은 그 대목을 놓고 왈가왈부하지 않았다. 다른 어떤 것에 대해서도 더 이상 묻지 않았다. 순검들 역시 모두 입 다문 채 서로 눈길만 주고받은 까닭은, 참관을 빙자해서 감시의 눈초리를 빛내고 있는 거북한 존재 때문이었다. 창수의 진술이 그의 심기를 건드려 분위기가 험악해질지도 모른다는 우려 때문이었다. 와타나베 순사는 법정 안이 일순간 조용해지자 이상하다 싶어 통역에게 설명을 재촉했다.

그 꼴을 본 창수는 곧바로 벼락같은 불호령을 내렸다.

"이놈!"

보름을 쫄딱 굶은 환자라고는 도저히 볼 수 없는 기백이었다. 이어지는 창수의 꾸중은 통렬했다.

"오늘날 모든 나라가 지켜야 할 국제법규 어느 조문에, 조약을 맺은 나라의 왕후를 죽여도 된다고 나와 있더냐. 이 개 같은 왜놈아! 무슨 생각으로 네놈들이 우리 국모를 시해했느냐. 내가 그냥 넘어갈 것 같으냐. 살면 이 몸뚱이 하나로, 죽으면 한 맺힌 혼령이 되어서라도, 네놈들의 임금을 죽이고 왜놈의 씨를 말려 조국의 치욕을 씻고야 말 것이다!"

무슨 말인지 알아듣지 못하는 와타나베였지만, 창수의 말씨와 표정만으로도 대충 무슨 소리인지 모를 수가 없었다.

"칙쇼! 칙쇼!"

이국땅에서 억세게 재수 없는 날을 만난 그 일본 순사는 불쾌감에 욕을 해댔지만, 그 말뜻 그대로 짐승 같은, 그중에서도 맹수처럼 으르렁거리는 창수의 서슬 앞에 맞설 엄두는 나지 않았다. 슬슬 꽁무니를 빼던 그는 뒷문으로 달아나버렸다.

와타나베가 사라진 뒤에 법정의 분위기는 한층 무거워졌다. 창수의 진술대로라면 강도 치사(致死)로 다룰 사건이 아니었다. 사안의 중대함을 감지한 김윤정은 감당하기 어렵다고 판단하여 상부에 지원을 요청했다. 잠시 후 감리사 이재정이 들어와 상석에 앉았다. 그가 김윤정의 보고를 받는 동안 창수는 청하지도 않은 차를 대접받았다. 모든 준비가 끝나고 새롭게 신문이 시작됐을 때, 질문을 던진 사람은 창수였다.

"그대들은 국상을 당해 온통 하얗게 입었구려. 군왕의 원수를 갚기 전에는 소복을 입지 않는다! 춘추에 나오는 구절을 모르오? 나야 시골구석에 처박혀 사는 보잘것없는 놈이오만, 나라의 수치를 견딜 수 없어 백성 된 도리로 왜구 한 명을 죽였소. 맑은 하늘 밝은 해 아래 내 그림자가 부끄러워서 말이오. 헌데 우리 조선사람 중 누가 왜놈의 왕을 죽여 복수했다는 말을 아직 듣지 못했소. 그대들은 어찌 국록을 도둑질해서 한낱 부귀영화나 누려보겠다는 더러운 심보로 임금을 섬기는가!"

창수의 말을 듣는 동안 방청석을 포함한 법정 안의 모든 관리들은 얼굴이 벌겋게 달아올랐다. 역시 낯빛이 홍당무처럼 변한 이재정이 마침내 입을 열었다. 그 자리가 어떤 자리인지 헷갈리게 하는 말이었다.

"여보게, 창수. 자네 말을 듣자니 당황스럽고 부끄러워 쥐구멍에라도 숨고 싶은 심정이네. 내 자네의 충의와 용기를 흠모하네. 허나 어쩌겠나. 상부의 명령대로 움직일 수밖에 없는 우리 처시를 이해하게. 우리는 그저 보고만 올리면 그만이니, 모쪼록 어찌 된 일인지나 자세히 말해줄 수 없겠나."

창수가 바라던 바였으나 이미 혼신의 힘을 쏟고 난 뒤였다. 쓰러지지 않고 버티는 것만 해도 용한 일이었다. 창수의 상태가 위급함을 눈치챈 김윤정이 이재정에게 다가가 귓속말을 전했다. 창수는 다시 간수의 등에 업혀 감옥으로 돌아왔다.

영웅

　일차 신문이 진행되는 동안 경무청 일대는 창수에 대한 소문으로 술렁였다.
　"아직 애라며?"
　"덩치는 황소만하대."
　"별종이라는구먼."
　"도대체 무슨 사건이야?"
　호기심 많은 구경꾼들이 우르르 경무청으로 몰려들었다. 법정 안으로 들어가지 못한 사람들은 복도에서 귀동냥에 열중했다. 법정 출입의 통제를 맡은 순검들은 문에 귀를 대고 주워듣는 대로 알려주기 바빴다.
　"해주 사는 김창수라는 청년이오."
　"중전 마마의 원수를 갚기 위해 왜놈을 때려죽였답니다."
　나중에는 문틈으로 안을 엿보며 법정 안의 상황을 생생하게 전달하는 순검도 생겨났다.
　"가만, 이제 감리사 영감을 호되게 꾸짖는데요. 아, 저 영감 꼼짝없이 당하고만 있습니다. 꿀 먹은 벙어리예요."
　입에서 입으로 전해진 소식은 경무청 문 밖에서 발을 동동 구르고 있는 곽낙원의 귀에까지 들어갔다. 제 발로 걸어 들어가지도 못하는 아들의 축 늘어진 모습을 보고 걱정이 태산 같았던 그녀였다. 저 몸으로 공연히 삐딱하게 대답하다가 송장이 되어 나오는 건 아닐까. 창수가 법정을 온통 휘어잡고 있다는 말을 듣고, 곽낙원은 자랑스럽기도 했지만 무엇보다 아들이 무사함에 가슴을 쓸어내렸다. 여전히 남의 등에 업힌 채 나오는 아들을 그녀는 웃는 얼굴로 맞았다.

"아주머니, 마음 놓으세요. 참 호랑이 같은 아드님을 두셨습니다그려."

그 장한 청년이 바로 자신의 등에 업혀 있다는 뿌듯함으로 가득 찬 간수의 말이었다.

도대체 어디서 그런 힘이 솟아나는 것일까. 창수는 감옥에 돌아와서도 얌전히 감방에 처박혀 쉬지 않고 또 한차례 열변을 토했다. 이번 주제는 감방 배정의 오류에 관한 것이었다. 같은 방 같은 자리로 돌아와 족쇄가 채워지는 순간 창수의 항의는 시작되었다.

"내가 한번은 참고 넘어갔소. 살인강도 취급을 당하면서도 묵묵히 때를 기다렸소. 헌데 이제 내 소행의 참뜻을 나 알고 나서도 나를 이 따위로밖에 다루지 못한단 말인가!"

흥분을 참지 못한 창수가 일어서며 한 발을 치켜드는 바람에 죄수들을 꿰고 있는 차꼬가 번쩍 들렸다. 창수 양 옆으로 네 명씩의 죄수들은 일제히 비명을 질러댔다.

"아야! 발목 부러지겠네!"

창수는 얼른 발을 내려놓고 팔만 휘저으며 말을 이어갔다.

"봐요, 이렇게 땅에다 금만 그어놓고 여기가 감옥이다, 해도 난 안 달아나요. 내가 도망을 갔으면 벌써 갔지, 왜놈 죽인 장소에 이름이며 주소며 죄다 써 붙여놓고, 석 달이 다 되도록 집구석에 들어앉아서 언제 날 잡으러 오나, 기다렸겠어? 어? 당신들 말이야, 왜놈들에게 잘 보이겠다고 날 이렇게 홀대하는 거야? 그런 거야?"

뒤따라온 경무관 김윤정이 듣고 있다가 안 되겠다 싶어 간수에게 명했다.

"얼른 편안하고 깨끗한 방으로 옮겨! 이 사람은 격이 다른 죄수라는 거 모르나? 머리는 뒀다가 뭐에 쓰려고 붙이고 다녀? 더군다나 중병을 앓고 있는 몸인 거 뻔히 알면서. 혼자 방을 쓰게 하고, 너희들이 간호도 책임지도록."

애꿎은 핀잔을 뒤집어쓴 간수는 속으로 투덜댔다. 저거 순 꾀병 아냐? 오며가며 업어주느라 몸살이 난 건 누군데. 창수에게 품었던 그의 존경심이 잠시 사그라든 그 순간, 창수는 감옥 안에서 아무도 건드리지 못할 왕 같은 존재가 되어 있었다.

감옥 안에서뿐이랴. 인천 바닥에서 창수를 모르면 항구에 막 도착한 일본인 첩자로 의심 받아도 할 말이 없었다. 창수는 제물포 개항 이래 최고의 스타로 떠올라 있었다. 스타의 얼굴을 보기 위해 면회를 청하는 사람들이 감옥 앞에 줄을 섰고, 경무청에는 다음 공판 날짜를 미리 귀띔해달라는 청탁이 끊이지 않았다. 양반과 평민이 따로 없었고 자본가와 노동자가 한뜻이었다. 창수를 면회 온 곽낙원은 아들이 안쓰러우면서도 기쁨을 감추지 못했다.

"아까 너 업혀가고 나서 글쎄 경무관이 돈을 백오십 냥이나 보내왔더라. 너 보약 지어 먹이라고. 나 있는 집 주인 내외도 태도가 확 달라졌지 뭐냐. 드나드는 손님들도 이 에미를 어찌나 친절히들 대하는지. 날 존경한다나. 너 먹고 싶은 게 뭔지 말만 하면 다 해주겠대. 참, 며칠 전에는 웬 뚜쟁이 할멈이 찾아와서 하는 말이, 팔자 한번 고쳐보지 않으려우? 부자 남편 만나야 네 옥바라지도 제대로 할 수 있고 또 널 빨리 빼낼 수도 있다고…… 지금 내 꼴이 과부 신세로 보일 만도 하니 화를 낼 순 없잖냐. 난 남편이 있는 몸이다, 며칠 안에 돈 싸들고 올 거다, 하고 말았지. 그런 웃기는 일도 다 있었구나, 애."

창수는 민망해서 고개를 들 수 없었다.

"다 제 잘못입니다. 어머니……"

치하포의 신화 속에 묻혀 있던 신비로운 사나이, 불과 반나절 만에 일약 제물포의 영웅으로 떠오른 천하의 김창수도, 어머니 앞에서는 그저 허물 많고 못난 자식일 뿐이었다.

희극

이차 신문 날에도 창수는 간수의 등에 업혀 감옥을 나섰다. 연도를 메운 주민들이 경무청 앞까지 늘어서 있었고, 담장이나 지붕

위에 걸터앉아 손을 흔드는 사람들도 흔했다. 경무청에는 인천에서 힘깨나 쓰는 관계와 재계의 인사들이 총집결해 있었다. 창수는 이건 아니다 싶었다. 자기를 이용해 뭔가 건져보겠다는 속내를, 적지 않은 자들의 눈빛에서 읽어냈기 때문이었다. 법정으로 들어가 앉는 창수 곁을 지나가며 경무관 김윤정이 넌지시 일렀다.

"그 왜놈 순사가 또 왔네. 오늘도 혼쭐을 내서 쫓아내길 기대하네."

김윤정은 후에 친일의 길을 걸어 경성부 참여관을 지냈다.

그날 창수가 공식적으로 행한 법정 진술은 단 한마디였다.

"이미 다 말했으니 더 할 말이 없소."

나머지는 숨어서 지켜보고 있던 와타나베를 향해 내뱉은 험악한 소리들뿐이었다.

감옥으로 창수를 찾아오는 면회객은 날이 갈수록 불어났다. 창수는 그들이 가져오는 온갖 음식을 동료들과 나눠 먹는 재미로 살았다. 감옥에서 콩밥을 줄 형편도 못 되어 죄수들이 알아서 하루 세 끼를 해결해야 했던 시절이었다.

삼차 신문은 9월 10일에 속개되었다. 법정 안팎의 분위기는 이전과 비슷했다. 와타나베는 참석하지 않았다. 감리사 이재정은 부드럽게 물었고, 창수에게 진술서의 교정을 맡겼다. 창수는 진술서에 서명했다. 그것으로 모든 신문은 끝났다.

며칠 뒤에 창수가 다시 경무청으로 업혀간 것은 사진을 찍기 위해서였다. 그날도 구경꾼의 인파는 만만치 않았다. 김윤정이 창수에게 말했다.

"사진 찍을 때 주먹을 불끈 쥐고 눈도 부라리라고."

치하포의 연극을 치러낸 창수로서는 어려울 게 없는 주문이었다. 촬영이 늦어진 것은 다른 주문 탓이었다. 와타나베의 대리로 나온 일본인 순사보가 창수를 포승줄로 묶든지 수갑이라도 채우라며 간섭하고 나선 것이었다. 죄인임을 강조해야 한다는 뜻이었다. 통역을 들은 김윤정은 단호히 거부했다.

"이 사람은 계하죄인이라 어명 없이는 어떤 형구의 착용도 불가하오."

계하죄인(啓下罪人)이란 국왕의 재가를 얻어야 하는 죄인, 말하자면 임금이 직접 챙기기로 결정된 특별한 죄수를 의미했다. 고종이 창수의 살인 동기를 보고받았다면 이 사건에 대해 남다른 관심을 갖게 됐을 것은 뻔한 일. 허나 일개 순사보에게조차 우습게 보일 만큼 조선 왕조는 이미 절름발이 오리 신세였다.

"왕명이 따로 있나. 내각에서 정한 형법대로 처리하면 그만이지."

김윤정은 물러서지 않았다.

"갑오년의 개혁 이후로 형구 사용이 금지된 거 모르나?"

순사보 또한 와타나베의 대타 노릇을 톡톡히 하려 들었다.

"너희 나라 죄수들이 쇠고랑을 차고 칼을 쓴 꼴을 내가 봤는데."

틀린 말이 아니었으므로 듣는 기분은 더 나빴다. 김윤정은 카메라 앞도 아닌데 주먹을 불끈 쥐고 눈을 부라렸다.

"죄수 사진에 대한 규정은 조약에 없는 걸로 아는데. 자꾸 이렇게 나올 거야? 이런 사소한 일까지 참견할 거냐고? 이건 명백한 내정간섭이야!"

구경하던 이들은 경무관이 아주 명관이라고 치켜세웠다. 상대가 강하게 나오자 순사보는 타협안을 내놓았다. 그 결과 포승줄을 옆에 둔 창수의 모습을 사진에 담게 되는 우스꽝스러운 장면이 연출되었다.

촬영 후에는 예정에도 없던 창수의 거리 연설이 이어졌다. 기운을 다소 회복한 창수의 목소리는 앞서 어느 때보다 우렁찼다:

"여러분! 왜놈들이 우리 국모를 시해했음은 천하가 다 아는 사실 아닙니까. 이 나라 온 백성에게 크나큰 치욕이 아닐 수 없습니다. 그뿐이겠습니까. 놈들의 악독한 만행은 궁궐 안에서만 그치지 않을 것입니다. 여러분의 귀한 자녀들이 다 왜놈의 손에 죽게 생겼습니다. 그러니 저를 본으로 삼지 않으시렵니까! 우리 모두 왜놈이 눈에 띄는 대로 모조리 죽여버립시다!"

그것은 위험한 발언이었다. 자기를 보겠다고 껑충껑충 뛰는 대중 앞에서 창수는 극도로 흥분한 상태였다. 언제 왔는지 와타나베가 창수 뒤쪽에 멀찌감치 서 있었다. 상황을 보고받고 혹시 청중이 반일 시위대로 변하는 골치 아픈 일이 생길까 우려되어 허겁지겁 달려온 참이었다. 군중의 함성과 박수가 잦아들기를 기다려 와타나베는 창수에게 소리쳤다.

"그토록 충성심이 강하면서 어찌 벼슬은 못했누?"

나름대로 창수의 아픈 데를 건드려 연설을 방해해보려는 시도였으나, 그 말은 오히려 타오르는 불길에 기름을 끼얹는 격이 되고 말았다. 통역을 듣자마자 창수는 폭발했다.

"그래 이놈아! 나는 벼슬 못하는 상놈이라서 하찮은 놈밖에 못 죽였다. 그러니 벼슬하는 우리네 양반들은 너네 왕의 목을 베어 원수를 갚고야 말 것이다!"

한번 기 싸움에서 밀린 상대를 극복하기란 불가능에 가깝다. 창수의 살벌한 눈초리에 쫄아붙은 와타나베를 돌려보내는 일은 김윤정의 몫이었다.

"당신들은 죄인을 직접 신문할 권리가 없지 아마. 볼일이 없으면 그만 가보지 않고 뭐 하는 거요?"

창수의 부탁을 받아들여 이화보를 풀어준 사람도 김윤정이었다.

인복

훗날 창수는 그 시절을 회고하며 김윤정의 의리와 용기를 인정하면서도 자신을 위한 그의 배려가 진심에서 우러나온 것이었는지 다시 생각해보게 된다. 혹시 희한한 죄수 하나 부추겨서 재미삼아 구경거리로 만들고자 했던 것은 아닐까. 이후에 그가 보여준 친일 행적이 의심의 근거로 작용한 듯싶다. 하지만 그 시절 김윤정이 일본에 맞설 줄 아는 관리였다 해서 나중에 저지른 친일의 과오가

씻겨질 수는 없는 것처럼, 설령 그가 독립투사를 탄압하는 일제의 앞잡이로 전락했다 하더라도 예전에 창수에게 베푼 친절과 도움마저 모두 가짜였다고 몰아붙여서는 곤란하다. 한 인간의 진심을 읽어내는 가장 좋은 방법은 무엇인가. 김윤정이 창수 보약 지을 돈을 댔다는 사실에 그 답이 있는 것은 아닌지.

김윤정의 진심이 무엇이었는지 꼭 알아야 할 필요도 없다. 그의 마음이 어떠했든 창수가 그의 덕을 봤다는 사실에는 변함이 없으니까. 김윤정뿐 아니라 감리사 이재정도, 이름 모를 간수 양반도, 심지어는 창수의 영원한 밥이었던 와타나베 순사까지도, 낯선 땅에서 사경을 헤매던 창수가 끝내 무너지지 않고 제 뜻을 능히 펼 수 있게 만든 조력자들이었다. 그들이 아니었다면, 혹은 그들이 그런 이들이 아니었다면, 아무리 초인적인 기력과 불굴의 배짱을 지닌 창수라 해도 입 한번 제대로 뻥긋해보지 못한 채 병마와 고문에 시달리다 옥사하고 말았을 비운의 가능성을 배제할 수 있을 것인가. 아무런 연고도 없는 인천 바닥에 김창수라는 이름 석 자를 떨칠 기회가 과연 왔을 것인가.

창수 인생의 수많은 분수령 가운데 하나였던 인천 법정의 쾌거는 그렇게 창수 자신의 힘과 사람 잘 만난 행운이 맞물려 빚어낸 합작품이었다. 실력이 있어야 운도 따른다는 말을 덧붙이기에는, 거침없는 투쟁력은 돋보였을지언정 창수의 일부 발언은 과격함을 넘어 매우 극단적이기까지 한 것이었다. 다분히 감정에 치우친 결과라 아니할 수 없다. 만약 성질 더러운 놈들한테 걸렸다면 계하

죄인이고 뭐고 창수는 곽낙원의 우려대로 아주 위험한 지경에 처했을 가능성이 크다. 하기는 죽으면 죽으리라는 각오가 서 있었으니 말해 무엇하랴. 창수는 그때 겨우 스무 살, 위험천만한 나이였다. 누구의 인생에서든 가장 아슬아슬하다 아니할 수 없는 나이를 막 통과하는 중이었다. 어쩌면 죽음을 불사하는 투지를 불사르지 않고 그 나이에 영웅이 될 수는 없는 것인지도 모른다.

그러나 고작 한 도시에서 유명인사로 잠깐 반짝였다는 것이 창수의 이력으로서야 뭐 그리 대단한가. 그 시절 창수에게 일어난 중요한 변화는 따로 있었으니, 그 또한 여러 사람과의 만남에 힘입어 가능한 것이었다.

변화

건강을 되찾은 창수가 이후의 수감 생활을 통해 힘쓴 일은 크게 네 가지였다. 독서, 교육, 대서(代書), 그리고 뜻밖에도 노래.

당시의 감옥 안 풍경은 여러 면에서 이색적이었다. 죄수들의 낮잠을 허락하는 대신 밤에는 안 재우는 것도 그중 하나였다. 동료들이 잠든 틈을 타서 탈옥하는 것을 막기 위해서였다니 이해가 될 듯 말 듯하지만, 어쨌든 꽤 재미있는 발상이었던 것만은 틀림없다. 그런 규칙 때문에 당직 간수는 밤새도록 죄수들에게 노래를 시켰다. 물론 창수는 열외였다. '감옥의 왕'이었으니까. 하지만 이 방 저 방에서 쉴새없이 불러대는 사내들의 노래를 자장가 삼아 잠들기란 결코 쉬운 일이 아니었다. 방마다 가수가 한 명씩은 있게 마련이어서, 노래와는 담 쌓고 살았던 창수도 자꾸 듣다보니 자연스레 시조며 타령이며 소리의 맛을 알게 되었다. 당시의 유행가였던 잡가(雜歌) 중에「적벽가」라는 노래가 있었다. 창수가 열심히 배워 십팔번으로 삼은 곡이었다.

대서란 동료 죄수들의 소송에 필요한 문서를 대신 써주는 일이었다. 무료였고 승소율이 매우 높아서 너도나도 써달라고 줄을 섰다. 죄수들은 대부분 문맹이었다. 대서해주는 것으로 만족할 창수가 아니었다. 당시 신문의 한 귀퉁이에 실린 관련 기사의 한 구절. "김창수가 들어간 후로 인천 감옥은 감옥이 아니라 학교다." 창수에게 날마다 얻어먹는 동료들로서는 공부하기 싫은 내색을 하기가 어려웠을 것이다. 그때 인천 감옥에서 가장 열심히 공부한 사람은 창수 본인이었다. 그에게 일어난 중요한 변화란 바로 맹렬한 독서를 통한 내면의 변화였다.

창수는 어려서부터 책을 좋아했다. 서당에 다니는 것도 재미있어 했고, 그러다보니 성적도 늘 우수했다. 특히 글씨 잘 쓴다는 칭찬을 많이 받았다. 스스로를 '벼슬 못하는 상놈'이라고 칭한 바 있지만 처음부터 벼슬에 뜻이 없었던 것은 아니었다. 장원급제의 꿈을 안고 임한 과거시험에서 창수가 얻은 것은 환멸이었다. 대리시험을 비롯한 온갖 부정행위가 판을 쳤고, 뇌물을 받은 감독관은 거리낌 없이 문제를 유출했다. 채점관의 단골 기생에게 비단을 갖다 바쳤으니 이미 합격한 거나 다름없다고 공공연히 떠들어대는 자도 있었다. 돈 없으면 양반도 벼슬하기 힘든 개 같은 세상에서, 설령 기적적으로 시험에 붙어 관직에 나아간다 한들 밥그릇 싸움하는 한 마리 개밖에 더 되겠는가. 벼슬할 뜻을 접어야 했던 창수의 심회였다. 그 뒤로 창수는 심심풀이 삼아 풍수나 관상 또는 병법에 관한 책을 읽었다.

감옥에서 창수의 독서를 도운 이들은 감리서의 관리들이었다. 인천에는 외국인들이 꽤 살고 있었고 외국과 교역하는 국내 상인들의 왕래도 잦았다. 관리들도 그 영향을 받아 새로운 문물에 눈뜬 이들이 적지 않았다. 그들과 대화를 나누다가 창수는 이런 얘기를 들었다.

"문을 닫아걸고 우리 것을 지키기만 해서는 곤란해. 그런 케케묵은 생각으로는 이 나라에 가망이 없지. 세계 여러 나라의 정치와 경제, 산업과 문화, 사상과 교육 등등을 다 살피고 따져서 좋은 것은 들여와 우리 것으로 만들어야 하네. 그렇게 해서 나라 살림과 백성의 생활에 유익하게 하는 것이 이 시대의 과제야. 그것을 알고 실천하는 이가 진정한 영웅일세. 배타주의로 나가면 이 나라는 망해요. 그러니 창수 자네처럼 의로운 사람이 새로운 지식을 쌓아야 하지 않겠나. 장차 나라의 큰 인물이 될 사람이니."

감옥에 갇혀 죽을 둥 살 둥 하는 처지였지만, 그 말을 들은 창수의 기분이 나쁠 리 없었다. 또 어떤 이는 중국에서 펴낸 책과 우리말 번역서들을 창수에게 주며 읽어보라고 권했다. 주로 서양의 역사와 지리에 관한 책들이었다. 죽기 전에 책이나 실컷 읽어볼까. 창수는 미친 듯이 읽어나갔다. '아침에 도를 들으면 저녁에 죽어도 좋다.' 역시 목숨 거는 데 일가견이 있는 창수의 독서하는 자세였다. 관리들은 회심의 미소를 지었다.

새로운 세계를 이해하느라 여념이 없던 창수에게 문득 떠오른 얼굴이 하나 있었다. 한동안 잊고 살아온 스승 고능선이었다. 창수는 지그시 눈을 감고 잠시 옛날을 회상했다. 선생님을 하늘처럼 우러러보던 때가 있었지. 고능선은 창수에게 일본이든 서양이든 배척하는 것이 올바른 도리라고 가르쳤다. 그에게 조선을 제외한 세계의 모든 국가는 미개한 오랑캐의 나라였다. 이른바 소중화(小中華) 의식. 그 신념은 고스란히 창수의 것이었다. 생각을 달리하는 자는 인간도 아니었다.

스승의 얼굴을 떠올렸을 때 창수는 『태서신사(泰西新史)』라는 책을 읽고 있었다. 서구의 역사에 관한 교과서와 같은 책이었다. 그거 무슨 책인가? 아니, 자네 미쳤나? 어디 읽을 책이 없어서 원숭이처럼 생긴 종족의 역사 따위에 정신을 팔고 있단 말인가! 고능선이 옆에 있었다면 크게 꾸짖으며 압수하거나 그 자리에서 태워버렸을 책. 그런데 그 움푹 꺼진 눈에 멋대가리 없이 코만 우뚝한 오랑캐들의 정치 제도와 법률 체계가 훨씬 인간적이라고 하지 않을 수 없다는 판단을, 창수는 떨쳐버릴 수가 없는 것이었다. 그렇다면 조선 팔도에 우글우글 넘쳐나는 탐관오리들은 오랑캐라 불릴 자격도 없는 놈들이구나. 그런 노여움이 치밀어오르는 것이었다.

창수는 한때 같이 놀았던 중근과 그의 부친 안태훈 진사가 신학문(新學問)에 관심이 많았음을 기억해냈다. 고능선이 단발에 관한 견해차로 안태훈과의 사귐을 중단한 이면에는 그 점에 대한 못마땅함도 컸다. 그때는 무조건 옳다고만 여겨졌던 스승의 태도가 이제는 썩 좋아 보이지 않는다는 것. 창수가 달라졌다는 단적인 증거였다. 창수는 새롭게 찾아든 생각을 나름대로 정리해봤다. 의리는 유학에서 배우더라도, 여러 제도와 문화는 세계 모든 나라에서 가려 뽑아 적용하는 게 좋겠어. 그것이 나라와 백성…… 아니지, 인민을 위한 길이 맞는 것 같아. 단순하고 소박한 수준이기는 해도 그런 생각은 미래의 지도자를 꿈꾸는 청년에게나 어울릴 성질의 것이었다. 창수는 피식 웃으며, 읽던 책이나 마저 읽자고 자세를 고쳐 앉았다.

어명

창수가 감옥에서 독서에 열중하는 동안, 일본 정부는 그를 살려두지 않겠다는 강한 의지로 조선의 왕실과 내각을 압박했다. 압박이라 함은, 역으로 일본의 의지가 쉽게 관철되지 않았다는 뜻일 터. 당시의 내각은 이완용을 비롯한 친러시아파로 채워져 있었다.

법부대신 한규설이 인천의 감리서로부터 미결수 김창수에 관한 건의를 받은 날은 10월 2일. 마지막 신문이 있고 나서 이십여 일이 지난 뒤였다. 치하포 사건을 조속히 판결해달라는 내용이었다. 감리서 쪽에서도 일본 영사관이 하도 닦달을 해대는 통에 어쩔 수 없이 보내게 된 건의서였다. 한규설은 즉시 인천으로 전보를 치라고 지시했다. 임금이 알아서 결정할 사안이니 까불지 말라는 취지의 답신이었다. 애초부터 까불 생각이 없었던 감리사 이재정은 뜨거운 감자를 떠맡은 상관에게 감사하는 마음으로 조용히 기다렸다. 판결은 계속 미루어졌다. 일본 영사관측은 시간이 걸릴수록 일이 틀어지기 쉽다는 판단 하에 노골적으로 개입하기 시작했다. 한규설로서도 시간을 끄는 게 최선일 뿐 끝까지 일본의 압력을 물리치기는 힘들었다. 마침내 10월 22일, 인천 감리서의 건의를 잠재운 뒤로 이십 일을 더 버틴 끝에 한규설은 창수가 포함된 사형수 명단을 들고 러시아 공사관을 찾아갔다. 9개월째 거기서 살고 있는 고종을 만나기 위해서였다.

그로부터 보름 뒤, 창수는 아침에 신문을 읽다가 그날 교수형에 처해질 죄수들의 명단에서 자신의 이름을 발견했다. 순간 창수는 눈앞이 노래지며 심장에 금이 가는 소리를 들었다. 그러나 겉으로는 태연한 모습을 유지하는 자신에게 놀라며 평소와 다름없이 밥을 먹고 책을 읽었다. 그날 창수의 손에서 떠나지 않은 책은 『대학(大學)』이었다. 아버지가 첫 면회 때 넣어준 책이었다.

그날 감옥 안팎을 통틀어 담담한 모습을 유지한 사람은 창수 모자 둘뿐이었다. 곽낙원이 태연자약할 수 있었던 것은 주위 사람들이 차마 그 비보를 전할 수 없어 쉬쉬했기 때문이었다. 김순영은 출타 중이었다. 그 밖의 모든 사람들, 특히 감옥 안의 동료들은 슬픔에 겨워 흐르는 눈물로 옷깃을 적셨다. 부모가 죽어도 저렇게들 슬피 울까. 마음 아파하는 동료의 모습이 눈에 띄면 창수도 마음이 흔들렸다. 나도 저들처럼 남의 죽음을 슬퍼할 수 있다면 얼마나 좋을까. 그들을 안 보기 위해서라도 창수는 책에서 눈을 뗄 수 없었다.

세상에서 가장 무거운 시간이, 무섭도록 빨리 흘러갔다. 저녁식사를 마치고 났을 때 감옥 안의 정적을 깨고 옥문 여닫히는 소리가 들려왔다. 이어서 다가오는 사람들의 발소리. 때가 왔구나. 고개 드는 창수를 향해 쏠린 동료들의 얼굴은 사색이 되어 있었다.

"김창수! 어느 방이야?"

사형수의 이름을 저리도 호들갑스럽게 불러대다니. 창수가 마지못해 대답하려는데, 어디 있어? 방정맞은 목소리가 이어지며 감리서 직원이 모습을 나타냈다. 그의 표정은 소풍 나온 아이처럼 들떠 있었다.

"와우! 김창수는 이제 살았어! 어휴, 우리가 얼마나 가슴을 졸였는지 알아? 감리사 영감 이하 전 직원이 하루 종일 밥도 못 먹고 애를 태웠어요. 어떻게 창수를 우리 손으로 죽일 수가 있냐, 하며 한숨만 푹푹 쉬다가 나중에는 입 다물고 서로 얼굴만 멀뚱멀뚱 쳐다보고 있었다니까. 창수! 오늘 하루 정말 죽을 맛이었지? 내 얘기를 들어봐. 글쎄……"

그가 흥분해서 한참 떠든 내용과 나중에 감리서에서 흘러나온 뒷얘기를 종합해보면 창수가 죽음을 면하게 된 자초지종은 이러했다.

신문에 실린 대로 창수의 사형 집행은 고종의 재가가 떨어진 상태였다. 고종이 모르고 그랬거나 고종 몰래 그리됐을 거라는 세간의 추측은 억측이기가 쉽다. 창수가 계하죄인이라는 김윤정의 말이 혹시 거짓이었다 해도, 사형 판결에 관한 한 법부대신이 피고한 사람 한 사람의 서류를 임금에게 보여주고 결재를 맡는 것이 당시의 절차였기 때문이다. 실제로 한규설이 고종에게 창수의 교수형을 건의했다는 기록이 남아 있기도 하다. 고종은 아마도 고심 끝에 그 건의를 받아들일 수밖에 없다고 판단한 것 같다. 만약 고종이 거부했거나 결정을 유보했다면, 일본이 꼼수를 부려 서류상의 재가를 꾸며냈을 가능성이 하나 더 남게 된다. 어쨌든 분명한 것은, 치하포 신화의 주인공이자 인천 개항 이래 최고의 영웅 김창수가 장가도 못 가보고, 아니 연애 한번 제대로 못해본 채 인생을 마감할 위기에 처했다는 사실. 그 절체절명의 위기에서 창수를 구한 사람은 또 누구인가.

형 집행을 얼마 앞두지 않은 시각, 임금을 모시는 승지 한 사람이 무슨 생각에서였는지 이미 결재가 끝난 죄수들의 서류철을 훑어보기 시작했다. 할 일이 없어 심심하던 차였거나, 아니면 열심히 서류 정리를 하던 중이었을 수도 있다. 뭐든 정리하다 보면 자꾸 들춰보게 되는 것이 인지상정. 사형수들의 기록이니 더욱 읽는 이의 호기심을 자극했으렷다. 죽음을 눈앞에 둔 이들의 꼬일 수밖에 없었던 인생을 훔쳐보는 재미에 푹 빠져 한 장 한 장 서류를 넘

기던 그의 눈에 확, 들어오는 네 글자가 있었다. 國母報讐. 승지는
자세를 가다듬고 사건의 개요를 파악해나갔다. 아니 이런 일이!
혹시 전하께서 제대로 읽어보지도 않고 허락하신 것은 아닐까? 승
지는 서류철을 펼쳐든 채로 급히 고종을 알현했다.

그 자리에서 무슨 대화가 오갔는지는 알 수 없지만, 고종은 잠
시 후에 긴급 어전회의를 소집했다. 만약 고종이 모르고 재가했다
면 하늘이 한번 더 기회를 준 것에 감사했을 것이고, 알고 재가했
다면 역시 하늘이 한번 더 기회를 준 것으로 받아들이고 뉘우쳤을
것이다. 어전회의는 금세 끝났다. 창수가 러시아인을 죽인 것도 아
닌데, 전도유망한 청년의 목숨을 일단 살려놓고 보자는 임금의 강
력한 주장에 친러내각이 기를 쓰고 맞설 이유는 없었다. 한규설의
입장은 좀 난처해졌을지 모르지만, 성큼성큼 다가오던 죽음의 그
림자가 창수 코앞에서 멈춰 서게 되는 극적인 순간이었다.

그런데 해결해야 할 문제가 하나 남아 있었다. 사형 집행 시각
은 임박했는데 어떻게 어명을 전달하나? 인천까지 말을 타고 달려
갈 시간은커녕 전보를 치러 갈 시간조차 있을지 모를 긴급한 상황
이었다. 그래서 선택된 방법이 전화였다. 전보총국에 전화를 걸어
어명을 불러주자는 아이디어가 결정적이었다. 그릴 것 없이 인천
감리서로 직접 전화를 걸면 된다는 최선의 해법이 곧 마련되었다.
역시 천우신조일까. 경성 안에만 설치되어 있던 전화선이 인천까
지 개통되고 난 직후였다. 그렇다면 누가 전화를 걸 것인가. 다들
뒤로 빼는 바람에 하마터면 다 살린 창수를 도로 죽일 뻔했다. 더

이상 지체해서는 안 될 위기의 순간, 대신들은 황공함을 무릅쓰고 일제히 용안을 응시했다. 당신만큼 통화 경험이 풍부한 사람이 이 자리에 또 있냐는 무언의 압력이었다. 인천의 감리사 이재정은 뜻밖의 전화를 받고 성은이 망극했다.

성은

그 시절 창수가 누린 인복의 절정은 고종이었다. 단지 그가 전화로 손수 어명을 전했기에 그런 것만은 아니었다. 창수의 구명을 가능케 한 당시의 정치적 환경은 무엇이었던가. 그 유명한 아관파천(俄館播遷). 한 나라의 왕이 외국 군대의 삼엄한 감시망을 뚫고 궁궐을 탈출하여 다른 외국의 공사관에 얹혀살기를 일 년씩이나 계속했다는 희귀한 사건. 고종이 아들과 함께 궁녀용 가마에 몸을 숨겨 러시아 공사관으로 넘어간 것은, 창수가 치하포 여관에서 쓰치다를 죽이기 며칠 전이었다.

만약 고종이 일본 군대에 의한 신변의 위협에도 불구하고 궁궐을 비울 수는 없다며 고집을 부렸거나, 또는 러시아 음식이 입에 맞지 않는다든가 하는 이유로 일찌감치 환궁해버렸다면, 그래서 저 갑신년의 정변처럼 친러파의 득세 또한 삼일천하로 끝나고 말았다면, 과연 창수의 신상에 어떤 영향을 끼치게 되었을까. 친러 내각이 들어서지 못했을 것은 뻔한데, 여전히 친일파가 국정을 장악한 상태에서 창수의 목숨이 보전되기를 바라기란 부질없는 노릇이 아니었을까. 그러고 보면 김윤정이나 이재정이 창수에게 우호적이었던 것도, 와타나베가 창수 앞에서 기를 못 펴고 번번이 물러섰던 것도, 단지 그들 개개인의 품성과 기질로 말미암은 것만은 아닐 수도 있지 않을지.

감리서 직원이 다녀간 뒤로 감옥 안은 때 아닌 봄바람이 불어온 듯 소생의 기운이 넘쳐났다. 동료 죄수들은 기뻐 날뛰고 싶었지만 차꼬에 발이 묶여 그러지는 못하고, 대신 그동안 갈고 닦은 노래 실력을 맘껏 뽐내며 덩실덩실 어깨춤을 추었다. 그들이 보기에 창수는 정말로 기이한 존재였다. 자신이 죽지 않을 것을 미리 안 사람처럼 느긋하게 시간을 보내지 않았던가. 창수에게서 느껴지는 신비감은 어머니 곽낙원에게 더욱 강렬할 수밖에 없었다. 뒤늦게 아들이 죽을 고비를 넘겼다는 소식을 듣자마자, 그녀는 지난여름 배 위에서 창수가 예언처럼 했던 말을 떠올렸다. '절대로 안 죽어요. 하늘이 도우실 겁니다. 안 죽는 게 확실하다니까요.' 곽낙원은 남편에게 그 얘기를 들려줬고, 그들 부부는 예사롭지 않은 아들을 두었다며 역시 예사롭지 않은 눈길을 교환했다.

기인

그 뒤로도 창수의 인복은 그치지 않았다. 쓰치다를 제외한 모든 인연이 복이었다 해도 과언이 아닐 만큼 창수는 행운아였다. 그 모든 행운의 뿌리였다는 점에서 쓰치다와의 악연마저도 창수를 위해 마련된 인복이라 할 수는 없을지. 그러나 숱한 사람들의 도움에도 불구하고 창수는 여전히 감옥에 갇힌 죄인이었다. 어명은 창수의 석방이 아니었고 사형은 다만 미루어졌을 뿐이었다. 그날이 또 언제 닥쳐올지는 아무도 알 수 없었다. 창수는 여전히 목숨을 반쯤 내려놓고 살아야 하는 사형수였다.

하루는 강화도에 사는 한 남자가 창수를 면회 왔다. 나이를 가늠하기 힘들어 보이는 단단한 인상의 사내였다. 창수는 그가 미리 넣어준 새 옷을 입고 있었다. 창수를 응시하는 사내의 눈빛은 형형했다. 눈은 상대의 눈에 두되 머리부터 발끝까지 꿰뚫어보는 듯한 압도적인 느낌. 창수는 시선을 피하지 않으려고 안간힘을 썼다. 흔치 않은 경험이었다. 사내는 별 말이 없다가 짧게 한마디 하고 돌아갔다.

"고생하오. 나는 김주경이오."

저녁에 밥을 가져온 어머니에게 창수는 낮에 다녀간 낯선 방문객에 대해 말했다. 곽낙원은 이미 김주경을 알고 있었다.

"그 양반 아까 우리한테도 왔었어. 네 아버지랑 나를 보더니 옷 해입으라고 옷감을 끊어주더구나. 돈도 이백 냥씩이나 주면서 생색도 안 내고. 무지 과묵해. 열흘 뒤에 다시 오겠다는 말만 남기고 휙 가더라고. 너 보기엔 어떻디? 듣기로는 아주 훌륭한 사람이라는데."

"사람을 한 번 보고 알 수 있나요. 어쨌든 고마운 분이죠."

김주경은 어려서부터 도박의 귀재였다. 아들의 장래를 걱정한 부모가 도박을 끊게 하려고 한 달 동안 그를 창고에 가둔 적이 있었다. 김주경은 투전(鬪牋) 한 목을 몰래 지니고 들어갔다. 창고에서 나올 때 그는 타짜 수준의 기술자가 되어 있었다. 김주경은 경성으로 갔다. 큰 판에서 놀아야 한다는 허영심 따위는 없었다. 김주경이 한동안 경성에 머물면서 심혈을 기울인 일은 투전 제작이었다. 만든 사람만 알아볼 수 있게 표시된 이른바 공장목. 강화도로 돌아오는 그의 손에는 특수 제작된 투전 세트가 한 보따리 들려 있었다. 김주경은 그것들을 뱃사람들에게 팔았다. 직접 나서지 않고 친구들을 동원한 이유는 자명했다. 그에게 남은 일은 포구마다 널려 있는 어선들을 돌아다니며 돈을 쓸어 담는 것뿐이었다.

수십만 냥을 벌어들인 김주경은 관내의 하급 관리들을 몽땅 매수했다. 그들은 김주경의 수족처럼 움직였다. 포교가 도둑을 체포하면 감영으로 끌고 가는 대신 김주경 앞에 데려다 놓고 처분을 기다릴 정도였다. 뿐만 아니라 그는 인근에서 용맹하거나 영리하기로 소문난 인재들을 모조리 포섭하여 조직으로 거느렸다. 그들이 하는 일은 주로 부정부패를 저지른 양반을 색출하여 비리의 경중에 맞게 응징하는 것이었다. 김주경의 실세를 인정한 대원군은 그에게 강화도의 모든 군수창고를 관리하는 중책을 맡겼다.

김주경이 창수에게 관심을 갖게 된 것은 인천 감옥의 간수장 최덕만을 통해서였다. 최덕만은 김주경 집에서 하녀로 일했던 여자의 남편이었다. 인천에 들렀다가 최덕만으로부터 창수 얘기를 전해들은 김주경은 대뜸 이렇게 말했다.

"김창수를 살리세. 방법은 돈밖에 없네. 지금 조정의 대신들은 돈독이 잔뜩 올라서 눈에 뵈는 게 돈밖에 없거든. 창수 청년의 부모님을 모시고 경성으로 가야겠네. 김창수가 풀려날 때까지 손을 써볼 작정이야."

약속대로 열흘 뒤에 다시 인천에 온 김주경은 곽낙원과 함께 경성으로 가서 곧바로 법부대신 한규설을 찾아갔다. 한규설은 김주경의 탄원에 공감을 표하면서도 나서기를 꺼렸다. 모든 대신들이 창수 문제로 일본의 협박을 받고 있는 상태였다. 조선에 대한 러시아의 영향력이 가장 막강했던 시기였음에도 불구하고 내각은 일본의 눈치 또한 보지 않을 수 없었다. 그들에게는 창수가 죽지도 않고 감옥에서 풀려나지도 않는 것이 최선의 상태였다. 열 받은 김주경은 대신들이 약해빠졌다며 욕을 바가지로 퍼부었다.

김주경이 택한 다음 방법은 공식적인 항소였다. 법부의 답변은 역시 무기력했다. "국모의 원수를 갚는다는 뜻은 가상하나 외교적으로 워낙 민감한 사건이라서 우리 마음대로 처리할 수 없음." 인천과 경성을 수없이 오가며 각급 관청에 손을 써봤으나 모두 미루고 또 미룰 뿐 아무 소득이 없었다. 어느새 해는 바뀌어 봄이 가고 여름이 오도록 김주경의 모든 노력은 헛수고였다. 마침내 그는 가산을 탕진했다. 김주경은 창수에게 위로의 편지를 보냄으로써 반년 넘게 몰두한 일이 실패로 돌아갔음을 인정했다.

김주경이 택한 다음 일은 해적이었다. 배가 필요했지만 돈이 없었고, 돈이 있다 해도 해적질을 할 사람이 돈 주고 배를 산다는 것은 웃기는 일이었다. 김주경은 우선 조직의 재건을 위해 힘썼다. 창수 일로 자리를 비운 사이 조직은 모래알로 변해 있었다. 어느 정도 세력을 규합한 그는 관용선 한 척을 훔치기로 계획했다. 그러나 이미 강화도는 김주경의 땅이 아니었다. 모의는 금세 탄로 났고 김주경은 미련 없이 도망쳤다.

훗날 러시아의 블라디보스토크에서 그를 봤다는 사람이 있으나, 그 사람이 잘못 본 거라고 주장한 사람도 있다. 같은 시기에 중국 상하이에서 김주경을 목격한 사람도 있다는 것이 그 주장의 근거였다. 또 어떤 사람은 그가 도망치는 길에 강화 군수 일행과 마주쳤다는 얘기를 어디서 들었다고 했다. 김주경이 무장군인들로 둘러싸인 군수를 흠씬 두들겨 팬 뒤에 홀연히 사라졌다는 소문이 강화도 일대에 자자하더니, 소문은 바다 건너 인천으로 넘어와 감옥에 앉아 있는 창수 귀에까지 들려왔다.

결단

창수는 세상살이에 필요한 많은 것들을 감옥에서 배웠다. 감옥의 역사를 통틀어 그렇게 많은 사람들을 만난 죄수가 또 있을까. 감옥 밖에서 찾기도 힘들 것이다. 날마다 찾아오는 수많은 면회객들을 통해 창수는 참으로 다양한 인간형을 두루 접할 수 있었다. 그것이 그에게는 더할 나위 없는 공부였다. 창수는 사사로운 욕심을 품고 접근해오는 사람을 알아볼 수 있는 안목과 더불어, 선입견을 갖고 함부로 사람을 판단해서는 안 된다는 신중함 또한 갖추게 되었다.

한편으로는 책을 통해 새로운 지식도 차곡차곡 쌓아가는 가운데, 어느덧 창수의 감옥살이는 이 년째의 반을 훌쩍 넘어 있었다. 그 사이 궁궐로 돌아온 임금은 스스로를 짐이라 칭하는 데 익숙해져 있었다. 대한제국. 어쩌면 망해가는 나라의 허탈한 분위기에 딱 어울리는 이름인지도 몰랐다. 그나저나 감옥처럼 공부하기 좋은 곳은 없다고 해서, 공부하기 위해 감옥에 오래 있고 싶은 사람이 있을 것인가. 창수의 독특함도 그 정도의 경지까지 다다른 것은 아니었다.

창수의 동료 가운데 조덕근이라는 자가 있었다. 창수에게 열심히 글을 배운 애제자들 중 한 명으로 십 년 형을 선고받고 삼 년째 복역 중이었다. 본가는 경성에 있고 인천에서도 살림을 차린 난봉꾼이기도 했다. 창수를 향한 그의 존경은 숭배에 가까운 것이었다. 그에게 창수는 뭐든지 할 수 있는 신과 같은 존재였다.

조덕근말고도 창수의 전능함을 의심치 않는 동료들이 여럿 있었다. 그들은 창수가 마음만 먹으면 언제든지 감옥에서 빠져나갈 수 있다고 굳게 믿었다. 물론 자기들을 두고 혼자 가지는 않을 거라는 믿음 또한 단단했다. 그들은 구체적인 탈출 방법을 몇 가지 궁리해놓기도 했는데, 창수의 두 팔에 모두 매달려 공중부양으로 감옥 천장을 뚫고 나가는 경로를 가장 선호했다.

하루는 조덕근이 창수 앞에서 눈물을 글썽이며 말했다.

"김선생님은 좋으시겠어요. 폐하께서 결심만 하면 언제든 빼내주실 거 아녜요. 밖에 나가면 또 얼마나 귀하게 대접받고 사시겠어요. 저희 모두 선생님 덕에 그나마 편히 지내온 셈이죠. 연초부터는 차꼬에 묶여 살지 않게 된 것도, 낮밤이 뒤바뀐 생활을 그만둘 수 있게 된 것도 다 선생님이 힘써주신 덕이고, 게다가 이렇게 공부를 핑계로…… 그게 아니라 제 말씀은, 이렇게 딴 방에 드나들 수 있다는 게 꿈만 같다는 거죠. 하지만 선생님 나가시고 나면 간수들 태도가 확 달라지겠죠. 옛날로 돌아갈 게 뻔해요. 선생님 들어오기 전에 어땠는지 아세요? 생각만 해도 정말 끔찍합니다. 제가 남은 칠 년을 다 채우고 살아서 나갈 수 있을까요? 제발 저희를 불쌍히 여겨주세요. 까막눈이었던 저희가 이제 한자도 섞어가며 편지를 쓸 수 있게 됐습니다. 하지만 여기서 죽는다면 그동안 공부한 게 다 무슨 소용이겠어요? 선생님……"

창수는 한숨을 내쉬며 말했다.

"같은 죄수 처지에 나라고 별수 있나. 어차피 우리는 한날 한시에 풀려나지 못할 신세. 그 섭섭함을 말로 다 할 수가 없겠지."

그러자 조덕근의 입에서도 한숨이 새어나왔다.

"하, 왜 이리도 무정하세요? 지금은 비록 저같이 미천한 놈들과 함께 계시지만, 선생님은 당장이라도 영광스럽게 출옥하실 분 아니신가요? 그러니 제발 저를 살려주세요. 살려만 주시면 꼭 인과 응보하겠습니다.”

창수는 착잡한 마음을 금할 길이 없었다.

“이봐요, 조형.”

“네, 선생님.”

“이럴 땐 결초보은이라고 해야 맞는 거지.”

“예, 선생님. 뭐든지 하겠습니다. 백골난망이오니 이 배은망덕한 제자를 부디 버리지 마시고……”

조덕근은 목이 메어 말을 잇지 못했다. 창수는 아무 말도 하지 않았다. 이 사람이 정녕 원하는 것은 무엇일까. 그런 의문이 창수가 침묵에 빠지게 된 이유였다. 내가 먼저 나가게 되면 수완을 부려 꺼내달라는 것일까. 아니면 하루빨리 자기를 데리고 나가달라는 것일까. 조덕근이 물러간 뒤에도 창수는 심란해서 글이 눈에 들어오지 않았다. 에이! 책을 덮어버린 그는 눈을 감고 생각에 잠겼다. 치하포의 그날 이후 실로 오랜만에 써먹어보는 자문자답의 비법. 창수에게 중요한 결단의 순간이 임박했다는 의미였다.

과연 내가 특사로 풀려날 가망이 있는 것일까? 꿈 깨라. 김주경 그 양반같이 걸출한 인물도 두 손 들었잖아. 아마도 살아서 이곳을 나가기는 글렀다고 봐야겠지. 그럼 내가 감옥에서 죽는 것은 옳은 일인가, 그른 일인가. 그걸 따지기 전에 물어볼 게 하나 있어. 언제부턴가 나는 왜 죽는 게 당연하다고 여기게 됐을까. 왜놈을 죽인 대가로 죽게 돼도 어쩔 수 없다는 체념은 어디서 왔지? 내가 어리석었던 거야. 내가 죽을죄를 짓지 않았다는 것은 폐하께서도 인정하시는 사실이잖아. 네 죄를 네가 알렷다, 그런 식의 꾸중을 누구에게도 들어본 적이 없지. 여기 인천 바닥에서 내가 옥사하기를 바라는 사람이 누가 있겠냐고? 있지. 왜놈들. 그래, 그놈들은 나를 죽이지 못해 안달이겠지. 그러니까 내가 여기서 죽는다는 것은 결국 왜놈들만 기뻐 날뛸 일이 되겠군. 한마디로 개죽음이네. 옳지 않아. 내가 왜 죽어?

창수는 탈옥을 결심했다. 1898년 꽃 피는 춘삼월이었다.

책 략

창수는 작전의 귀재였다. 그리고 한번 계획한 일은 주저 없이 실행에 옮기는 행동가였다. 탈출의 방도가 서자마자 그는 조덕근을 불렀다.

"조형, 내가 시키는 대로 따르겠다고 약속할 수 있어?"

조덕근은 고개를 힘차게 끄덕였다.

"좋아. 그렇다면 내 조형이 살길을 찾아보겠소."

조덕근의 표정은 감사와 기쁨으로 넘쳤다. 창수는 주위를 살핀 후에 낮은 소리로 말했다.

"우선 집에 기별해서 이백 냥만 보내달라고 해요. 편지와 돈은 몰래 오가게 조심하고, 돈을 받으면 별도의 지시가 있을 때까지 잘 간직해두시도록."

조덕근은 어떻게 탈출할 거냐고 묻지 않았다. 그의 인천 집에서는 그날로 백동전 이백 냥을 보내왔다.

작전 수행에 필요한 자금은 마련됐으나 그 성공과 실패는 역시 사람에게 달린 것이었다. 창수가 보기에 가장 큰 걸림돌은 동료 죄수 황순용이었다. 그는 삼 년 형기를 거의 다 살고 보름 뒤면 출감하는 고참이었는데, 다른 죄수들의 감시를 비롯해서 간수 보조로 하는 일이 많았다. 황순용의 애인 김백석은 열여덟 살 먹은 곱상한 청년으로, 고작 두 번의 절도를 범하고 십 년 형을 선고받은 지 몇 달 안 된 막막한 신세였다. 창수의 작전 1호는 바로 죽고 못 사는 두 사람의 관계를 이용하는 것이었다.

"가서 백석이를 부추겨봐요. 청춘을 감옥에서 썩을 거냐고. 재수 없으면 죽어 나가는 수가 있다고 겁도 줘보고."

창수의 분부대로 조덕근은 김백석의 마음을 흔들어놨다. 김백석은 황순용에게 어쩌면 좋으냐고 울면서 매달렸다.

"당신 나가고 나면 나 혼자 이 험한 데서 어떻게 살라고? 정말 날 두고 매정하게 떠날 건가요? 당신 나 없이도 살 수 있어?"

살 수 없다는 쪽으로 마음을 굳힌 황순용은 조덕근을 찾아가서 통사정했다. 조덕근은 준비된 답을 일러줬다.

"그런 일이라면 김창수 선생님께 도움을 청해야지."

황순용은 창수를 찾아와서 김백석을 살려달라고 간청했다. 각본대로 움직이고 말하는 인형이나 다름없었다. 이미 검증된 창수의 연기력이 빛을 발할 차례였다.

"황형이 지금 정신이 있는 거요? 며칠 있으면 출옥할 사람이 사회에 잘 적응해서 살 생각은 안하고, 나가기도 전에 벌써 범죄를 꾸미자고? 백석이를 생각하면 나도 가슴이 아파요. 어린 게 무슨 큰 죄를 졌다고 십 년씩이나…… 하지만 같은 죄수 처지에 나라고 무슨 수가 있겠어? 정신 차리고 새출발할 각오나 단단히 하셔."

황순용이 물러가자마자 창수는 조덕근을 시켜 또 김백석의 조바심을 부추겼다. 김백석은 다시금 눈물의 하소연으로 황순용의 애간장을 녹여놨다. 다시 창수를 찾아온 황순용은 더욱 정신나간 소리를 해대면서 매달렸다.

"나더러 백석이 대신 징역을 살라고 하면 살 각오까지 돼 있어요. 김형, 아니 김선생님은 마음만 먹으면 뭐든지 하…… 하실 수 있다는 거 다 압니다. 우리 백석이를 살려만 주신다면…… 제 목숨을 바칠 각오까지……"

황순용이 말을 맺지 못한 것은, 창수가 혀를 끌끌 차며 끼어들었기 때문이었다.

"아니, 웬 각오는 그렇게 자꾸 하시나. 그깃도 순 허랑하기 짝이 없는 각오만 골라서. 내가 새출발할 각오하라 그랬지 언제…… 황형 바보 아니야? 이거 눈이 멀어도 아주 제대로 멀었구만. 백석이가 그렇게 좋아요?"

묻는 창수의 목소리는 부드러웠다. 황순용은 묵묵히 고개를 끄덕였고, 창수는 고개를 설레설레 저으며 말을 이어갔다.

"내 이해는 잘 안 되지만, 그건 그렇다 치고…… 솔직히 난 황형을 믿을 수가 없어요. 기껏 일을 벌여놨는데 낭패를 당하지 말라는 법이 없잖아. 황형이 중간에 변심해서 간수에게 고자질하지 않는다는 보장이 있냐고?"

황순용은 큰 소리를 낼 수는 없어 몸만 뒤틀며 쥐어짜듯 말했다.

"당치도 않은…… 제발 믿어주세요. 백석이를 살리는 일인데 내가 왜 허튼짓을 하겠어요?"

"사람 마음이란 게 어제 다르고 오늘 다른 건데, 더군다나 남녀 간에…… 아니지, 아무튼 사랑이야말로 언제 변할지 모를 감정 아니오? 살려고 기를 쓰는 사람은 믿을 수 있어도, 누굴 살리기 위해 목숨도 내놓겠다는 사람은…… 글쎄 영……"

"내가 살려고 이러는 거라니까! 어휴, 진짜 답답해 죽겠네. 사람을 왜 그렇게 못 믿어?"

평소의 말씨로 돌아온 황순용을 보고서야 창수는 어느 정도 안심이 되었다. 황순용은 부모를 두고, 하늘을 두고, 맹세에 맹세를 거듭하더니 급기야 자기도 같이 나가겠다는 각오까지 하기에 이르렀다.

"어차피 백석이와 함께 숨어 살 몸인데 나 혼자 만기 출옥해서 뭐 하겠어? 그새 헤어졌다가 영영 못 만나게 되면 어쩌나 걱정도 되고…… 나도 같이 갈라요."

창수는 그럴 것까지야 있냐고 말리고 싶었지만, 출감을 열흘 남짓 앞두고 탈옥을 결심하는 사람의 마음이란 도대체 어떤 것일까,

헤아릴 수 없음에 그저 말문이 막힐 뿐이었다. 마침내 창수의 승낙을 얻어낸 황순용은 기쁜 소식을 빨리 전하고 싶다며 김백석에게 돌아갔다. 역시 탈출하는 방법에 대해서는 궁금한 기색이 없었다.

그것으로 최대의 장애 요인이 제거된 셈이었다. 완전히 마음을 놓을 수야 없었지만, 그렇게 따지면 김백석이나 조덕근도, 심지어 창수 자신조차 언제 어떻게 변할지 알 수 없기는 마찬가지였다. 조덕근이 친구 양봉구를 끌어들여 인원은 모두 다섯으로 늘어났다. 창수를 뺀 나머지 네 사람은 자기들만 탈출시켜주고 창수는 당연히 남을 것으로 알고 있었다.

3월 19일 정오, 드디어 창수는 행동을 개시했다. 먼저 그는 사람을 시켜 아버지를 감옥으로 모셔오게 했다.

"길이가 한 자쯤 되는 짧은 창 한 자루만 구해주세요. 쇠갈퀴처럼 끝이 갈라진 물건이면 더 좋습니다."

아들이 뭘 하려는지 눈치챈 김순용은 부리나케 대장간으로 달려갔다. 잠시 후 그가 창수에게 직접 건넨 옷 한 벌 속에는, 나무 손잡이 부분을 톱으로 잘라낸 삼지창 한 자루가 감춰져 있었다. 곧이어 밥을 가져온 곽낙원에게 창수는 말했다.

"저 오늘 밤에 여기서 나가요. 두 분은 저녁 배를 타고 고향으로 가세요. 기약할 순 없지만 언젠가는 만날 날이 올 겁니다."

"알았다. 바로 떠나마."

모자의 작별은 그토록 시원시원했다. 창수는 그날의 당직 간수를 불러 백오십 냥을 주고 술과 고기를 부탁했다. 그 돈은 물론 조덕근이 잘 간직해둔 이백 냥에서 나온 것이었다. 창수가 동료들에게 한턱내는 일은 전에도 종종 있었기에 특별히 의심을 살 이유는 없었다. 창수는 당직 간수에게 한마디 덧붙이는 것을 잊지 않았다.

"남는 돈으로는, 그 왜 좋아서 환장하는 거 있잖아. 어디 오늘 밤에 한번 원 없이 빨아보쇼."

그 말에 간수는 벌써 좋아서 환장하는 기색이었다. 그는 아편 중독자였다. 창수가 날을 정할 때 염두에 둔 것은 음력 날짜와 간수들의 당직 순번이었다.

저녁이 되면서 감옥 안은 술과 노래로 흥청거렸다. 당직실 구석에 쪼그린 간수는 눈이 풀린 채 자기만의 세상에 갇혀 있었다. 그날 밤의 당직은 황순용의 몫이나 다름없었다. 창수는 이 방 저 방에 대고 소리치며 주흥을 돋우었다. 신청곡이 들어와 「적벽가」 한 자락도 불러제꼈다. 비나이다 비나이다 잔명을 살리소서…… 자기는 술을 한 모금도 마시지 않았지만, 늘 그랬기에 이상하게 여기는 동료는 없었다.

죄수들은 빨리 마시고 빨리 취했다. 갇힌 자들만의 독특한 취기와 더불어 감옥의 밤은 깊어갔다. 어느 순간부터 창수의 모습은 보이지 않았다. 다른 방의 동료들은 이미 곯아떨어졌거나 인사불성이거나 둘 중의 하나였다. 술판의 시작부터 창수 방에 모여 있던 조덕근 이하 네 명의 동지들은 초조한 낯빛으로 방 주인이 돌아오기만을 기다렸다. 그들은 벽에서 일 미터쯤 떨어진 자리에 병풍처럼 둘러앉아 있었다.

동지

　감옥 건물과 담장 사이 좁은 뒤뜰은 짙은 어둠에 싸여 있었다. 서쪽 하늘에 떠 있는 하얀 달은 그믐을 이틀 앞두고 가냘펐다. 아무도 없는 뜰 한복판에 창끝이 뻐죽 솟았다. 이내 항아리 주둥이만 해진 구멍으로 창수의 머리가 천천히 올라왔다. 주위를 둘러보는 그의 입에서는 거친 숨소리에 섞여 한숨이 새어나왔다. 뭐야 이거, 거리를 잘못 쟀잖아. 어쩐다? 어쩌긴, 더 파야지. 그러다가 이 구멍을 들키면 어쩌려고? 시간도 없고…… 하는 수 없지, 작전 변경이닷! 땅 위로 솟구쳐 올라온 창수는 잽싸게 몸을 놀려 담장에 등을 붙이고 섰다. 담장의 높이는 어림잡아 한 길 반은 돼 보였다.

　후우…… 창수가 다시 내쉰 한숨이 좀전보다 깊어진 까닭은 담장이 너무 높아서가 아니었다. 담장의 상태를 알기 위해 땅 위로 올라서는 순간부터 그의 마음은 흔들리고 있었다. 그대로 담을 뛰어넘어 내빼고 싶은 충동을 뿌리치기 힘들어 갈등하고 있었다. 저들은 결코 나의 동지가 될 수 없어. 한사코 구해줘야만 할 이유가 뭔가. 도로 기어들어간 사이에 저 구멍이 발견되기라도 하면…… 에이, 엉뚱한 데다 구멍은 내가지고 자꾸 골치를 썩이나. 그래, 그냥 가는 거야. 혼자 가버리는 거야!

　하지만, 하지만 말이야…… 위험에 처하려고 기를 쓰는 버릇은 여전했으니, 선뜻 혼자서 담을 넘지 못하게 창수를 붙든 것은 어이없게도 부끄러움이었다. 부끄러워서 남은 인생을 어떻게 살아가나.

더구나 죄인들에게 죄를 지은 수치를 무슨 수로 견뎌낸담. 그런데 지금 내가 뭐 하고 있지? 그런 문제와 씨름하느라 시간을 허비할 때가 아니라는 각성이 창수의 몸부터 움직여 얽혀 있던 생각의 실 타래를 끊어놓았다. 몸을 낮춰 구멍으로 다가간 창수는 잠수라도 하는 사람처럼 깊은숨을 들이쉬었다.

감방으로 돌아온 창수는 동지들을 먼저 내보내고 구멍 앞에 쪼그려 앉았다. 감옥 안에는 코고는 소리만 요란했다. 창수가 막 구멍으로 들어가려는데 누군가의 목소리가 들려왔다.

"안 돼."

창수는 놀라서 황급히 엎드렸다.

"안 돼. 가지 마……"

잦아드는 소리는 옆방 죄수 문종칠의 잠꼬대였다.

창수가 다시 뒤뜰의 구멍으로 나왔을 때 동지들은 담 밑에 모여 앉아 월담할 방도를 찾고 있었다. 조덕근이 어리둥절한 표정으로 말했다.

"김선생님도 같이 나가시게요?"

그는 창수가 감방에 쌓인 흙으로 땅굴을 메울 줄로만 알고 있었다. 감방 바닥을 원래대로 돌려놓을 수 있을까 걱정하고 있었다. 창수가 마룻바닥을 뜯고 땅을 파기 시작했을 때부터 그에 대한 동지들의 신비감은 사라지고 없었다.

창수는 짜증을 참아가며 한 사람씩 무등을 태워 담장 밖으로 내보냈다. 김백석은 황순용의 몫이었다. 황순용까지 내보낸 창수가 숨을 고르며 담장으로부터 뒷걸음질칠 때였다. 아아! 날카로운 비명이 고요한 밤하늘에 울려퍼졌다. 여자 소리 같은 것으로 보아 김백석이 돌부리에 걸려 넘어지기라도 한 모양이었다. 창수는 눈앞이 아찔해지며 저도 모르게 끙 소리를 내뱉었다. 역시 그냥 두고 혼자 가야 했나. 후회해봐야 이미 엎질러진 물이요 파헤쳐진 땅이었다. 허겁지겁 달음질치는 발소리, 멀리서 순검들의 호루라기 소리, 앞뜰에서 문 여닫는 소리가 연이어 들려왔다. 창수는 담장을 노려보며 손바닥에 침을 뱉었다. 한번에 성공해야 해. 한 걸음 더 뒤로 내뻗는 창수의 발밑으로 뭔가 밟히는 게 있었다. 기다란 죽창이었다. 그래, 이게 좋겠다. 창수는 얼른 죽창을 집어들어 담장을 향해 수평으로 뻗으며 허리를 잔뜩 젖혔다. 용수철처럼 튀어나간 그는 담장 앞에 죽창을 꽂으며 몸을 날렸다. 창수의 몸은 휘어졌다 바로 곧추서는 대나무의 탄력을 받고 사뿐히 솟아올랐다.

　담장 밖에 착지한 창수는 몸을 웅크리며 좌우를 살폈다. 인적은 없었지만 오른편에서 호루라기 소리가 점점 가까워지고 있었다. 재빨리 왼쪽으로 내달린 창수는 담 모퉁이에 멈춰 서서 품 안의 삼지창을 움켜쥐었다. 고개를 살짝 내밀고 살펴보니 감옥 앞길도 무인지경이었다. 정문을 지키던 보초들까지 비상 소집되어 조덕근 일행을 쫓고 있는 덕이었다. 그들은 과연 무사할 수 있을까. 네가 지금 남들 걱정할 때냐. 창수는 한달음에 정문을 지나쳐 어둠 속으로 사라졌다.

잠입

　창수의 탈옥은 그 무모함에서 전례를 찾아보기 힘든 것이었다. 동료들이 모자란 술을 아쉬워하며 입맛을 다실 경우에 대비한 방책은 전혀 세워져 있지 않았다. 땅을 파다가 단단한 암석층을 만날 경우에 대해서도 속수무책이기는 마찬가지였다. 예를 들자면 한이 없다. 탈옥하는 당일이 되어서야 땅굴을 파기 시작하는 예를 소설이나 영화에서라도 본 적이 있는가. 창수의 탈옥은 무모하다기보다 불가사의한 것이었다. 말하자면 창수는 저지른다는 것의 진수를 보여준 셈이었다. 어쨌든 성공했으니 됐다고 하면 그만일 것인가. 탈옥의 고난은 성공한 뒤부터 본격적으로 시작되는 것이었다.

　바깥세상으로 나온 창수는 곧 자신이 거대한 감옥에 갇혔음을 깨달았다. 안개 긴 항구의 밤은 낯설고 황량했다. 창수는 방향을 잃고 밤새도록 해변의 모래밭을 맴돌았다. 여명이 밝아오며 길은 차츰 제 모습을 드러냈지만, 그 길을 가야 할 지친 탈옥수의 모습 또한 노출을 피할 길이 없었다. 주택가로 숨어든 창수는 이집 저집 다니며 문을 두드렸다. 밤이 올 때까지만 숨겨주세요…… 반기며 문을 열어주는 집이 있을 리 만무했다. 세상인심이란 무섭도록 정확한 것이었다. 창수의 인기는 감옥 안에 있어야만 유지되는 성질의 것이었다. 하루아침에 기피 인물로 전락해버린 그를 도운 사람은 어느 이름 모를 날품팔이 노동자였다.

　날이 아주 밝기 전에 인천을 떠야 한다고 판단한 창수는 먼동이 터오는 쪽을 향해 나아가고 있었다. 동쪽으로 가다 보면 경성이 나오겠지. 가장 번잡한 곳이 가장 숨기 좋은 곳일 터였다. 순검의 눈을 피하는 최선의 방법은 먼저 상대를 발견하는 것이었다. 눈에 불을 켠 창수는 수상한 사람이 눈에 띄면 무조건 몸을 숨겼다. 당연히 큰길로 나설 엄두는 내지 못한 채 요리조리 피해 다니기를 여러 번. 길모퉁이를 돌다가 창수는 허름한 옷차림의 사내와 마주쳤다. 동시에 놀란 두 사람은 비켜 지나가지 못하고 주춤거렸다. 일단 붙잡고 보자. 창수는 자신이 누구이며 어떤 처지인지 밝히고는 사내에게 도와달라고 요청했다. 길을 가르쳐준 것만으로는 성이 안 찼는지 사내는 안전한 곳까지 동행하겠다고 자청했다. 창수는 사내를 따라 꼬불꼬불 후미진 골목길로 돌아서 무사히 도심을 벗어날 수 있었다. 화개동 언덕배기에 이르렀을 때 사내는 창수의 행운을 빌고 일터로 향했다.

창수는 사내가 일러준 대로 수풀 우거진 샛길로 접어들었다. 시흥을 지나 경성으로 통하는 좁고 험한 지름길이었다. 어느새 날은 완전히 밝아 있었다. 백일하에 드러난 창수의 모습은 흙투성이에 봉두난발, 걸인 행세를 하면 검문도 피할 수 있겠다 싶도록 사나운 몰골이었다. 그렇게 눈에 확 띄는 모습을 하고서 평범한 행인으로 봐주기를 바랄 수는 없는 노릇이었다. 인천 외곽으로 빠져나오는 데까지는 성공했지만 아직 안심할 만한 상황은 아니었다. 당국의 수색 범위도 똑같이 확대되었기 때문이었다. 안심이라니. 그런 날은 창수 인생에 다시 오지 않을 것이었다.

계속 길을 가는 것은 아무래도 무모한 짓이었다. 날이 저물 때까지 숨어 있기로 작정한 창수는 조심조심 숲을 헤치고 큰길로 올라섰다. 수색대는 보나마나 숲속을 뒤질 게 뻔해. 상대의 허를 찌르는 것은 병법의 기초였다. 길가에는 옆으로 가지를 뻗은 키 작은 소나무들이 촘촘했다. 창수는 나무들 사이로 비집고 들어가 숲과 길의 경계에 몸을 눕혔다. 솔가지를 꺾어 머리끝에서 발끝까지 덮고 나자, 창수의 몸은 말 그대로 자연의 일부였다.

잠시 후 길 쪽에서 한 무리의 발소리가 나더니 창수 귀에 익은 목소리가 들려왔다.

"다른 놈들은 몰라도 김창수는 잡기 힘들걸."

간수 김씨였다. 탈옥수들의 얼굴을 아는 간수들이 수색조마다 한 명씩 배치되어 함께 움직이고 있었다. 김씨는 당사자 바로 옆을 지나는 줄도 모르고 열심히 창수 얘기를 늘어놨다.

"힘이 장사에다가 날래기는 비호같다구. 머리는 또 얼마나 잘 돌아가는데. 탈옥수치고 머리 나쁜 놈 봤어? 난 솔직히 창수가 안 잡혔으면 좋겠네. 백번 잘한 짓이야. 감옥에서 썩으면 안 될 인물이지. 암, 안 되고말고……"

말소리는 점점 멀어져갔다. 창수는 마음이 무거워졌다. 전날 밤의 당직 간수가 이래저래 겪어야 할 고초를 떠올렸기 때문이었다. 그래서 느끼게 된 뒤늦은 가책 때문이었다. 내가 살겠다고 애꿎은 사람을 곤경에 빠뜨려도 되는 것일까. 그의 입가에 얹혀 있는 솔가지가 가볍게 흔들렸다.

시간은 아주 천천히 흘러갔다. 감옥에서보다도 훨씬 느리다는 게 창수의 느낌이었다. 그곳이야말로 가장 좁고 불편한 감옥이었다. 시계만 쳐다보고 있는 사람에게 시간은 마냥 더디게 흘러간다. 솔잎 틈새로 비추는 햇살의 각도와, 그 변화에 따라 달라지는 하늘의 색깔이, 시간의 흐름을 느끼게 해주는 자연의 시계였다. 창수는 깜빡깜빡 졸면서도 잠에 아주 빠져들지는 않으며 그 침묵과 부동의 시간을 견뎌냈다. 긴장했기 때문이기도 했지만, 반쯤은 지독한 배고픔 덕이었다.

주위가 어둑어둑해지면서 떼를 이룬 발소리와 함께 사내들이 두런대는 소리가 들려왔다. 배고파, 다리 아파, 창수가 사람 잡네…… 아침나절의 김씨 일행과는 반대 방향으로 지나가는 소리였다. 몇 차례 이어지던 소리가 뜸해지고 나서도 한참 동안 창수는 꼼짝 않고 누워서 때를 기다렸다. 수색대가 모두 철수했다는 확신이 들기는 했지만, 바로 그런 순간 방심하고 섣불리 굴다가 낭패를 겪는 수가 있음을 그는 알고 있었다. 마침내 먹물 같은 어둠이 사방에 드리웠을 때 창수는 천천히 몸을 일으켰다. 허리를 잔뜩 굽힌 채 길을 가로지르는 그의 모습은, 마치 먹이를 찾아 산에서 내려온 한 마리 배고픈 짐승과도 같았다.

도시나 시골이나 사람 마음은 다를 게 없었다. 혹은 그 후하다는 시골 인심도 상대방의 꼬락서니가 어지간해야 베풀어지는 것이었다. 들길 따라 한참을 걸어 어느 외진 마을에 찾아든 창수는 몇 번의 문전박대 끝에 간신히 죽 한 그릇 얻어먹고 내쫓기는 신세가 되

고 말았다. 차라리 거지 흉내를 냈더라면 푸짐한 비빔밥으로 배는
실컷 채웠을 것을. 그럴듯한 사연을 둘러대며 하룻밤 묵어가기를
청한 창수의 판단 착오였다. 창수는 노숙하기 좋은 곳을 찾아 두
리번거렸다. 어두울 때 마저 길을 가는 것이 마땅하련만 허기지고
졸려서 더는 걸을 수가 없었다. 사람들에게 외면당한 나그네의 지
친 몸을 군소리 않고 받아주는 곳은 언제나 방앗간이었다.

　새벽에 추워서 깨어난 창수는 서둘러 방앗간을 나섰다. 피로는
웬만큼 가셔 있었지만 잠든 사이에 주린 배가 불러 있을 리 없었다.
야박한 인간들 같으니라구. 그래도 희망은 사람에게 있다고 마음
을 다진 창수는, 마을에서 마을로 이어지는 좁은 길을 골라잡았다.

　걷다 보니 아침이 밝아 있었다. 창수는 동굴로 돌아갈 때를 놓
친 야행성 동물처럼 딱해 보였다. 두리번거리며 창수는 한숨지었
다. 또 날이 저물 때까지 쫄쫄 굶은 채 꼼짝 않고 숨어 있어야 하나.
이래가지고 어느 세월에 경성까지 갈 수 있을까. 무엇보다 참기 어
려운 것은 배고픔이었다. 이럴 줄 알았으면 감옥에서 고기 몇 점이
라도 챙겨 나올 걸 그랬군. 아, 먹다가 붙잡히는 한이 있어도 한번
배터지게 먹어볼 수만 있다면 후회하지 않으리. 그 순간 만약 치
하포 여관에서 먹다 남긴 비빔밥까지 떠올랐다면, 아마 창수는 미
칠 것 같아 머리카락을 쥐어뜯었을 것이다.

　고갯길을 힘겹게 오르던 창수는 인가를 발견하고 멈춰 섰다. 체
면 불구하고 동냥질로 나서는 수밖에 없겠어. 배가 난파당했다는
둥 꾸며대봐야 어디 씨알이나 먹히든? 같은 잘못을 좀처럼 되풀이

하지 않는 것이 창수의 미덕 가운데 하나였다. 탈옥하기 전에 각설
이타령이나 배워둘걸. 진짜 거지가 봐도 눈살을 찌푸릴 자신의 행
색만 믿고 창수는 집 앞으로 다가갔다.

"밥 좀 주세요."

아무도 나오지 않았다. 소리가 너무 작았나? 창수는 같은 말을
소리쳐 반복했다.

"밥 좀 주세요, 네!"

개 짖는 소리가 먼저 들리고 나서 집주인이 모습을 나타냈다. 인
정머리 없지는 않을 듯한 인상의 중년 남자였다.

"미리 시켜놔야 밥이 남아 있지. 다 먹었다, 야."

반말로 농지거리를 해대는 것으로 보아 창수를 거지로 보는 것
은 분명했다.

"개밥 주려고 남겨둔 거라도 있으면 좀……"

주인 곁에서 창수를 노려보고 있던 누런 개가 꼬리를 치켜들며
으르렁댔다. 주인은 웃음을 머금고 들어가더니 누룽지가 수북이
쌓인 바가지를 들고 나왔다. 갓 긁어내 따뜻하고 부드러운 누룽지
였다. 누룽지가 입 안에서 살살 녹을 수도 있다니. 그것은 눈물이
핑 돌 만큼 감동적인 체험이었다. 구수한 숭늉까지 한 사발 곁들
여 배를 불린 창수는 모처럼 살맛 나는 기분이었다. 다시 길을 가
는 그의 입에서는 흥겨운 타령이 절로 흘러나왔다. 비로소 창수는
불안감을 잠시 떨치고 넓은 세상으로 나온 상쾌함을 맛보았다.

부평을 지나 쉬지 않고 동으로 동으로…… 붙잡힐 각오를 하고

창수는 대낮의 시골길을 걷고 있었다. 수색대와 마주쳐도 이제는 정말 지나가는 거지로 보일 수 있다는 자신감도 생긴 뒤였다. 낙관은 젊은 창수의 삶을 지탱해주는 가장 큰 동력이었다. 단 한 번의 검문도 받지 않고 창수는 성큼성큼 미지의 땅 경성을 향해 나아갔다. 탈옥범을 잡고자 하는 당국의 의지가 박약한 덕이었을까. 잠행이라고 하기에는 너무도 평탄한 여정이었다. 창수의 탈옥을 둘러싼 불가사의는 그토록 끝이 없었다.

마침내 창수가 발길을 멈춘 곳은 영등포 당산 근처의 한 나루터였다. 치하포를 떠난 지 두 해 만에 그는 또다시 인생의 중요한 나루터에 다다른 것이었다. 건너편 나루의 이름은 양화진이었다. 양화진 언덕 한쪽에는 특이한 형태의 무덤들이 자리잡고 있었다. 네모반듯한 석묘 앞에 세워진 비석은 하나같이 열십자 모양이었다. 낯선 풍경을 바라보는 창수의 마음은 새로운 인생에 대한 설렘과 두려움으로 떨고 있었다. 저 강을 건너기만 하면……

그러나 목적지인 경성 땅을 눈앞에 두고 창수는 한번 더 침착하게 기다리기로 했다. 뱃삯까지 구걸하고 다니기는 싫었으므로 어쩔 수 없는 노릇이기도 했다. 조덕근에게 남아 있는 오십 냥을 미리 나눠 갖지 못한 것이 못내 아쉬울 따름이었다.

나루터 근처에는 방앗간이 없었다. 대신 창수의 눈에 띈 장소는 동네 서당이었다. 창수는 품 안의 무기를 내버리고 서당 안으로 들어섰다. 말이 통하는 사람을 만날 수 있을 거라는 기대감에서였다. 훈장은 창수를 위아래로 훑고 나서 말했다.

"뭔데? 무슨 일로 왔어?"

창수는 대화를 나누러 왔지 동냥하러 온 게 아니었으므로 굽신거릴 이유가 없었다. 초면에 반말하는 상대를 연장자라 해서 봐주지 않는 것도 그의 미덕이라면 미덕이었다.

"이보세요, 타의 모범이 되어야 할 분이 어찌 예를 모르시오. 아이들이 뭘 배우겠습니까. 내 오늘 운수가 사나워서 이 모양 이 꼴이 되기는 했소만, 결코 선생이 막 대할 사람이 아니라는 걸 척 보면 모르겠소? 선생은 늘 겉모습만 보고 사람을 판단합니까?"

훈장은 바로 사과했다. 배운 사람은 역시 달라서 창수가 기대한 대로 말이 통했다. 다시 말해 상대의 말이 내뿜는 기세를 감지하고 재빨리 약한 모습으로 돌아서는 데 능했다. 그러나 그는 또 역시 배운 사람이라 만만치 않았다. 다시 말해 의심이 많았다.

"헌데 무슨 봉변을 당하셨기에 이렇게……"

이렇게 거지꼴이 됐냐는 물음일 터였다. 답변이 신통치 않으면 금세 다시 고압적인 자세로 돌아갈 태세였다. 이럴 때는 말의 내용보다 형식이 중요했다. 주절주절 늘어놓다 보면 거짓 해명의 허점만 자꾸 드러날 것이라고 창수는 판단했다.

"인천에서 볼일을 보고 경성으로 돌아오는 길에 탈옥한 죄수들을 만나 몽땅 털렸소이다."

훈장에게 더 물어볼 틈을 주지 않고 창수는 말을 돌렸다.

"생각 끝에, 나그네를 품어줄 줄 아는 후덕한 분을 찾아 이리로 왔는데……"

훈장은 황급히 창수를 안으로 들였다. 실로 오랜만에 상 위에 차려진 음식을 대하는 창수의 가슴은 뻐근했다. 그날 창수는 한숨도 못 자고 뜬눈으로 밤을 새웠다. 훈장이 시국에 관해 토론하자며 밤새도록 말을 시켰기 때문이었다. 밤새 떠든 보람으로 창수는 뱃삯을 안 내고도 강을 건널 수 있게 되었다. 훈장이 학생을 시켜 나루터 주인에게 전한 편지 한 장 덕이었다.

한강의 물결은 잔잔했고 사공의 솜씨는 노련했다. 따스한 봄볕 사이로 부는 차가운 강바람을 맞으며 창수는 마포 양화진에 발을 디뎠다.

변심

비록 많은 것을 운에 맡기고 감행한 탈옥이기는 했지만, 창수가 아무 작정도 없이 경성행을 택한 것은 아니었다. 감방 동료들 중에 백동전을 위조한 죄로 일 년 형을 살고 나간 일당이 있었다. 창수 신세를 많이 진 그들은 은혜를 갚겠다며 출옥할 때 꼭 연락하라는 말을 남겼다. 그중 한 사람이 소공동 영희궁의 청지기로 일하는 진씨였다.

진씨는 버선발로 뛰어나와 창수를 맞았다. 창수는 그에게 감옥에서 탈출한 사실을 전했다. 진씨는 공범들을 불러 모았다. 모두들 창수에게 필요한 것을 하나씩 들고 모여들었다. 망건, 두루마기,

갓…… 의관을 가지런히 갖추는 창수의 뺨 위로 감격의 눈물이 흘러내렸다. 창수는 그들과 함께 지내며 잘 먹고 잘 놀았다. 그러기를 여러 날, 창수는 청파동 가는 길을 물은 뒤에 영희궁을 나섰다. 조덕근을 찾아가도 될 만큼 시간이 흘렀다는 판단이었다.

"이리 오너라."

창수는 경성 사람들 하는 식대로 손님의 방문을 알렸다. 문을 연 사람은 조덕근의 본처였다. 창수가 자기를 소개하자 그녀의 얼굴에는 경계의 빛이 스치고 지나갔다. 이미 들어서 알고 있는 눈치였다. 그녀는 창수를 문 밖에 세워둔 채 말했다.

"인천 작은집에서 기별은 보내왔는데 서방님이 아직 안 오셨습니다. 나중에 오시지요."

창수는 다음날 또 찾아갔다. 조덕근의 처는 아예 문도 열지 않고 창수를 돌려보내려 했다. 그녀의 표정을 살필 수는 없었지만 서툰 연기에 넘어갈 창수가 아니었다. 그녀의 흔들리는 말씨는 조덕근이 집 안 어딘가에 숨어 있다는 사실을 고스란히 밝혀주고 있었다. 창수는 욱하는 마음에 대문을 부수고 싶은 충동을 느꼈다. 뭐? 살려만 주면 은혜를 잊지 않겠다고? 내 이 자식을…… 하지만 사사로운 감정에 겨워 주먹을 휘두르는 것은 소인배나 할 짓거리였다. 창수는 허탈한 미소와 함께 돌아서서 조용히 그 집 앞을 떠났다.

창수가 노여움을 다스릴 수 있었던 것은 역지사지로 조덕근의 입장을 헤아려본 덕이었다. 뒷간에 드나들 때도 다른 것이 사람 마음인데 하물며 감옥의 안팎에서 한결같기가 어디 쉬우랴. 나같이 중한 죄인을 다시 만나 무슨 이익이 있을까 싶겠지. 당연하지 않나. 내가 빈털터리인 줄도 뻔히 아는데. 돈 뜯길 생각하니 악연이다 싶겠지. 그런 소인배에게 뭘 더 바랄 게 있으랴.

소공동으로 돌아온 창수는 여전히 극진한 배려 속에 무사태평한 날들을 보냈다. 태어나서 처음 누려보는 안락한 생활 속에서 창수의 마음은 편치 않았다. 거기서 언제까지 죽치고 있을 수는 없다는 것을, 그래서는 안 된다는 것을 모를 수가 없기 때문이었다. 배고픔말고 또 창수가 잘 못 견디는 것은 배부른 돼지의 시간이었다.

머물 곳이 없는 자에게 남은 것은 떠나는 일뿐이었다. 어느 날 진씨가 앞으로의 계획을 물어온 순간 창수는 떠날 때가 되었음을 알았다. 저들의 마음이 변하는 것을 막기 위해서는 그전에 내가 먼저 떠나야 한다…… 창수는 봇짐장수 차림으로 길을 나섰다. 노잣돈은 진씨와 그 일당이 마련해줬다. 아껴 쓰면 팔도 유람도 가능할 만큼 넉넉한 돈이었다. 진씨는 창수를 안심시키기 위해 가짜 돈과 대조해 보여주며 차이를 설명했다. 창수 눈에는 그게 그거 같아 보였다.

방황

이번엔 남으로 남으로…… 고향에서 점점 멀어진다는 것말고 다른 계획은 없었다. 숨겨야 할 내력을 짊어진 나그네의 발걸음은 무거웠다. 창수는 거북이처럼 걸었다. 과천, 수원을 지나 겨우 오산에 이르렀을 때 여비는 바닥이 났다. 주막이 눈에 띄기만 하면 그냥 지나치는 법이 없었으니 당연한 결과였다. 술 마시면 망한다는 어머니의 훈계는 술의 힘을 빌려 잊어버렸을까. 차라리 술 마시고 망해버리겠다는 자포자기의 심정이 그의 방탕을 도왔다. 까짓거 붙잡혀서 감옥으로 돌아간들 어떠리. 자유의 몸이 되고 보니 할 수 있는 게 아무것도 없었다. 아무것도 안할 자유만 있었다. 까닭 모를 울적함이라고 하기에는 너무도 분명한 마음의 그늘을 걷어내고 싶어 창수는 밤낮 없이 술에 절어 비틀거렸다. 오산의 장터에서 마지막 계산을 치르고 났더니 그마저도 끝장이었다.

끝장이야. 그 생각에 창수는 정신이 번쩍 들었다. 이제는 거지 흉내를 낼 것도 없이 완전히 거지구나. 너 거지로 살다가 죽으려고 잘 지내던 감옥에서 나온 거냐. 기껏 폐인이 되어 떠돌다가 헛된 죽음을 맞으려고? 죽긴 왜 죽어. 살자, 어떻게든 살길을 찾아야지. 어떻게? 다 알면서 묻기는. 다 믿는 구석이 있으면서. 그래, 세상에는 조덕근보다 소공동 진씨가 더 많다고 믿어야겠지. 창수는 봇짐을 뒤져 접힌 종이 한 장을 꺼냈다. 탈옥할 때 잊지 않고 챙긴 동료들의 주소록이었다. 오산에 사는 이씨를 찾아가 술 마시고 노래하며 며칠을 보낸 뒤에, 창수는 약간의 여비를 얻어 충청도로 향했다.

아산을 지날 때였다. 창수는 어떤 비석 앞에 모여 있는 아이들을 보았다. 야외학습을 나온 서당의 학생들이었다. 아이들 곁에서 훈장은 비석을 가리키며 열심히 설명하고 있었다. 그 모습이 보기 좋다고 느낀 창수는 그들을 향해 다가갔다. 거북의 등 위에 세워진 비석은 이충무공신도비(李忠武公神道碑)였다. 몰래 장난치다 걸린 두 아이가 스승에게 꾸지람을 듣고 있었다. 그 모습을 아스라한 풍경처럼 바라보며 창수는 생각에 잠겼다. 저 기념비가 언제까지 남아 있을까. 머지않아 이 땅의 주인이 바뀔지도 모른다는 불길한 생각이었다. 헐리지 않는다 해도 누가 떳떳하게 저 앞에 설 수 있을 것인가. 눈치 안 보고 머리를 조아릴 수 있을 것인가. 아이들이 떠난 뒤에도 창수는 우두커니 남아 그 외로운 돌을 한참 동안 바라보았다.

창수가 다음으로 찾아간 동료는 강경 상인 공종렬. 장사 수완이 뛰어날 뿐 아니라 인정 많고 교양 있는 젊은이였다. 돈 문제가 화근이 되어 살인 혐의를 뒤집어쓰고 인천 감옥에서 여러 달을 사는 동안 창수와는 막역한 사이로 지낸 터였다. 공종렬은 넓은 집 가장 깊숙이 자리한 별채에 창수의 거처를 마련했다. 강경 포구는 당시 상업 물자의 운송이 가장 활발하게 이루어진 뱃길의 요충이었다. 당연히 인천 상인들의 왕래도 빈번했으니, 창수를 되도록 사람들 눈에 띄게 해서는 안 된다는 것이 동고동락한 친구의 마음 씀씀이였다. 그밖에도 공종렬은 친구의 안전과 편의를 위해 세심한 배려를 아끼지 않았다. 창수는 귀양살이하는 선비처럼 조신하게 지내야 했다.

달이 환하게 뜬 어느 밤이었다. 창수는 창문 너머 달빛 가득한 뜰을 내다보고 있었다. 고향을 그리는 나그네의 전형적인 모습이었다. 말 그대로 객창감(客窓感)에 젖어 있던 창수를 깨운 것은 번쩍이는 칼날이었다. 안채에서 뜰로 나선 공종렬의 손에 칼이 들려 있었고, 뒤따라 나오는 그의 어머니는 창을 쥐고 있었다. 이어서 몽둥이로 무장한 하인들이 대여섯. 그들은 대문 밖으로 사라졌다. 무슨 일일까? 창수는 언제든 튈 수 있게 옷을 갖춰 입고 창가에 서서 그들이 돌아오기를 기다렸다.

눈으로는 대문을 주시하면서 창수는 다시 고향 생각에 빠져들었다. 친구 어머니의 인상적인 모습이 어딘지 자신의 어머니와 닮았다고 느껴진 까닭이었다. 나 때문에 몹시 시달리지는 않으시려나. 나 한 몸 살겠다고 감옥을 탈출한 게 과연 잘한 짓일까. 그때 곽낙원과 김순영은 잡혀가서 모진 심문을 당했고, 김순영이 아들 대신 옥고를 치르는 중이었다. 그 사실을 모르는 창수의 부모 걱정은 헛된 것이었다.

헛된 생각에 빠져 있던 창수를 다시 깨운 것은 대문 열리는 소리였다. 공종렬이 웬 사내의 상투를 틀어쥐고 들어왔다. 하인들은 장대를 엮어 만든 커다란 삼각대에 사내를 거꾸로 매달았다. 곧 안채에서 열 살 안팎의 소년 둘이 불려 나왔다. 공종렬은 아이들에게 방망이를 건네줬다. 창수는 귀를 곤두세웠다.

"이놈이 너희들 원수다. 너희들 손으로 때려죽여!"

아이들은 가만히 있었다.

"어서!"

아이들은 울음을 터뜨렸다. 방망이를 뺏어 든 공종렬은 분노에 찬 고함소리와 함께 사내를 향해 달려들었다. 휘둘러진 방망이는 딱! 장대를 때린 뒤에 부르르 떨었다. 대롱대롱 매달린 사내는 알 아들을 수 없는 소리로 빌어댔다. 잠시 그대로 있던 공종렬은 방망이를 팽개치고 휙 몸을 돌려 걸음을 떼놓았다. 그가 별채로 다가오자 창수는 창가에서 물러나 아랫목에 자리잡고 앉았다.

"놀라게 해서 미안해."

방으로 들어온 공종렬은 흥분이 많이 가신 모습이었다.

"괜찮아. 그나저나 무슨 일이야?"

무슨 일인지 몰라도 괜찮은 창수에게 공종렬은 사태의 내막을 털어놓기 시작했다.

"내 누님이 젊어서 과부가 됐는데, 하인 녀석과 몰래 좋아 지내다가 애를 뱄지 뭔가. 저놈이 그놈일세. 누님은 얼마 전에 해산하고는 앓다가 죽어버렸어. 내 저놈을 불러서 말했지. 자식 데리고 멀리 가서 다시는 내 앞에 나타나지 마라. 어린것이 불쌍해서 그 정도로 봐주고 넘어갈 생각이었네. 그런데 이놈이 내 말을 우습게 아는 거야. 애 젖동냥을 핑계로 자꾸 이 동네를 드나들면서 우리 집안의 치부를 드러내고 다니잖아!"

공종렬의 눈에 다시 핏발이 섰다. 창수는 괜히 물어봤다는 후회가 들었다.

"진정하게. 이럴 때일수록 침착해야지."

그런 일로 뭘 그러냐는 말은 차마 할 수 없었다. 아무튼 사람이 죽었다는데. 공종렬은 다시 침착해진 목소리로 말을 받았다.

"그래야 하는데, 저놈 앞에서는 도저히…… 자꾸 말보다 몸이 앞서니, 이러다 진짜 사람 죽일까 두려워. 그래서 말인데, 나 대신 저놈을 좀 혼내서 멀리 쫓아보내줄 수 없겠나?"

그가 창수에게 온 용건이었다. 창수는 싫다고 할 처지가 아니었다. 그놈을 때려죽여달라고 하지 않는 게 다행이었다. 뜰로 나온 창수는 결박부터 풀어 사내를 편히 앉혔다. 사내는 죽다가 살아났다는 듯 좀 안심이 되는 기색이었다. 그때였다.

"너 이 새끼!"

느닷없는 창수의 호통에 사내는 도로 하얗게 질렸다. 창수는 소매를 걷어붙이고 주먹을 쥐었다 폈다 몽둥이를 들었다 놨다 사내 주위를 정신없이 맴돌며 연신 횡설수설, 일일이 알아듣기도 벅찬 엄포를 퍼부어댔다.

"너, 네가, 이 댁에서 너를…… 너 이 자식, 은혜도 모르는…… 이놈아, 네가 감히…… 너 잘 걸렸다. 여기가 어디라고 네놈이…… 죽을래? 야 이놈아, 네가…… 어휴, 이걸 그냥 회를 떠…… 너 이 자식, 산 채로 확 묻어…… 너, 삽질……"

"나으리! 제가 죽을죄를 지었습니다요."

사내는 괴로운 듯 두 손으로 머리를 움켜쥐고 말했다. 속에서 우러나오는 목소리였다. 사내 앞에 우뚝 선 창수는 언제 그랬냐는 듯이 차분해진 말씨로 또박또박 몰아붙였다.

"그래. 그러니까 죽어야지. 너 삽질은 좀 하지? 제 무덤을 파는 게 얼마나 어리석은 짓인지 내 똑똑히 가르쳐주마."

"나으리, 제발 목숨만 살려주십시오. 뭐든 시키시는 대로 하겠습니다."

창수는 멀찌감치 떨어져 있는 공종렬을 돌아봤다. 공종렬은 고개를 끄덕이고 다가와서 사내에게 물었다.

"오늘 밤 당장 떠날 테냐?"

"예! 나으리."

"자식을 버리고서라도?"

사내는 잠깐 머뭇거리다가 대답했다.

"예."

"빨리 꺼져라."

사내는 뒤도 안 돌아보고 줄행랑을 쳤다. 대문 밖에는 구경 나온 동네 사람들이 뜰 안을 기웃거리며 수군대고 있었다. 창수는 자신도 떠날 때가 되었음을 알았다. 환한 달밤에 저 많은 사람들 눈에 띄고 말았으니…… 이게 내 팔잔가봐. 어딜 가든 구경꾼들에게 둘러싸여 한바탕 광대놀음을 벌이다가 때가 되면 도망치듯 떠나야 하는. 창수는 무심코 공종렬에게 물었다.

"저 친구 어디 갈 곳이 있기는 해?"

"알 게 뭐야. 어디 가든 설마 두 식구 입에 풀칠 못하려구."

'자식을 버리고……' 운운한 것이 공종렬의 진심은 아닌 모양이었다. 창수는 또 물었다.

"아까 여기 있던 애들은 누구야?"

"조카들."

짧고 침울한 대답이었다. 역시 그랬군. 그 어린것들한테 동생의 아비를 때려죽이라고 했군그래. 속으로 말하는 창수의 마음도 침울했다. 본 적도 없는 아기 얼굴이 눈앞에 어른거리더니, 할 수 없는 말들만 자꾸 입 안에 고이는 것이었다. 따지고 보면 개도 같은 조칸데 큰맘 먹고 거둬서 잘 키울 것이지…… 모두 자러 들어간 뒤에도 두 친구는 텅 빈 뜰에 우두커니 서서 말이 없었다.

다음날 아침 공종렬은 창수에게 편지 한 장을 써주었다. 전라도 무주에 사는 친척에게 창수를 부탁하는 소개장이었다. 무주는 깊고 한적해서 숨어 살기 좋은 고장이었다. 창수는 친구와 작별하고 다시 남행길에 올랐다.

강경을 벗어나기 직전이었다. 길가에 모여 웅성대는 사내들이 눈에 띄었다. 창수는 그리로 다가가 사람들을 등지고 서성이며 그들 사이에 오가는 얘기를 엿들었다.

"저런, 가여워서 어쩌나. 그 어린것이……"

"애비가 천벌을 받을 놈이지. 세상에 지 새끼를 버리고 도망가는 놈이 어딨나."

"아니, 버리더라도 하필이면 개울가에 둘 게 뭐래요. 아무 집 앞에나 놓고 갔으면……"

"그랬으면? 그게 자네 집이었으면 어쩌려고? 요즘같이 먹고살기 힘든 세상에 지 애비도 버린 애새끼를 얼씨구나 들여놓을 집이 어디 있겠어? 어림도 없는 소리!"

"그래도 그렇지 너무했어. 에이, 나도 할 말 없지 뭐. 새벽에 애기 우는 소릴 들었는데. 그때 바로 나가봤어야 하는 건데……"

"실은 나도, 귀찮아서…… 울음소리가 그치길래 잘됐다 싶었는데. 그때 그 어린것이 숨을 멈춘 게지."

창수는 마냥 듣고 있을 수가 없었다. 자신의 거동이 수상해 보일지 모른다는 우려보다, 불쌍한 아기의 죽음에 대한 가책이 더 컸다. 내가 죽인 거나 다름없어. 아니야, 네가 아니더라도 그애는 죽었을 거야. 그런 운명을 타고난 거라구. 뭐야? 비겁한 자식. 그런다고 네 죄가 씻어질 줄 알아? 막았어야지. 할말을 했어야지. 그래, 나도 귀찮았다. 성가셨어. 내 일신의 안위를 걱정하느라 죄 없는 어린 생명을 구하지 못했구나. 평생을 따라다닐 죄를 짓고 말았어…… 헌데 너 참 웃기는구나. 직접 사람을 죽여도 본 놈이 새삼스레 죄 타령이냐. 도망치듯 강경 땅을 뜨는 창수의 속은 몹시도 시끄러웠다.

무주에서도 창수는 오래 머물 수 없었다. 무주는 과연 천혜의 은신처였으나, 몸이 편할수록 마음은 더 우울해서 놀고먹는 생활을 견디기 어려웠다. 진짜 견디기 어려운 것은 놀고먹는 생활이 잘 맞는 것 같다는 당혹감이었다. 뒤늦게 발견한 자신의 백수 기질에 대한 거부감이었다. 창수는 무위도식을 즐기는 제 모습이 싫었고, 싫은 꼴을 못 보는 그의 성미는 나와 남을 가리지 않았다. 떠나는 그에게 건네지는 여비를 창수는 정중히 물리쳤다. 아직 쓸모가 많은 주소록도 찢어버린 뒤였다. 편하게 얻어먹고 다니지는 않겠다는 굳은 각오였다. 삼남 일대를 목적 없이 떠도는 무전여행의 시작이었다.

남원을 거쳐 전주로 가는 길에 동행이 생겼다. 임실에 사는 문씨 성의 돈 많은 중년 남자였다. 문씨는 이제껏 고생해서 재물을 모았으니 남은 인생은 구두쇠 짓 그만 하고 편히 살 생각이라고 했다. 창수는 보잘것없는 가산마저 자식 옥바라지에 탕진하고 빈털터리로 노년을 맞은 불쌍한 부모를 생각했다. 고갯마루 주막촌에 이르자 한 술집에서 주모가 뛰어나와 문씨를 반겨 맞았다. 문씨는 함께 목이나 축이며 쉬었다 가자고 창수의 소매를 잡아끌었다. 술 한잔 얻어마시는 것쯤이야 마다할 게 아니었지만, 창수는 그날따라 왠지 공짜 술이 내키지 않아 사양하고 혼자 걸음을 재촉했다.

저녁 무렵 전주 길목에 다다른 창수는 허름한 주막을 찾아 들어갔다. 물 한 그릇 청해 마시고 마루턱에 걸터앉아 담배를 말아 피우고 있을 때였다. 보부상 차림의 한 사내가 봇짐도 없이 헐레벌떡 뛰어들어와 숨을 헐떡이며 더듬거렸다. 창수가 문씨와 헤어진 고갯마루 주막 거리에 강도 한 떼가 출현했다는 소식이었다.

“나, 난리통에 임실 부자 무, 문씨가……”

문씨는 강도와 맞서다가 도끼에 맞아 두개골이 쪼개지고 팔다리가 잘려 죽었다. 여생을 마음껏 베풀며 살고 싶어한 부자의 잔혹한 최후였다. 담배 연기를 내뿜는 창수의 숨소리는 땅이 꺼질 듯 깊고 무거웠다. 죽은 이를 향한 애도와 죽을 뻔했다는 안도의 감정이 뒤섞여 나온 한숨이었다.

떠도는 자답게 창수의 행로는 동서남북으로 종횡무진이었다. 전주까지 북상한 뒤에 서쪽으로 방향을 틀어 김제에 이르더니 도로 남쪽으로…… 광주에서 다시 서쪽 길로 접어들어 나주와 함평을 지나서는 또 남쪽 무안으로…… 목포에서 창수는 탈옥 동지 양봉구를 만났다. 그가 들려준 조덕근의 소식은 참혹한 것이었다. 경성에서 체포된 그는 인천 감옥으로 압송되어 한쪽 눈알이 빠지고 두 다리가 부러졌다. 김백석과 황순용, 두 연인의 행방은 알 길이 없었다. 다행이었다. 창수가 더 궁금한 것은 탈옥 때 당직을 섰던 간수의 안부였다. 그는 결국 아편 독이 온몸에 퍼져 숨지고 말았다.

목포를 떠나 해남, 강진, 완도…… 창수의 방랑은 계속되었다. 화순, 순창, 담양…… 전라도에 인접한 경상도 땅 하동을 며칠 둘러보기도 했다. 충청, 전라, 경상…… 삼남 지역을 두루 다니며 창수가 받은 강한 인상은 양반과 평민의 구별이 너무 심하다는 것이었다. 양반이 아니면 사람대우를 하지 않는 인간들로 차고 넘치는 곳이 반도의 남쪽이었다. 지나치게 엄격한 신분질서는 착취와 수탈로 이어지는 나쁜 고리였다. 터무니없는 품삯으로 죽도록 부려먹은 소작인들에게 매질까지 퍼부어대는 양반의 횡포를 목격할 때마다 창수는 혀를 내둘렀다. 그의 고향에서는 상상도 할 수 없는 광경이었다. 늘 해주 촌구석의 상놈으로 태어난 것을 한탄했던 창수는 생각을 고쳐먹지 않을 수 없었다. 삼남에 비하면 서북 지역은 상놈들의 낙원이구나.

평민들이 그런 수모를 당할진대 노비를 비롯한 천민들의 애환은 오죽했을까. 특히 경상도에서는 백정에 대한 차별이 극심했다. 망건을 쓰지 못하게 해서 늘 산발한 머리 모양으로 구별되었고, 백정은 길을 가다가도 양반이든 평민이든 애든 어른이든 '사람'과 마주치면 길에서 벗어나 예를 갖추고 상대가 지나갈 때까지 기다려야 했다. 이건 아니야. 뜻 없는 유랑의 와중에도 창수는 분개했다. 이 땅의 악습을 다 뜯어고쳐야 해! 그러자 속에서 비웃는 소리가 들려왔다. 누가? 네가? 창수는 쓴웃음을 지었다.

하동의 쌍계사를 구경한 뒤에 창수는 발길을 북으로 돌려 다시 충청도로 넘어왔다. 창수가 계룡산의 유명한 절 갑사에 도착했을 때는 9월, 인근의 감나무 숲에서 발갛게 익은 감이 저절로 떨어지는 계절이었다.

은둔

창수는 절에서 살기로 결심했다. 혼자서 그런 결심을 하게 된 것은 아니었다. 갑사에서 만난 공주 선비 이생원에게, 창수는 자신을 장사가 망해서 홧김에 고국산천을 유람 중인 개성상인이라고 소개했다. 이생원은 자기도 세파에 찌들린 불쌍한 중생이라며 창수를 반겼다.

"우리 같이 부처의 도를 닦아보는 게 어떻겠소."

이생원은 공주 근처에 마곡사라는 좋은 절이 있다며 창수의 동

행을 재촉했다. 어디든 같이 가자는 사람이 있다는 게 창수 입장에
서는 눈물 나게 고마운 일이었다. 딴에는 지금 내 처지에 머리 깎
고 중이 되는 것만큼 어울리는 일이 또 있을까. 절에서 받아만 준
다면야 황송하기 이를 데 없지. 하지만 과연 내가 답답한 절 생활
을 얼마나 견뎌낼 수 있을 것인가. 놀고먹는 것도 아닐 텐데. 절에
도착할 때까지도 창수의 마음은 반반이었다.

저녁을 먹고 쉬고 있는 창수에게 하은당이라는 노승이 찾아왔다.
이생원은 다른 방으로 옮긴 뒤였다. 손자뻘인 창수를 대하는 스님
의 태도는 매우 정중했다. 신상에 대해 묻는 그에게 창수는 어려서
고아가 되어 외롭게 살아온 신세라고 둘러댔다. 태어난 곳은 이번
에도 개성이었다. 스님의 입에서는 탄식과도 같은 나무아미타불
이 흘러나왔다.

"본디 외롭지 않은 중생이 어디 있겠소. 처지가 그러하니 오히
려 잘됐구려. 사바세계의 연을 끊어야 하는 아픔은 없을 테니. 여
기 남아 소승과 더불어 수행의 길을 걷지 않으시려오?"

창수의 마음은 아직도 반반이었다.

"제가 워낙 무식하고 아둔해서…… 대사께 누만 끼치게 될까봐
주저됩니다."

"무식한 것은 공부하면 될 것이고, 또 아둔한 것은……"

그것은 답이 없는 모양이었다. 하은당은 말문이 막힌 듯 잠시 침
묵한 끝에 입을 열었다.

"본디 어리석지 않은 중생이 어디 있겠소. 오늘 밤 편히 쉬면서

좀더 생각해보시구려.”

스님을 보내자마자 창수는 자리에 누워 생각하기 시작했다.

이튿날 아침 이생원이 창수를 찾아왔다. 그의 머리는 이미 계란처럼 반질반질했다. 마음이 변할까봐 아는 스님을 졸라 머리부터 깎았다는 것이었다. 변할 마음이면 머리를 뿌리째 뽑는다고 안 변할까. 그런 생각을 하고 있는 창수에게 이생원은 다그치듯 말했다.

“뭘 더 망설여요? 엊저녁에 하은당 스님이랑 얘기 나눴다면서요. 그분이 주지 스님의 상좌랍디다. 상좌 알죠? 쉽게 말해 후계자라구요, 후계자. 그 하은당 스님이 김형을 상좌로 삼고 싶다고, 나보고 설득해보라고…… 아, 얼마나 좋은 기휍니까. 이 절 재산이 얼마나 되는지 알아요?”

창수가 머리를 깎기로 마음을 굳힌 것은 절 재산이 탐나서가 아니었다. 전날 밤 몹시 피곤했던 창수는 별로 생각도 못해보고 잠이 들었다. 오랜만에 꿈 없이 이어진 것 같은 깊은 잠이었다. 아침에 일어나니 머리가 개운한 게 날아갈 것 같았다. 창수는 말도 못하게 기분이 좋았다. 이생원이 찾아왔을 때는 이미 절에 머물기로 마음을 정한 뒤였다. 창수를 설득한 것은 산사(山寺)의 맑은 공기였다.

어지간한 창수도 난생처음 겪는 삭발 의식을 아무렇지도 않게 치러낼 수는 없었다. 땅에 툭 떨어진 상투 위로 창수의 눈물도 뚝뚝 떨어졌다. 따지고 보면 단발령을 피해 상투를 지키려고 떠났던 그의 행로가, 두 해하고도 반을 더 돌고 돌아 거기까지 이르고 만

셈이었다. 창수는 허탈했다. 휑한 머리가 바람에 시렸다. 장삼과 가사를 걸친 그에게 원종(圓宗)이라는 법명이 내려졌다. 새 이름을 얻은 창수는 비로소 자신에게 일어난 변화를 실감했다.

입사 의식의 마무리는 승려가 지켜야 할 기본 규칙 오계(五戒)의 낭독이었다. 살생하지 말라, 도둑질하지 말라, 음탕한 짓을 하지 말라, 거짓말하지 말라…… 그 마지막은 술을 마시지 말라는 계율이었다. 창수가 마음에 새긴 것은 따로 있었으니, 곧바로 이어진 공부를 통해 배운 수행의 자세였다. 불제자가 되려면 가장 먼저 자기를 낮추어라. 사람에게는 물론이고 짐승과 벌레에게까지 자기를 낮추고 또 낮추어라. 그러지 아니하면 지옥의 고통을 면하지 못하리라.

경건한 분위기에 한껏 젖어가던 창수를 당황하게 한 사람은 하은당이었다. 창수를 대하는 그의 태도는 깍듯했던 전날의 모습과는 백팔십도 다른 것이었다.

"애, 원종아. 넌 생긴 것도 어찌 그리 미련스러우냐. 내 보기엔 아무리 용을 써도 부처님의 깊은 도를 깨치기는 영 글렀구나. 행여 네 알량한 법명을 떨쳐보겠다는 헛된 욕심일랑 일찌감치 떨쳐버리는 게 좋을 거다. 당장 나가서 물이나 긷고 장작이나 패라."

감옥에서도 그런 대우를 받아본 적이 없는 창수였다. 그러나 창수가 한 대 얻어맞은 기분에 휩싸인 채 한순간 멍해졌던 까닭은 스승의 말이 불쾌해서가 아니었다. 도망자로 떠도는 초라한 꼬락서니를 하고서도 내 속은 공명심으로 꽉 차 있었구나. 돈 있고 힘 있는 자들을 향한 내 분노는 오로지 내가 그들보다 더 높아져서 그들 위에 군림해보겠다는 사욕에서 나온 것이었을 뿐, 같은 처지의 이웃들을 진정으로 위하는 마음이 아니었어. 그뿐이냐. 세상의 번뇌를 벗어던지겠다고 중이 된 이 마당에도 내 속은 여전히 허영투성이야. 만인의 추앙을 받는 고명한 스님이 되고 싶다는 야욕으로 들끓고 있구나. 에라! 이 지옥에나 떨어질 한심한 인간아. 창수는 자기를 낮추는 자세를 마음 깊이 새겼다고 흐뭇함에 취해 있던 자신이 부끄럽기 한량없었다.

그날 이후 창수는 절 안의 온갖 허드렛일을 도맡다시피 하게 되었다. 일을 한 대가로 밥을 먹는다는 생각에 그의 마음은 편안했다. 어느 날 창수는 물을 길어 오다가 절 마당의 돌부리에 걸려 넘어졌다. 물이 다 쏟아졌음은 물론이고 물통 하나가 박살이 났다. 하은당이 창수에게 퍼붓는 면박과 질책은, 안방마님이 불씨 꺼뜨린 계집종 다루듯 혹독했다. 보다 못한 주지 스님 보경대사가 말리고 나섰다.

"그만 하게나. 자네 그 고집 언제 꺾을 텐가?"

노스님은 잠깐 멈칫거리며 창수를 쳐다보고는, 곧 거리낄 게 뭐 있겠냐는 초탈한 표정으로 말을 이어갔다.

"요즘 세상에 이런 수모를 견딜 젊은이가 누가 있겠나. 옛날에도 자네 같은 독종이나 버텼지. 이제 다 구식이 돼버린 걸세. 버려야지. 이제 우리 같은 늙은이들은 모두 물러날 때가 된 것처럼 말이지. 원 괜찮다 싶어 상좌로 들여보내주면 며칠 못 가서 죄다 하

산하고 마니…… 원종이만큼 하면 성에 찰 만도 하구먼. 잘 가르
치면 우리 뒤를 이을 만하지 않은가. 이쯤 해두고 쉽게 가지그래.
쉽게."

그 말에 대뜸 자기 방식을 버릴 하은당이 아니었다. 보경대사 또
한 아랫사람이 말 안 듣는다고 노여워할 좀팽이가 아니었다. 창수
도 보통은 아니어서 절의 최고 어른이 대놓고 그렇게 말한 뜻을 능
히 헤아릴 수 있었다. 그런 줄 알고 한번 견뎌보라는 것. 한편으로
는 창수의 그릇이 과연 어느 정도인지 시험해보겠다는 것. 노스님
의 위로와 격려에 힘을 얻는 한편, 창수는 우쭐해서는 안 된다고
자신을 타일렀다.

함께 수행하는 동료들 중에는 창수를 부러워하는 이들이 적지
않았다. 보경대사나 하은당이나 죽을 날이 멀지 않은 노인들이었다.
소작인들이 해마다 절에 바치는 농작물은 쌀만 해도 이백 석이 넘
었다. 이것저것 다 합치면 마곡사의 재산은 수십만 냥에 달했다.
하지만 창수는 동료들보다 갑절로 힘든 수행을 견뎌내기는 하면서
도 마음은 여전히 반반이었다. 이 길이 정말 내 길이 맞나? 머리는
확실히 깎았지만 마음은 수시로 흔들렸다. 절 재산에 관심이 없었
다기보다는 세상에 대한 관심을 끊을 수 없었기 때문이었다. 속세
에서 맺어진 인연의 끈을 놓을 수 없었기 때문이었다.

그런 채로 창수는 낮에 일하고 밤에 공부하는 하루 같은 몇 달을
흘려보냈다. 깊은 산속 승방에도 어김없이 새해는 찾아왔다. 1899
년, 창수 나이 스물셋이었다.

상봉

　창수는 동료들의 시선이 못내 부담스러웠다. 부러운 눈길이든 경멸의 눈초리든 그 뒤에는 이런 속내가 버티고 있음을 모를 수 없었다. 네가 왜 그 고생을 참아가며 여기 붙어 있는지 우린 다 알지. 창수가 하은당 밑에서 혹독한 수련을 견뎌내는 진짜 이유가 무엇인지 그들은 알 수 없었다. 몸을 혹사하는 대가로 잠시나마 주어지는 마음의 평화를. 그 평화의 처절함을 아는 사람끼리는 서로를 모르는 체했고, 모르는 사람들은 끼리끼리 모여 입방아를 찧었다. 속세와 다름없는 인간관계의 피곤함이 어렵게 주어진 창수의 평화를 깨뜨리곤 했다. 창수는 자신을 알아주던 이들이 몹시도 그리웠다. 어머니, 아버지…… 무사히 고향으로 돌아가셨나요?

　창수의 그리움은 부모에서 그치지 않고 다른 얼굴들로 가지를 뻗어갔다. 자기를 구하려다 전재산을 날리고도 초연했던 강화도의 기인 김주경. 그는 지금 어디서 무엇을 하며 살고 있을까. 살아 있기는 한 것일까. 언제 다시 만날 수 있으려나. 만난다 해도 그 큰 은혜를 어찌 다 갚으려나. 그리고 또 창수의 뇌리에 떠오른 이들은 고향 후배 중근과 그의 부친 안태훈이었다. 녀석은 백발백중이었지. 중근과 함께 사냥도 하고 씨름도 하며 놀던 추억을 되새길 때마다, 창수는 천주교에 귀의했다는 이유로 그들 부자를 멀리했던 과거가 자꾸 마음에 걸렸다. 다시 만나게 되면 사과하고 용서를 구해야지. 창수는 그들과 새로운 관계를 맺고 싶었다. 이래저래 마곡사를 떠날 때가 되었다는 생각이 창수의 머리에서 떠나지 않았다.

절 마당이 봄꽃으로 화사해진 어느 날, 창수는 보경대사를 찾아갔다.

"소승을 금강산으로 보내주십시오. 공부에 더욱 열중하고 싶습니다."

노스님은 이미 창수의 의중을 꿰뚫고 있었다.

"네 뜻이 그런 걸 어쩌겠느냐."

보경대사는 하은당을 불러 창수를 보내자고 설득했다. 하은당은 펄쩍 뛰며 끝까지 말렸지만 창수의 마음을 돌이킬 수는 없었다. 하은당이 앞으로는 잘해줄 테니 가지 말라고 붙잡았을 때, 창수는 그동안의 은혜로 많은 것을 배웠다고 진심을 전했다. 떠나는 창수에게 쌀 열 말이 주어졌다. 창수는 쌀을 팔아 여비를 마련했다.

그의 발길이 향한 쪽은 강원도가 아니라 경기도였다. 금강산의 아름다운 자연보다 경성 거리의 속된 인간들을 보고 싶은 까닭이었다. 그러나 당시는 승려의 도성 출입을 국법으로 금지하던 이상한 시절이었다. 그런 줄 몰랐던 창수는 하는 수 없이 성 밖의 사찰들을 떠돌며 스님들과 노닥거리는 것으로 소일했다. 창수가 경상도 풍기에서 온 탁발승 혜정을 만난 곳은 서대문 밖 봉원사였다. 첫눈에 호감이 가는 맑은 인상의 젊은 스님이었다. 혜정은 평양으로 가는 길이라고 했다. 창수는 동행하기로 했다.

임진강을 건너 가짜 고향 개성을 거쳐…… 해주를 지나는 창수의 발걸음은 납덩이를 매단 듯 무겁기만 했다. 마침 혜정이 신광사에서 며칠 묵어가자며 산길로 창수를 이끌었다. 신광사가 자리 잡은 수양산은 해주 북단의 명산이었다. 절 근처 암자에서 하룻밤을 보낸 뒤에, 창수는 더 참지 못하고 자신의 사연을 혜정에게 털어놨다. 혹시 사람을 잘못 봐서 닥칠지도 모를 위험을 무릅쓰고라도 부모의 안부를 알기 위함이었다.

"사형, 텃골에 좀 다녀와주지 않을래요? 내가 어디 있는지는 알리지 말고 그냥 잘 있다고만 전해줘요."

혜정은 창수의 당부를 지키지 못했다. 저녁에 암자로 돌아온 혜정의 뒤에는 곽낙원과 김순영이 서 있었다. 아들이 보고 싶어 막무가내로 따라나서는 부모를 누군들 막을 수 있으랴. 일 년 만의 꿈 같은 해후였다. 세 식구는 서로 부둥켜안고 한참 동안 말없이 울었다.

창수의 부모는 아들 곁을 떠나려 하지 않았다. 결국 평양으로 가는 나머지 길은 창수의 가족 나들이에 혜정이 꼽사리 긴 모양새가 되고 말았다. 길 위에서 창수는 부모님이 겪은 고초를 알게 되었다. 얘기 끝에 곽낙원은 남편 눈치를 보며 작은 소리로 말했다.

"나야 금세 풀려났지만 아버지가 일 년씩이나 옥고를 지르셨다. 옛날 같지 않아서 봐주는 사람도 하나 없고…… 고생이 이만저만이 아니셨어, 애."

창수는 입을 꾹 다문 채 땅만 보고 걸었다.

이별

　창수는 스스로를 땡중이라 여겼다. 계율에 얽매이지 않으므로 매사에 꺼릴 것이 없었다. 평양 교외 대보산에 영천사라는 절이 있었다. 인근의 아이들이 합숙하며 공부하는 서당 비슷한 작은 절이었다. 훈장이나 다름없는 그 절 주지가 술을 탐하고 품행이 불량하여 학부모들의 불만이 컸다. 그 자리를 대신 맡아달라는 부탁을 받고 창수는 속으로 쾌재를 불렀다. 타지에서 부모를 모셔야 하는 그로서는 마다할 이유가 없는 제안이었다. 창수의 반응은 이러했다.

　"소승이 한술 더 뜨면 어쩌려고들 이러십니까."

　창수는 협상의 귀재였다. 의도한 대로 그 말은 완곡한 고사의 뜻으로 전달됐다. 물리치는 자의 몸값은 일단 오르게 마련이다. 일단 붙잡고 봐야 한다는 심리가 작동하기 때문이다. 창수는 적절한 선에서 못 이기는 척 제안을 수락했다. 방탕함이 전임을 능가해도 할 말 없게 만든 것은 덤으로 주어진 소득이었다. 비록 코딱지만 한 절이기는 했지만, 이십대 초반의 새파란 나이에 창수는, 아니 떠돌이 학승 원종은 주지 스님의 반열에 올랐다.

　영천사에서 창수는 무료했다. 날마다 고기를 먹고 염불 대신 시를 읊는 것이 낙이었으니 승려로서는 불량한 모습이었다. 자라 보고 놀란 가슴 솥뚜껑 보고 놀랄 만도 하건만 학부모들은 그런 창수를 눈감아줬다. 아이들의 실력이 날로 발전했기 때문이었다. 창수

곁에서 묵묵히 돕는 혜정의 공이 컸다. 부모와 함께 거하는 창수의 방에는 이틀이 멀다 하고 기름진 음식들이 답지했다. 창수 인생에 그토록 배불리 지낸 적은 다시없었다.

혜정은 점점 더 불심을 멀리하고 속된 모습으로 변해가는 창수가 안타까웠다. 고향으로 돌아갈 때가 됐다는 생각에 절을 나섰다가도 발길이 차마 떨어지지 않아 되돌아오곤 했다. 자신이 어찌할 수 있는 게 아니라고 체념하기에 이른 혜정은 마침내 절을 떠났다. 친구 손에 여비를 쥐여주는 창수의 몸짓은 어색했다. 창수는 멀어져가는 혜정의 뒷모습을 바라보고 서 있었다. 가슴을 콕 찌르고 달아나는 통증이 날카로웠다. 만나면 언젠가는 헤어지게 되는 법. 사람 사는 세상에 태어나 피할 수 없는 회자정리(會者定離)의 아픔이었다.

환속

창수는 스스로를 망명객이라 여겼다. 모든 망명객은 국경을 넘는다. 창수가 넘은 국경은 속세를 초월히는 경계였는가. 넘기는 했으나 얼마 못 가서 뒤를 돌아본 셈이었다. 창수를 돌려세운 가장 큰 힘은 핏줄이었다.

김순영은 아들이 출가했다는 사실보다 삭발한 아들의 머리 때문에 더 심란했다. 결국 상투 잘린 자식 꼴을 보려고 그 난리를 겪었나 싶었다. 친러내각이 들어선 뒤로 단발령은 유명무실해진 상태였다. 아버지와 함께 지내면서부터 창수는 머리를 깎지 않았다. 자라는 머리와 함께 그의 마음은 점점 더 속세로 기울어갔다. 이미 속인과 다름없는 생활을 하고 있는데 굳이 승적을 유지할 이유가 뭐냐. 승려에 대해 안 좋은 인상만 심어줄 뿐…… 다시 상투를 틀 수 있을 만큼 머리가 길었을 때, 창수는 부모를 모시고 고향으로 돌아왔다.

은밀한 귀향이기는 했지만 동네 사람들 눈에 띄는 것은 시간 문제였다. 물론 창수에게 고향에서 숨어 살겠다는 생각은 없었다. 창수는 말하자면 다시 떠나기 위해 돌아온 것이었다. 다시 혼자가 되기 위해. 아무리 남다른 이들이라 해도 부모는 역시 부모였다. 그들과 함께 다니며 창수가 갈 수 있는 최선의 길은 그럭저럭 사는 길뿐이었다. 그 길도 쉬울 리는 없지만 어차피 어려운 거라면 창수의 삶은 뭔가 달라야 했다. 그 길이 무엇인지 알기 위해서라도 그는 혼자가 되어야 했다.

창수의 떠남을 재촉한 것은 삼촌의 곱지 않은 눈길이었다. 개과천선해서 착실한 농부로 살고 있던 김준영은 감옥을 탈출한 조카의 출현이 반갑지 않았다. 가문의 골칫거리였던 그가 이제는 창수를 집안 말아먹을 놈으로 보는 것이었다. 김준영은 아들 녀석을 제멋대로 살게 놔두는 형 내외 또한 못마땅했다.

"애당초 저놈에게 공부를 시킨 게 화근이었습니다. 그 탓에 죽을 고생을 하고도 아직 모르시겠어요?"

그래도 삼촌은 어디까지나 삼촌이었다.

"지금이라도 늦지 않았으니 저한테 맡기세요. 창수가 맘 잡고 제 밑에서 얌전히 농사일 배우고 살면 제가 장가도 보내주고 뒤를 다 봐주겠습니다."

동생의 말은 고마웠지만 김순영은 단호히 고개를 저었다.

"창수도 이제 애가 아니잖냐. 본인이 알아서 할 일이다."

창수는 삼촌 생각이 아주 틀린 것은 아니라고 생각했다. 글을 배우지 않았다면 세상이야 어떻게 돌아가든 상관 않고 우직한 농사꾼의 길을 택해 큰 탈 없이 살고 있지 않을 것인가. 괜한 소란을 피워 부모 고생만 시켰다는 후회가 새삼스레 가슴을 조여왔다. 하지만 돌아갈 길이 없었다. 다시 시작하기에는 너무 멀리 와버린 것이었다. 사 년 동안 보고 듣고 겪은 모든 것들이 이전과는 다른 창수를 만들어놓은 것이었다. 며칠 동안 방구석에 처박혀 열심히 가마니를 짜던 창수는 새벽에 홀연히 집을 나섰다. 새로운 세기가 시작된 1900년, 바람 씽씽 부는 2월의 어느 날이었다.

개명

창수의 발길이 향한 곳은 강화도였다. 못 잊을 은인 김주경을 찾아 나선 길이었다. 소문대로 그도 도망자 신세가 되었다면, 어디 숨어 사는지 소식이라도 듣고 싶은 마음이었다. 해주에 이웃한 신천 땅에 스승 고능선과 안태훈 부자가 살고 있었지만, 그들과의 해후는 시기상조였다. 후일을 기약해야 하는 창수의 마음은 안타까웠다.

수소문 끝에 찾아간 김주경의 집에는 그의 막내동생 진경이 살고 있었다.

"개성에서 온 김원종이라고 하오."

창수는 형과 매우 친한 사이라고만 밝히고는 김주경의 소식을 물었다.

"형님은 집 나간 지 삼 년이 넘었는데 편지 한 장 없습니다. 그 많던 재산 다 날리고 달랑 이 집 하나 남았습니다. 형수님은 혼자 냉가슴을 앓다가 얼마 전에 돌아가셨고……"

김진경이 전하는 사연을 모르는 척 들으며 창수는 속으로 한숨을 쉬었다. 다 내 탓이다. 나 때문에 한 집안이 망가져버렸어…… 그나저나 이제 어쩐다? 그냥 떠나자니 서운해서 발길이 떨어지지 않았다. 곁에서는 김주경의 어린 아들이 놀고 있었다.

"나도 여기 머물면서 같이 형님 소식을 기다리면 안 되겠소? 저 아이 공부하는 것도 좀 도와주면서 말이오."

김진경은 흔쾌히 받아들였다.

"되다마다요. 안 그래도 아이 교육이 막막한 처지였는데 잘됐습니다. 재말고도 작은형 댁에 조카가 둘 더 있는데, 기왕이면 걔들도 좀……"

감옥에서, 또 절에서, 가르치는 일에는 어느 정도 이력이 붙은 창수였다. 게다가 자기 때문에 재산 다 거덜내고 행방이 묘연해진 김주경을 생각하면 수업에 정성을 쏟지 않을 수 없었다. 창수는 곧 실력 있고 성실한 과외선생으로 인정받았다. 김진경은 아예 동네방네 선전하고 다니며 학생들을 끌어모았다. 한 달 안에 창수 문하에는 삼십 명이 넘는 아이들이 모여들었다. 창수는 신이 나서 더욱 열심히 가르쳤다.

하루는 경성으로부터 편지 한 통이 날아왔다. 창수는 혹시 김주경이 보낸 게 아닌가 싶어 편지를 읽는 김진경의 곁을 뜨지 못했다. 다 읽은 편지를 접으면서 김진경이 혼잣말로 중얼거렸다.

"그런 일 없다는데도…… 참 끈질긴 양반이군."

"무슨 일인데? 누가 보낸 편지야?"

둘은 말을 놓고 지내는 사이가 되어 있었다.

"어, 유완무라고 형님 친군데 나도 본 적은 없어. 참, 전에 내가 말한 김창수라는 자, 기억나?"

창수는 갑자기 튀어나온 제 이름에 당황한 기색을 애써 감추며 기억을 되살리는 척해보았다.

"아, 형님이 살려내려고 했다는 그 친구?"

"그래."

"헌데 그 유완무라는 분하고는 무슨……"

"글쎄 그 양반이 자꾸 편지를 보내와서 묻는 거야. 김창수가 다녀가지 않았냐. 그자가 찾아오면 즉시 자기한테 알려달라. 이번엔 아예 사람을 보내겠다는데. 참, 김창수가 탈옥한 애기는 그때 안

했지? 그 친구 재주도 좋아. 그 얘기 해줄까?"

창수는 황급히 손을 내저었다.

"아니 아니, 됐어. 탈옥이야 뻔하지 뭐. 땅 파고 담 넘고…… 그 보다 김창수 그 사람, 정말 안 왔었어?"

창수는 스스로 생각해도 참 천연덕스럽다고 속으로 혀를 찼다.

"이 사람아, 그게 말이 돼? 설령 왔더라도 몰래 형님 소식 알아보고는 떠났겠지. 버젓이 내 앞에 나타날 리가 있겠어?"

창수는 망설였다. 이제라도 내가 누군지 말해줄까. 이 친구 기가 막혀서 말을 못하겠지. 그보다도 유완무 그자가 왜 자기를 찾는지 의심스러워 섣불리 정체를 드러낼 수 없었다. 창수의 연기는 계속되었다.

"못 나타날 것도 없지. 듣자 하니 꽤 엉뚱한 친구 같은데. 그건 그렇고, 김창수를 찾는다는 자 말이야. 좀 수상하지 않아? 혹시 왜 놈들 끄나풀은 아닐까?"

"에이, 그건 아닐걸. 만나보지는 못했지만 형님이랑 둘이서 죽이 아주 잘 맞았던 거 같던데."

그걸로는 알 수 없는 일이었다. 창수는 여전히 유완무에 대한 경계심을 버릴 수 없었다. 이것은 위기인가 기회인가. 창수는 자기 인생에 뭔가 새로운 국면이 다가오고 있음을 본능적으로 알아차렸다. 그것은 재앙인가 행운인가. 뭐든 피하지 않는 것만이 창수가 취할 수 있는 유일한 길이었다. 그는 어지럽게 흩어지려 하는 마음을 단단히 붙들어 맸다. 닥치는 대로, 정신 바짝 차리고 부딪쳐보는 수밖에.

다음날 오전, 기골이 장대한 한 남자가 김진경을 찾아왔다. 유완무가 보낸 친구 이춘백이었다. 창수는 사랑에서 아이들을 가르치고 있었다. 장지문 한 짝 너머 옆방에서 김진경과 이춘백은 마주 앉았다. 천자문을 외는 소리가 창수 귓가에 쩌렁쩌렁 울려대고 있었다. 창수는 아이들에게 조용히 자습하라고 이른 뒤에 옆방의 대화에 귀를 기울였다. 짜증 섞인 김진경의 목소리가 먼저 들려왔다.

"형님들 참 답답하십니다. 우리 형님도 안 계신 이 집에 그 사람이 무슨 일로 오겠어요?"

"자네 말이 이치에 맞지. 우리도 모르는 바 아닐세. 그래도 만에 하나라는 게 있지 않나. 자네가 이해하게. 우린 김창수를 포기할 수가 없어. 우리 열두 명은 오직 그 사람 때문에 모인 걸세. 우리가 무슨 계획을 세웠었는지 아나? 인천의 주요 건물 일곱 채를 불태울 생각이었지."

"아니 왜 그런 짓을……"

엿듣는 창수의 입에서도 김진경과 똑같은 물음이 새어나왔다.

"혼란을 틈타 감옥을 습격해서 김창수를 빼내는 게 목적이었어. 석유도 사놓고 사전 답사도 모두 마쳤지. 계획을 전하려고 감옥에 면회 갔더니 김창수가 전날 탈출해버렸다더군."

그랬구나. 창수는 어차피 탈옥할 팔자였다고 생각하니 마음이 좀 홀가분해지는 느낌이었다. 그들의 도움 없이 빠져나오기를 잘했다는 생각도 들었다. 애꿎은 인명과 재산의 피해를 막았다는 안도감이었다. 그런데 탈옥한 걸 알았으면 그걸로 끝이지 왜 아직도 나를 찾으려 애쓰는 걸까. 포기할 수가 없다니? 그런 의문을 풀어 줄 얘기는 들려오지 않았다.

"내일 아침 상경하기 전에 다시 오겠네."

그 말을 남기고 이춘백은 자리에서 일어났다. 창수는 잠시 생각에 잠겼다. 숫자 하나가 머릿속을 맴돌며 지워지지 않았다. 열둘이라…… 내가 얼굴도 모르는 사람들이 열둘이나 모여서 나를 구하기 위해 목숨을 걸었다…… 뜻은 다소 엉뚱하지만 그들은 동지로 뭉쳤구나. 저 사람 말이 사실이라면. 그렇다면 내가 유완무와 그의 동지들을 만나야 하는 게 아닐까. 하지만 사실이 아니라면? 불순한 의도로 나를 찾기 위해 꾸며낸 계략이라면? 그 순간 창수가 떠올린 것은 『맹자』의 한 구절이었다. '군자가기이방(君子可欺以方).' 군자는 알면서도 속아줄 수 있나니.

다음날 아침, 밥상머리에서 창수는 입을 열었다.

"어제 손님과 나눈 얘기 다 들었어."

"미안해. 수업을 방해해서."

"여보게, 진경."

불러놓고 말이 없자 진경이 장난스레 받았다.

"왜 그러나, 원종."

"헤어지게 돼서 섭섭하네."

"무슨 소리야?"

"나 오늘 떠나."

김진경은 어안이 벙벙했다. 눈물이 글썽한 창수를 멍하니 바라보던 그는 퍼뜩 정신을 차린 듯 수저를 상 위에 내려놨다.

"내가 자네한테 뭐 잘못한 거라도 있나? 갑자기 떠난다니 이게 무슨…… 뭔지는 몰라도 내게 잘못이 있으면 용서하게. 말해주면 고칠 게 아닌가. 형님을 생각해서라도 제발……"

"잘못은 내가 했어."

"그건 또 무슨 소린데?"

"내가 김창수야."

기가 막혀서 말을 못할 거라던 창수의 짐작과는 달리 김진경은 바로 입을 열었다.

"에이, 싱거운 사람. 어서 밥이나 먹어."

밥상을 물릴 때까지, 창수는 자기가 자기라는 사실을 친구로 하여금 믿게 하기 위해 무진 애를 써야 했다. 탈옥한 과정에 대한 설명까지 자세히 듣고 나서야 김진경은 창수를 창수로 인정하는 눈치였다. 한 대 맞을 각오로 기다리는 창수에게 쏟아진 김진경의 핀잔 또한 예상 밖의 것이었다.

"이런 큰일 날 사람 봤나! 자네 미쳤어? 이 동네에 감리서 주사나 순검들이 수시로 드나드는 거 몰라? 여태껏 무사한 게 기적인 줄 알라고."

창수는 이춘백과 함께 강화도를 떠났다. 골목길을 가득 메운 아이들과 부모들이 눈물을 흘리며 창수를 배웅했다. 그 달치 수업료를 받지 않은 선생을 향해 사무치는 고마움의 표현이었다.

경성에 도착한 창수는 이춘백이 이끄는 대로 걸었다. 설령 그가 경무청으로 직행한다 해도 그대로 따라 들어갈 각오였다. 이춘백이 창수를 인도한 곳은 마포 공덕리의 어느 민가였다. 저 안에 순검들이 진을 치고 있다 해도 하는 수 없지. 창수는 대문 안으로 들어서며 다시 한번 마음을 가다듬었다. 사랑에는 검소한 차림의 중년 남자가 혼자 앉아 책을 읽고 있었다. 유완무였다.

"이제야 만나게 됐구려. 오느라고 고생이 많았소."

유완무는 창수를 반겨 맞은 뒤에 이춘백에게 말했다.

"내가 낙심하지 말자고 했지. 구하면 얻게 될 날이 있는 법이네."

이춘백을 처음 대면할 때도 비슷했지만, 창수는 유완무의 눈빛이 매서울지언정 탁한 기운일랑 전혀 깃들어 있지 않다고 느꼈다. 창수가 뭐든 한마디 해야 할 차례였다.

"저 같은 놈을 위해 애쓰셨다니 몸 둘 바를 모르겠습니다. 베푸신 은혜를 어찌 갚아야 할는지요. 그런데 저…… 그동안 안했던 낙심을 오늘부터 하시게 되는 것은 아닐지 걱정됩니다."

유완무와 이춘백은 무슨 말인지 모르겠다는 표정으로 서로를 바라봤다.

"저에 대해 부풀려진 소문 탓에 잔뜩 기대하셨을 텐데, 제가 실은 졸렬하기 짝이 없는 위인인지라 용두사미를 면치 못할 듯하여 드리는 말씀입니다."

유완무는 만면에 미소를 머금고 말했다.

"뱀의 꼬리를 붙잡고 올라가서 용의 머리를 보면 되지 않겠소."

며칠을 함께 노니는 동안 유완무는 별말이 없었다. 궁금한 게 많은 창수도 꾹 참고 물어보지 않았다. 어느 날 유완무는 창수에게 불쑥 여행을 떠나라고 권했다. 여행이라면 지긋지긋한 창수였지만, 이미 행선지도 일일이 골라놓고 숙박까지 해결해주겠다는 호의를 거절할 수는 없었다.

충청도 연산의 이천경을 필두로 삼남 각지에 흩어져 사는 유완무의 동지들은 하나같이 창수를 귀한 손님으로 대접했다. 낮에는 등산이나 낚시로, 밤에는 술과 함께 벌이는 토론으로, 창수는 여유작작하며 심신에 쌓인 피로를 씻어냈다. 그렇게 두 달이 흘렀을 때 유완무가 창수 앞에 모습을 나타냈다. 창수는 그와 함께 유씨의 본가가 있는 무주로 갔다. 지난번 창수가 떠났던 무전여행의 출발지였다.

한밤중에 두 남자는 조촐한 술상을 사이에 두고 마주앉았다.

"자네 경성을 떠나 여기까지 이르는 동안 속에 담아둔 궁금증이 몹시도 컸을 줄 아네."

유완무는 이제 때가 되었다는 듯 할 말을 하기 시작했다.

"우리는 동지를 새로 맞을 때마다 이런 식으로 교분을 쌓는다네. 일종의 입사 의식이랄까, 뭐 시험을 치렀다고 봐도 괜찮겠지. 그동안 동지들이 자네를 유심히 관찰한 결과……"

유완무는 말을 멈추고 창수의 안색을 살폈다. 창수는 담담한 표정으로 듣고 있었다.

"너무 불쾌히 여기지는 말게. 그 결과를 바탕으로 자네의 자질과 적성에 맞는 일을 할 수 있게 돕는 것이 우리의 할 일이니 말일세. 우리 생각으로는…… 김동지, 우선 공부에 더 힘쓰게나. 아직은 학식의 깊이가 모자란다는 것이 우리의 냉정한 판단이네. 경성의 동지들이 책임지고 자네의 학문 수준을 몇 단계 끌어올려놓을 걸세. 어떤 양반 자제와 겨뤄도 뒤지지 않게 되리라 믿네. 양친 어른의 생활에 대해서는 걱정하지 말게. 연산의 이동지가 가옥과 전답 일체를 두 분께 제공하기로 돼 있네. 고향을 떠나셔야 하는 것이 마음에 걸리기는 하지만, 지내시기에 그리 불편하지는 않을 걸세."

창수는 공중에 붕 뜬 기분이었다. 도무지 실감이 나지 않아 아무 말도 못하고 멍하니 앉아 있었다. 유완무는 싱긋 웃더니 창수 잔에 술을 따르며 말했다.

"경성으로 떠나기 전에 할 일이 하나 있네."

비밀 지령을 받는 첩자라도 된 듯 창수의 눈매가 가늘어졌다.

"자네 이름부터 고치세."

"네?"

"그러는 게 여러 모로 좋지 않겠나."

"아, 예."

창수는 무슨 뜻인지 알아들었다. 그리하여 유완무가 지어준 창수의 새 이름은 金龜. 그 어렵기로 소문난 글자 '거북 구'였다. 거북이처럼 느릿느릿 오래 살아라? 어떤 이유로 그 글자를 골랐는지 작명자의 뜻은 알 도리가 없고, 다만 한 가지 확실한 것은……

　본격적인 수업이 시작되려 할 때, 창수의 파란만장한 수업 시대는 막을 내렸다. 이제 창수는 더 이상 창수가 아니었으니. 그러나, 김구 역시 아직은 완전한 김구가 아니었다.

나의 소원

이도(세종의 이름—인용자)는 코리아의 운명을 이루기 위해 한
시도 쉬지 못하고 뛰어야 했다. 백성이 굶주리면 자신도 죽기를
각오하고 굶주리며 하늘에 빌었다. 눈이 멀어 제대로 보지 못하
고, 몸을 제대로 가누지 못해도 묵묵히 자신의 운명에 헌신했다.
(……) 세종은 천민(天民), 곧 '국민 개개인이 하늘의 백성'이라는
개념을 국가 운영에 완전히 구현했다. 세계패권국가 중국은 천자
(天子)를 만들었고, 고립국 일본은 천황(天皇)을 만들었다. 그러
나 코리아에는 이천여 년의 역사상 천자도, 천황도 존재하지 않
았다. 존재할 수가 없었다. 이러한 상황에서 세종은 천민(天民)을
재창조했다. (……) 세종은 천민 하나하나를 세심히 배려했다. 노
비도 천민이었다. 그래서 관노비에게 삼십 일간의 산전휴가와 백
일간의 산후휴가를 주었을 뿐 아니라, 그 남편에게도 삼십 일간
의 육아휴직을 주게 했다. 죄인들의 인권도 존중하여 감옥의 난
방과 냉방, 청결을 항상 유지하도록 했다. 그리고 세종에게는 조

선의 백성만이 천민이 아니었다. 여진인 등 외국인도 천민이었다.
(……) 세종은 메마른 교조주의자, 극단적 원리주의자들과 달랐다.
그러나 조선의 지배·지식층은 세종이 살아 있을 때도 세종을 이
해하지 못했고, 세종이 죽은 뒤 몇 세대가 지나지 않아 거의 모두
가 세종의 정신을 버렸다.

—배기찬, 『코리아 다시 생존의 기로에 서다』에서

논쟁

그해 겨울은 몹시 추웠다. 날씨보다 추운 것은 내 마음이었다.
세상에는 내가 어찌할 수 없는 일들이 있다. 당연한 줄 알면서도
잊고 살다가, 닥치면 새삼스레 깨닫곤 한다. 내 일조차 내 뜻대로
안 되는구나. 나란 놈은 얼마나 시시한 것이냐. 탄식에는 묘한 힘
이 있어 한숨짓는 자는 위로받는다. 시시하면 어떠냐, 그런 배짱
과, 나는 결코 시시하지 않다, 그런 안간힘이 딸려나온 한숨이었다.
한숨 뒤에 내가 할 수 있었던 것은 다시 긴 한숨을 내쉬기 위해 깊
은숨을 들이쉬는 것뿐이었다. 안팎으로 몹시도 추웠던 그해 겨울,
내 허파의 온기를 지탱해준 것은 탄식이었다.

가을이 다 가도록 경성에 머물던 나는 보름간의 휴가를 받아 해
주로 갔다.

"빨리 가서 부모님을 모셔오게. 두 분의 이사를 서둘러야지. 연
산 이동지는 벌써 준비 다 해놓고 목이 빠져라 기다리는 중이네."

거듭되는 완무 형의 재촉에도 불구하고 차일피일 미루던 귀향이었다. 그때 내 안에서는 두 마음이 씨름하고 있었다. 고향에 가고 싶은 마음이야 더 말할 것도 없고, 그 길이 꺼려진 까닭은 무엇이었나. 앞날에 대한 불안과 염려 탓이었다. 다시 경성으로 돌아올 수 있을까. 나는 걱정하고 있었다. 앞으로도 이 생활을 계속할 수 있을까. 동지들과 함께 사는 재미에 빠져 있던 나는 삼촌의 성난 얼굴을 떠올리며 두려워하고 있었다.

경성에서 나는 원 없이 읽고 생각하고 토론했다. 감옥에서 혼자 공부할 때 품었던 의문들이 하나 둘 풀리기 시작했다. 새로운 학문의 세례는 벅차고도 짜릿한 것이었다. 학식이나 화술말고도 내가 배워야 할 것들은 무궁무진했다. 동지들은 하나같이 풍류를 즐기면서도 절제할 줄 아는 멋진 선배들이었다. 나는 그들의 교양과 기품을 하루빨리 내 것으로 만들고 싶었다. 지나친 행운은 사람을 조급하게 만든다. 내 인생에 이런 기회가 다시 올 수 있을까. 이번엔 아버지마저 나를 붙들어 앉히려 할지 모른다. 그래도 내가 다시 집을 떠날 수 있을까. 그런 생각이 고향으로 향하는 내 발길을 좀처럼 허락하지 않았다. 나란 놈은 알고 보니 욕심 많은 겁쟁이였다.

경성을 떠나기 전날 꿈에 아버지가 나왔다. 웃으며 말없이 나를 바라보던 아버지는 하얀 종이 한 장을 내밀고는 사라졌다. 뒤집었더니 종이에는 '黃泉' 두 글자가 검붉은 낙인처럼 찍혀 있었다.

"황천이라…… 꿈은 반대라는 말이 있지 않나. 틀림없이 좋은 일이 생긴다는 뜻일 걸세. 그리고 황천이 꼭 저승이라는 법도 없

지. 말 그대로 누런 샘이라고 볼 수도…… 샘에서 솟는 흙탕물이
라…… 아, 그러고 보니 자네 고향이 황해도 아닌가. 황천은 황해
로구먼. 빨리 집으로 오라는 재촉일세그려.”

꿈 얘기를 들은 완무 형은 나를 안심시키려고 애썼다. 나는 지난
봄 집을 나올 무렵 기력이 예전 같지 않던 아버지의 모습을 떠올
리고 있었다.

해주에 가까워지면서 내 마음은 다시 둘로 갈라졌다. 부모 생각
에 빨라지던 발걸음이 자꾸 도살장에 끌려가는 소걸음으로 바뀌
곤 했다. 여전히 귀경할 걱정에 사로잡혀 있던 것은 아니었다. 집
에 다녀오겠다고 작정한 뒤부터는 될 대로 되라는 마음으로 지내
온 터였다. 그런 게 내 장점이라면 장점이었다. 집으로 가는 마음
한구석이 편치 않았던 것은 역시 꿈 때문이었다. 불길한 징조가 현
실로 드러나면 어쩌나. 두려워서 확인을 망설이게 되는 것이었다.
갈라진 내 두 마음은 한마음이었다.

결국 나는 텃골로 곧장 가지 못했다. 숨을 돌리자는 핑계로 찾아
간 곳은 고선생 댁이었다. 오 년 만의 만남이었다. 선생은 꼿꼿이
앉아 책을 읽고 있었다. 돋보기를 쓴 것말고는 변함없는 모습이었
다. 나는 큰절을 올렸다. 선생과 나는 저마다의 감회에 젖어 서로
바라보기만 했다. 둘 사이의 침묵을 깨뜨린 것은 문 열리는 소리
와 함께 들려온 젊은 처자의 목소리였다.

“형부 오셨어요?”

선생의 둘째 손녀였다. 얌전한 언니와는 달리 성격이 활발해서

나하고도 허물없이 지내던 사이였다. 언니의 파혼을 모르는 사람처럼 반기는 그녀 앞에서 내 표정과 몸짓은 어정쩡했다. 안 보는 사이 몰라보게 성숙한 그녀의 자태 때문이기도 했을 것이다.

"손님 계시는데 문을 함부로 열면 쓰냐. 나가 있어."

선생은 가벼운 나무람으로 손녀를 내보냈다. 나는 홀가분하면서도 왠지 아쉽고 섭섭했다.

"맏이는 시댁에 있네."

내 침묵의 의미를 다 안다는 듯 선생은 딴 곳을 보며 말했다.

"아, 예."

그 댁이 어느 댁이냐고 물을 수도 없어서 나는 다시 입을 다물었다.

"그나저나 자네 정말 대단하네."

옛날 일은 더 이상 입에 담지 말자는 뜻이었다. 이어질 선생의 말은 뻔했지만 잠자코 듣고 있을 수밖에 없었다.

"놀라워. 자랑스럽네. 자네 의암 선생 알지? 의병대장 유인석 선생 말이야. 그 양반도 자네 칭찬을 얼마나 하던지. 유선생은 지금 간도에 가 있네. 새로 의병을 소집해서 맹훈련 중이지. 나도 곧 합류할 예정인데…… 같이 가지 않겠나?"

오 년 전이었으면 묻기도도 전에 자청했겠지만, 이미 나는 예전의 내가 아니었다.

"선생님, 외람되지만 저는 이제 그 의병이 내세우는 명분을 따를 수 없습니다."

"그게 무슨 말인가?"

너무도 뜻밖의 대답이었는지 선생은 멍한 표정으로 물었다.

"오직 중화만을 받들고 다른 모든 나라와 민족은 오랑캐로 멸시하는 태도는 옳지 않다는 뜻입니다."

선생은 굳은 표정으로 말이 없었다. 나는 거침없이 내 생각을 털어놓았다.

"어느 나라 어느 민족이든 그 안에 오랑캐다움과 사람다움이 따로 있을 줄 압니다. 저마다의 행실이 중요하겠지요. 이 땅의 탐관오리들은 어느 쪽이겠습니까? 그 행실로 보건대 오랑캐의 본보기라 할 수 있지요. 심지어는 임금마저 매관매직에 연루되어 있다 하니 그 또한 오랑캐 두목에 어울리는 행실입니다."

선생은 노여움을 참고 있었다. 나는 하던 말을 멈출 수 없었다.

"선생님께서 그토록 배척하시는 영길리나 불란서가 얼마나 발달된 법률과 제도를 갖추고 있는지 아십니까? 그들은 공자와 맹자의 그림자도 보지 못했지요. 저는 오히려 오랑캐로부터 배울 게 많다고 생각합니다. 공맹의 가르침도 버릴 것은 버려야지요."

선생은 나를 오랑캐 보듯 하더니 마침내 입을 열었다.

"자네 개화꾼들과 어울려 다녔군. 그자들과 똑같은 말을 지껄이고 있어."

선생과 나 사이는 대동강의 양쪽 기슭만큼이나 멀었다. 나는 불필요한 언쟁을 피하기 위해 논점을 바꾸려 했다.

"그렇다면 선생님, 가르쳐주십시오. 이 나라의 미래를 위한 계획은 무엇입니까?"

"따로 무슨 계획이 필요한가. 선왕이 세운 법도를 따르면 그만 이지. 다른 것은 거론할 가치도 없네. 잘못하다가는 오랑캐가 되고 마는……"

"선생님."

답답한 나머지 선생의 말을 끊고도 나는 무례함에 대한 용서를 구하지 않았다.

"지금 이 나라의 지배층은 최악입니다. 모르시겠습니까? 백성들을 쥐어짜서 자기들 배만 불리고 앉아 있는 천하에 몹쓸 것들이란 말입니다. 왜놈에게 아첨하고 로서아와 결탁한 놈들이 다 누굽니까. 이대로 가면 이 나라는 망합니다. 이제부터라도 앞서가는 서양의 교육제도를 받아들여야죠. 학교를 세우자는 겁니다. 양반 상놈 따질 것 없이 모든 백성의 자녀들을 제대로 가르쳐야죠. 훌륭한 인재들을 길러내는 일이 시급합니다. 그리고 또……"

"역시 똑같은 얘기군그래. 갑신년의 역적들이 떠들던 주장을 자네가 앵무새처럼 되풀이하고 있지 않나."

선생은 내 생각이 왜 잘못인지 말하지 않았다. 자신이 싫어하는 세력의 주장과 닮았다는 것만이 그에게는 중요한 문세였다. 말하자면 선생은 내 생각이 잘못이기 때문에 잘못이라는 공허한 소리만 되풀이하고 있었다.

"망하면 망하는 거지, 나라 구한답시고 오랑캐를 닮겠다고? 저승에 가서 선왕과 선현들을 무슨 낯으로 대할 텐가."

나는 더 할 말이 없었다.

하룻밤 묵어가라는 선생의 권유는 다정했다. 나는 사양하고 자리에서 일어나 하직 인사를 올렸다. 마당을 가로지르며 나는 누군가의 배웅을 받고 싶어하는 내 마음을 알아챘다. 대문을 나설 때까지 등 뒤에서는 어떤 소리도 들려오지 않았다. 이 집을 다시 찾을 날이 있을까. 내 발걸음은 만만치 않은 자책의 무게로 힘겨웠다. 선생 앞에서 괜한 소리를 늘어놨다는 뉘우침이었다. 그래도 선생은 선비의 지조를 잃지 않고 사는 훌륭한 어른 아닌가. 겉 다르고 속 다른 간사한 무리들과는 격이 다른 분이 아닌가. 끝까지 잠자코 듣기만 할 것이지 뭐가 그리 못마땅해서 정색하고 잘난 체를 해댔을까. 아들 며느리 먼저 저세상으로 보내고 손녀들 맡아 키우느라 고생한 스승 앞에서…… 나는 부끄러웠다. 네가 토론을 할 줄 알면 얼마나 안다고 아무 데서나 까불어대느냐. 아, 나란 놈은 얼마나 유치하고 옹졸한 것이냐. 집으로 가는 내내 바람은 차고 거칠었다. 겨울의 문턱에서 이미 내 속은 한겨울이었다.

자해

집에 도착했을 때는 황혼 무렵이었다. 나는 아침에 나갔다 돌아오는 사람처럼 몸과 마음을 꾸미고는 땅거미 짙게 깔린 마당으로 들어섰다. 부엌에서 내다보던 어머니가 달려나왔다.

“왔냐?”

“네, 어머니.”

“네 아버지가 신통하구나. 아까부터 자꾸, 애는 왔으면 들어오지 않고 추운데 왜 밖에 서 있어? 하기에 또 헛소리하는 줄 알았더니……”

또라니. 나는 가슴의 통증을 다스리며 물었다.

“헛소리라뇨?”

“아버지가 오늘내일하신다.”

나는 아무 말도 못 들은 사람처럼 가만히 있었다. 어머니는 그제서야 눈물을 글썽이며 주먹으로 내 가슴을 두들겨댔다. 왜 이제야 오는 거냐. 이 무정한 놈아. 어머니의 솜방망이 같은 손이 전하는 말이었다.

방 안에는 퀴퀴한 냄새가 배어 있었다. 아버지는 나를 보고 환하게 웃었다. 얼굴에 핀 검버섯이 흉하게 일그러졌다.

“추운데 빨리 안 들어오고 뭐 했냐.”

목소리에 힘은 없었지만 아버지의 말씨는 단정했다.

“애비 대신 옥살이하느라 고생이 많구나.”

나는 누워 있는 아버지에게 다가가 베개를 치우고 내 무릎을 내어드렸다.

“아버지……”

아버지는 네 맘 다 안다는 듯 고개를 끄덕였다.

“조금만 더 참고 기다려. 내 곧 빼내줄 테니……”

내 무릎을 베고 잠든 아버지의 얼굴은 평화로웠다. 나는 다리가 저렸다. 아버지는 죽어가는데, 죽어가며 정신이 오락가락하는데, 곁에서 아들이란 놈은 다리가 저려서, 다리에 얹힌 아버지의 머리가 무거워서 힘들어하고 있었다. 자기 대신 들어간 감옥에서 아버지의 죽음은 시작됐다는 것도 모른 채 얼굴을 찡그리고 있었다. 아버지 대신 죽어 마땅한 불효자는. 부모를 감옥에 보내놓고 팔자 좋게 산천 구경이나 다닌 개망나니 자식은.

나는 사람을 죽여도 봤고 스스로 죽을 뻔도 해봤지만, 부모가 죽는다는 생각은 해본 적 없는 철부지였다. 어쩌면 나는 사람이 죽는다는 것에 대해, 누구든 언젠가는 죽고 만다는 자명한 이치에 대해 무감한 채 살았는지도 모른다. 사람을 죽여놓고도. 나 자신 여러 차례 죽을 고비를 넘기면서도. 그때마다 나는 의연한 모습으로 남들에게 주목받았다. 그것은 허세였다. 죽음 앞에서 나는 건방졌다. 누군들 죽음이 두렵지 않으랴. 누가 그 두려움을 이겨낼 수 있으랴. 죽음 앞에서 인간은 겸손해야 한다. 죽음을 잊지 않고 사는 자만이 그럴 수 있다.

아버지의 죽음을 앞두고 내가 할 수 있는 일은 아무것도 없었다. 나를 괴롭히지 않고는 견딜 수가 없어서, 나는 후회하고 후회하고 또 후회했다. 진작에 와야 했는데. 병세가 조금이라도 가벼울 때 와서, 억지를 부려서라도 연산으로 모셔야 했는데. 따뜻한 남쪽에서 양반처럼 편히 계셨으면 금세 호전되지 않았을까. 그랬으면 나도 경성에서 계속…… 그런 생각이 뒤따를 때마다 나는 민망해서 고개를 떨구었다.

어머니는 아침마다 마당에 불을 피워놓고 탕약을 끓였다. 동네 의원이 가망 없다며 지어준 마지막 약이었다. 아버지는 그마저도 몇 모금 넘기지 못하고 밀어냈다. 나는 어렸을 때 본 장면 하나가 떠올랐다. 할머니의 임종을 앞두고 아버지는 손가락을 잘랐다. 떨어지는 핏방울이 할머니의 말라붙은 입술을 붉게 적셨다.

나는 어머니가 집을 비운 틈을 타 부엌에서 식칼을 갖고 나와 내 허벅지를 한 점 베어냈다. 어머니 눈에 띄지 않기 위해 손가락 대신 고른 내 살이었다. 아버지는 불에 구운 내 살점을 먹고 내가 흘린 더운 피를 마셨다.

"그 고기 참 맛있네. 간수 양반, 오늘 무슨 날이오?"

며칠째 말할 기운도 없어 입술만 달싹이던 아버지였다.

"사슴을 잡았습니다."

헛소리와 거짓말. 그것이 아버지와 내가 나눈 마지막 대화였다. 아버지는 눈감고 누워서도 입맛을 다셨다. 나는 더 큰 조각을 드리고 싶어 다시 칼을 집어들었다. 하지만 이미 엄청난 고통을 맛본 나의 손놀림은 처음 같지 않았다. 가까스로 살을 베기는 했지만 도려낼 엄두는 내지 못한 채, 나는 파이고 베여서 피범벅이 된 허벅지를 감싸쥐었다. 너무 아파서 울음을 참을 수 없었다.

상흔

아버지의 장례를 치르는 동안 나는 또 후회를 거듭했다. 허벅지의 상처가 아물지 않아서 절을 할 때마다 죽을 맛이었다. 그칠 새 없었던 내 곡소리에는 아파서 우는 소리도 섞여 있었다. 울면서 나는 탄식했다. 자식 노릇 한번 제대로 못해본 놈이 어설프게 효자 흉내 좀 내려다가 된통 당하는구나. 아파도 싸다 이놈아.

공식적으로 나는 여전히 사형수이자 탈옥수였지만 사실상 사면된 것이나 다름없었다. 아버지가 대신 옥고를 치르기도 했거니와 그 후유증으로 숨지고 만 덕이었다. 너무 인정에 치우친 처사가 아니냐는 비판이 따를 만도 했지만, 내가 나서서 따질 형편이 아닌 것은 분명했다. 어쩐 일인지 일본 경찰과 영사관도 내 문제를 유야무야해버린 듯 잠잠하기만 했다. 귀찮아서 손 뗐는지 바빠서 잊었는지 아무튼 다행스러운 일이었다.

장례가 끝난 뒤에 나는 삼촌을 도와 농사일에 전념했다. 어머니를 혼자 객지로 보낼 수도 없었고, 어머니를 혼자 두고 경성으로 돌아갈 수도 없었다. 아버지가 죽기 며칠 전에 그런 사정과 결심을 편지에 적어 완무 형에게 보냈다. 경성의 동지들이 나를 설득해서 데려가려고 텃골로 왔다. 문상객을 겸하게 된 그들을 나는 잘 대접해서 돌려보냈다. 삼촌은 조카가 뒤늦게 철이 들었다며 좋아했다. 일손 걱정을 덜게 됐으니 기쁘기도 했을 것이다.

삼촌은 나를 아주 눌러 앉힐 작정으로 인근 처자와의 혼사를 추진했다. 아버지 대신 나를 돌봐야 한다는 책임감도 작지는 않았을 것이다. 내 뜻은 묻지도 않고 삼촌은 홀로 분주했다. 서로 얼굴 한 번 보지 못한 채 평생의 반려를 맞이해야 하는 어처구니없는 관습. 나는 독신으로 늙는 한이 있어도 그런 결혼은 하고 싶지 않았다. 삼촌은 기어코 나에게 내 결혼이 성사됐음을 알렸다. 나는 완곡히 사양했다.

"에이, 제 주제에 무슨…… 됐습니다. 그냥 두세요."

"왜, 돈 때문에 그러냐? 걱정 마라. 혼인에 드는 비용은 내가 다 댄다."

나는 어찌 말해야 좋을지 몰라 방바닥만 긁고 앉아 있었다. 삼촌은 내가 감격한 나머지 아무 말도 못하는 거라고 보는 눈치였다. 나는 단호해져야 한다고 마음을 다졌다.

"고마운 말씀이지만, 제 인생은 제가 알아서 삽니다. 결혼도 제가 하고 싶을 때, 제가 원하는 사람과……"

"뭐야? 너 이 자식! 네가 나한테 지금…… 네 혼처 구하기가 쉬운 줄 알아? 누구 앞에서 건방지게…… 뭐? 네 인생은 네가 알아서…… 그래서 이름도 네놈 맘대로…… 어휴, 내 이놈을 그냥……"

삼촌은 노발대발하더니 분을 이기지 못하고 밖으로 뛰쳐나갔다. 잠시 후 나는 낫을 들고 달려오는 삼촌의 광기 어린 눈을 보았다. 발뒤꿈치가 온전치 못해 굼뜬 몸놀림과는 도무지 안 어울리는 눈빛이었다. 언젠가 나도 저런 눈을 하고 살기등등 날뛰었겠지. 그런 생각을 하며 나는 멍하니 앉아 있었다. 뒤따라온 어머니가 울면서 삼촌에게 매달렸다. 그 틈에 나는 신발도 신지 않고 달아났다.

내 고집도 보통은 아님을 익히 알고 있는 삼촌이었다. 욱하는 성질이 문제이기는 해도 뒤끝은 없는 사람이었다. 혼사는 없던 일로 되었고 나는 변함없이 삼촌의 일을 도왔다. 침묵과 한숨으로 버틴 끝에 봄은 왔고, 씨 뿌리고 김매다 보니 어느새 가을이었다. 땅은 정직했고 계절은 정확했다. 잘 익은 곡식을 거두는 내 마음은 제법 훈훈했다. 어김없이 찬바람은 다시 불어왔지만, 내 다리의 상처에는 새살이 돋아 크고 작은 두 줄기의 흉터만 남은 지 오래였다.

청혼

이듬해 설을 맞아 나는 장연으로 갔다. 친척집에 세배를 다녀오기 위해서였다. 같은 황해도라도 장연은 서쪽 끝이라 오랜만에 꽤 먼 거리를 여행한 셈이었다. 장연 땅에 발을 디디려니 문득 떠오르는 이름 하나가 있었다. 쓰치다…… 이름처럼 그저 스치기만 할 수도 있었던 사내. 내 손에 죽은 그 일본군 장교의 가짜 고향이 장연이었다. 그렇다면 내가 진짜 그에 대해 아는 것은 무엇인가. 뜬금없는 질문 앞에서 나는 당황했다. 그는 어디서 태어났고 부모는 누구이며 무슨 생각을 하고 살았는가. 그의 이름조차 그를 죽인 다음에야 안 나로서는 감당키 어려운 물음이었다. 쓰치다는 어땠을까.

상대가 누군지도, 자신이 왜 죽어야 하는지도 모른 채 숨이 끊어지는 순간 그는 무슨 생각을 했을까. 나는 뉘우치고 싶었다. 눈물을 흘리며 쓰치다의 명복을 빌어주고 싶었다. 그러지 마라. 그러면 안 되지. 그것은 죽은 자에 대한 모독이 아니냐. 네 맘 편하고 보자는 뻔뻔한 술책일 뿐이다. 내 안의 다른 나는 참회를 용납하지 않았다. 남은 길을 나는 히죽히죽 웃으며 걸었다.

몇 집을 거친 뒤에 나는 가장 오래 머물고 싶은 큰할머니 댁으로 갔다. 큰할머니는 어릴 때부터 나를 무척 귀여워해준 인자한 어른이었다. 세배를 받고 난 할머니의 표정은 어두웠다.

"장가들 나이가 벌써 지났는데 아직도 혼자니 어쩌냐."

올해는 꼭 장가가서 애도 낳고…… 그렇게 판에 박은 덕담으로 때우지 않는 할머니가 나는 좋았다.

"저 같은 놈에게 딸 주고 싶은 부모가 있겠어요? 있다 해도 그 처자가 제 맘에 든다는 보장이 없잖아요."

할머니는 웃으며 물었다.

"어떤 여자가 좋으냐?"

나는 편하게 대답했다.

"우선 재산을 따지면 곤란하죠. 또 웬만큼 배운 여자면 좋겠고……"

할머니는 다 동의한다는 듯 고개를 끄덕이며 듣고 있었다. 내친 김에 나는 가장 중요한 조건을 털어놨다.

"무엇보다 직접 만나보고 서로 좋아해야 결혼할 수 있다는 게 제 생각입니다."

할머니의 표정이 다시 어두워졌다.

"글쎄, 세번째는 좀 어렵지 않겠냐? 선뜻 그러겠다고 나설 색시가 있을지 모르겠구나."

삼촌의 반응과 비교하면 하늘과 땅 차이였다. 할머니라면 내가 원하는 결혼을 할 수 있게 도와줄 거라는 믿음이 생겼다.

"할머니, 잘 찾아보면 있지 않을까요?"

내 믿음은 헛되지 않았다.

"애야, 실은 근처에 과부집이 하나 있는데, 딸만 넷을 낳아서 위로 셋은 다 시집보내고 막내가 올해 열일곱이지 아마. 국문은 깨쳤고, 재산을 따질 사람들도 아니다. 오히려 너무 가난한 게⋯⋯"

"그건 흠이 되지 않습니다, 할머니. 재산을 따지면 안 되기는 저도 마찬가지죠."

나는 홀몸이 된 어머니를 생각하며 덧붙였다.

"오히려 우리하고 처지가 비슷해서 좋은데요."

할머니 얼굴에 흐뭇한 미소가 번졌다.

"실은 내가 네 얘기를 잘해놔서 그 집에서도 널 싫다고 하지는 않을 거다. 헌데 역시 그 세번째 말이다. 네 소원대로 먼저 만나볼 수 있을지는 자신할 수 없구나."

나는 어쩐지 일이 잘될 것 같은 느낌이 들었다.

"되든 안 되든 말이라도 한번 건네보죠 뭐."

그날로 할머니와 나는 집을 나섰다. 미래의 처가가 될지도 모를 집으로 가는 내 마음은 들뜨고 긴장되었다.

"색시 이름을 알려주랴?"

"네, 할머니."

"같을 여에 구슬 옥이란다."

여옥…… 예쁜 이름이었다. 이름처럼 얼굴도 고우려나. 외모는 중요하지 않다는 것은 평소의 생각일 뿐이었다. 어쩔 수 없이 그려본 아리따운 처녀의 얼굴은, 당혹스럽게도 고선생의 두 손녀였다. 자매를 모두 떠올린 게 더욱 민망해서 얼굴이 화끈거렸다. 나는 길도 모르면서 뚜벅뚜벅 앞장서 걸었다.

할머니를 따라 발길을 멈춘 곳은 담장 없는 작은 집 앞이었다. 낡았지만 정갈한 초가집이었다. 나를 세워두고 안으로 들어간 할머니는 잠시 후 난처한 얼굴이 되어 나왔다.

"다 좋다는데 역시 대면하기는 꺼리는구나. 애, 이 할미를 믿으면 안 되겠냐? 사지 멀쩡한 색시라니까. 바느질도 잘하고……"

나는 무례함을 무릅쓰고 딴청을 피웠다. 할머니를 못 믿어서가 아니라, 이건 누굴 믿고 안 믿고 할 문제가 아니었다. 할머니는 내 눈치를 보며 한마디를 보탰다.

"안 보는 새 처녀티가 완연해진 게 한겨울에 핀 매화 같더구나."

그러니까 안심하고 돌아가자는 뜻이었으나, 그 말에 나는 더욱 보고 싶은 마음을 누를 수 없었다.

"할머니, 저는 꼭 봐야겠어요. 그리고 실은 조건이 하나 더 있습니다."

"원, 애두…… 그래, 뭔데?"

어이없기도 하련만 할머니는 버릇없는 손자의 성가신 요구를 물리치지 않았다.

"결혼을 해도 탈상 뒤에나 할 텐데, 그때까지 저와 함께 공부할 뜻이 있냐고 물어봐주세요."

결국은 좁은 방 안에 네 사람이 둘러앉게 되었다. 여옥은 어머니 곁에 바싹 붙어 있었다. 반쯤 보이는 그녀의 몸은 작고 가냘팠다. 고개를 숙여서 얼굴은 잘 안 보였지만 어머니를 닮았다면 밉상은 아닐 터였다. 나는 막상 무슨 말을 해야 할지 몰라 버릇처럼 방바닥만 긁고 앉아 있었다.

"애, 뭐라고 말 좀 해보려무나. 네가 졸라서 만든 어려운 자린데."

보다 못한 할머니가 재촉하고 나섰다. 나는 용기를 내서 입을 열었다.

"저기 저…… 나 좀 보겠소?"

뜻밖에도 여옥은 내 말 한마디에 살며시 얼굴을 들었다. 나와 눈이 마주치자 그녀는 얼른 도로 고개를 떨구었다. 짧은 사이였지만 여옥의 단아한 눈매는 내 마음을 움직이기에 충분했다. 생각 같아서는 어른들을 내보내고 둘만 남아 이런저런 얘기를 나누고 싶었지만, 그것까지는 내가 생각해도 지나친 욕심이었다. 나는 이것만으로도 어디냐는 생각으로 아쉬움을 달래며 속으로 할 말을 가다듬었다. 내 인생 최초의 청혼이었다.

"나는 좋은데, 그쪽은…… 그대는 나와 혼인해주겠소? 결혼 전에 내게 학문을 배울 뜻이 있소?"

아니라고 해도 뒤의 물음에 대한 대답으로 치고 한번 더 기회를 갖겠다는 심산이었다. 여옥의 입술이 움직이는 것은 봤는데 내 귀에는 아무 소리도 들리지 않았다. 어머니가 딸의 대답을 대신 전했다.

"그러겠다네."

나는 팔짝팔짝 뛰는 대신 연거푸 절을 올렸다. 옆에서 경사 났다며 환하게 웃는 할머니를 꽉 안아주고 싶었다.

연애

집에 돌아와 약혼 사실을 알렸더니 어머니는 손뼉을 치며 좋아했다. 삼촌은 미심쩍어하며 어머니에게 확인을 청했다. 장연에 다녀온 어머니는 색시가 마음에 든다며 더 좋아했다. 삼촌은 별일 다 보겠다며 혀를 찼다. 혼사를 방해할 뜻은 없어 보였다.

농한기라서 다행이었다. 나는 틈만 나면 책을 싸들고 장연으로 갔다. 잠은 할머니 댁에서 자고 아침부터 저녁까지 여옥을 가르쳤다. 처음에만 좀 서먹서먹했지 우리는 금세 친해졌다. 여옥은 총명하고 귀여운 여자였다. 공부할 때는 나를 스승으로 받들었고 쉴 때는 나를 오빠처럼 따랐다. 장모도 내가 든든한 눈치였다. 나를 대접하는 손길에는 정성이 가득했다. 식만 안 올렸지 나는 이미 그

집의 사위였다. 사위가 딸을 가르치는 동안 장모는 한쪽 구석에서 조용히 책을 읽었다.

여옥이 내게 배운 과목은 한문과 서양사였다. 중국에서 번역한 서양의 역사책을 강독하며 한자도 익히는 식이었다. 내가 약혼녀와의 수업을 계획한 까닭은 두 가지였다. 우선 탈상할 때까지 일 년이나 되는 기간을 소원하게 지내기 싫어서였고, 둘째는 탈상 후에 뛰어들기로 작정한 교육 사업을 준비하기 위함이었다. 나는 배우자와 함께 일하는 미래를 꿈꾸고 있었다.

여옥은 기대 이상으로 잘했다. 독해력이 뛰어났고 붓글씨도 잘 썼다. 나는 경성에서 주워 들은 얘기를 곁들여서 책의 지루함을 덜려고 애썼다. 여옥은 재미있게 들어주었다. 장모는 독서 중에 눈을 감고 고개 숙일 때가 많았다. 조는 모습이 참 단정하다는 느낌이었다. 그 틈을 놓치지 않고 나는 여옥의 손을 잡거나 그녀의 뺨에 입맞춤했다. 여옥은 싫어하지 않았다.

어느 날 장모가 점심을 준비하러 부엌으로 나갔을 때였다. 나는 하던 공부를 빨리 마치려고 서둘러 책을 읽어내려갔다. 따라 읽는 소리가 안 들려서 고개를 돌리는데 여옥의 얼굴이 코앞에 다가와 있었다. 우리는 처음으로 깊고 긴 입맞춤을 나누었다. 여옥은 두 볼이 발그레한 채 어머니를 돕겠다며 방에서 나갔다. 나는 앉아 있으면서도 어지러워 벽에 등을 기댔다.

농사일이 바빠지면서부터는 이레에 한 번꼴로 장연에 갔다. 여옥도 여옥이지만 나는 장모가 보고 싶어서도 장연 가는 날을 손꼽아 기다리곤 했다. 어머니가 알았으면 서운했으려나. 장모에게는 사람을 편안하게 하는 너그럽고 자상한 분위기가 배어 있었다. 사위 될 사람이라고 어려워하는 것도 아니면서, 존중과 배려를 받고 있다고 느끼게 하는 쉽지 않은 처신이었다. 언제부턴가 나는 장모를 어머니라고 불렀다.

해주에서는 너무 느린 시간이 장연에서는 급류처럼 흘렀다. 그때마다 여옥과 나는 헤어지기 힘들어 애를 먹었다. 그렇게 봄이 가고 여름도 갔다. 여옥은 이따금 내 의견에 맞서 반론을 펼 만큼 성장해 있었다. 그녀가 내 잘못된 해석을 바로잡은 것도 여러 번이었다. 공부도 공부려니와 그녀는 하루가 다르게 성숙한 여자의 몸으로 바뀌어가는 나이였다. 더운 날 얇게 입은 여옥 곁에 앉아 있다 보면, 땀 냄새가 살짝 밴 그녀의 체취에 몸이 후끈거리고 정신이 혼미해져서 읽던 구절을 놓치기가 일쑤였다. 장모는 변함없이 구석에서 흐트러짐 없는 자세로 책을 읽었다. 나는 혼례를 치르기 전에도 부부처럼 살 수 있는 게 아니냐는 과격한 생각을 하기도 했다. 그러다가 문득 내 인생이 이렇게 행복할 수 있다는 게 믿어지지 않기도 했고, 이래도 되는 걸까 하는 생각에 공연히 불안해지기도 했다.

가을로 접어들면서 나는 더 바빠졌다. 일하는 틈틈이 신교육에 동참할 사람들을 만나러 다녀야 했기 때문이었다. 행선지가 장연 근처로 잡히면 콧노래가 절로 나왔다. 예기치 않은 나의 방문은 여옥을 몹시 기쁘게 했다. 그런 날 공부하자며 책을 펴드는 것은 선생으로서나 약혼자로서나 멍청한 짓이 아닐 수 없다. 나는 장모의 허락을 받고 여옥과 함께 바람을 쐬러 나가곤 했다. 여옥은 장산곶의 바다 냄새를 좋아했다. 사랑하는 이와 나란히 바닷가를 거니는 기분은 느껴보지 않고는 알 수가 없다. 구습에 얽매이고 남의 이목에 찌든 양반들은 평생 느껴보지 못할 벅찬 희열. 그것은 자유의 기쁨이었다.

꿈같은 날들이 흐르고 흘러 또 새해가 다가왔다. 탈상을 기뻐하는 나의 마음은 못내 송구스러웠다. 어머니는 혼례 준비를 서두르기 시작했다. 나는 설을 맞아 또 장연으로 갔다. 큰할머니 댁에 잠깐 들렀다가 여옥을 보러 갈 생각이었다. 근 한 달을 못 보고 지냈기에 그리움이 쌓여 있었다. 세배하고 담소하는 중에 장모가 사람을 보내왔다. 여옥이 많이 아프다는 전갈이었다. 나는 정신없이 달려서 여옥에게 갔다.

여옥은 내가 반가워서 눈물을 흘렸다. 그녀에게 내 무릎을 내어주고 싶었지만 장모 앞이라서 참아야 했다. 이마를 만져보니 펄펄 끓었다. 고열과 오한으로 앓아누운 지 열흘이 넘었다고 했다. 나는 왜 이제야 알렸냐고 나무랐지만 그 마음을 모를 수 없었다. 이제 내가 왔으니 곧 나을 거라고 하자 여옥은 웃으며 고개를 끄덕였다. 의원을 부를 형편이 아니었지만 사람부터 살리고 볼 일이었다. 맥을 짚어본 의원은 감기가 심하다고 대수롭지 않게 말했다.

이틀 뒤에 여옥은 죽었다. 늦게 도착한 약재를 달이는 중이었다. 나는 기가 막혀서 눈물도 안 나왔다. 여옥의 얼굴은 깊이 잠든 사람처럼 편안해 보였다. 나는 시신을 내 손으로 닦겠다고 고집했다. 처음 보는 그녀의 벗은 몸은 생각보다 풍만했다. 나는 숨이 막혔다. 그녀의 살은 핏기를 잃고 금세 누렇게 변해갔다. 나는 서둘러 염을 끝냈다. 여옥을 묻는 동안 눈이 내렸다. 같이 눈을 맞으며 오솔길을 걸을 수 있다면 얼마나 좋을까. 그녀가 깨어날지도 모른다는 생각이 자꾸 들어서 하관을 여러 번 미뤄야 했다. 서양 달력으로 1903년 2월, 내 나이 만 스물일곱이었다.

결혼

장연을 떠나는 나에게 장모는 책 한 권을 선물했다. 당신이 늘 읽고 있던 낯익은 책이었다. 제목은 몰랐는데 받고 보니 『신약 성서』였다. 새로운 약속…… 텃골로 돌아온 나는 식음을 전폐하고 방에 처박혀 사흘을 보냈다. 어머니는 물론이고 삼촌도 그런 나를 묵묵히 보아 넘겼다. 나는 네 편의 복음서를 정독했다. 예수라는 사내의 행동이 맘에 들었다. 특히 로마 총독의 심문에 의연하게 대처하는 모습이 좋았다. 이제 내 나라는 여기에 속한 것이 아니니라…… 나는 보이지 않는 그의 말을 믿기로 했다.

이듬해 2월 어머니와 나는 텃골을 떠나 사직으로 갔다. 여옥의 죽음은 나를 대하는 삼촌의 태도를 바꿔놓았다. 삼촌은 뭐든 내가 하겠다는 대로 내버려두었다. 사직은 치하포에서 멀지 않은 대동강변의 작은 마을이었다. 그곳에는 함께 학교를 세우기로 뜻을 모은 오인형 진사가 살고 있었다. 그의 도움으로 두 식구 먹고살 걱정은 덜 수 있게 되었다. 나는 그 집 사랑채를 교실로 삼아 아이들을 가르쳤다. 주로 오진사 집안의 자녀들이었다.

삼촌으로부터의 자유말고 또 여옥이 내게 주고 간 것은 결혼에 대한 내 마음의 변화였다. 나는 결혼을 안하고도 살 수 있을 것 같았고, 또 어떤 여자와도 결혼해서 살 수 있을 것 같았다. 오래가지는 못했지만 그 마음이 지속되는 동안 내 생활은 평화로웠다. 그것은 슬픔과 허무, 그리고 어쭙잖은 달관의 시늉으로 버무려진 평화였다. 그러므로 그 평화는 위태로웠다. 그럼 그렇지. 내 인생이 그렇게 술술 풀릴 리가 없지. 네깟놈이 뭐든 제대로 해낼 수 있겠느냐. 체념이 자학으로 바뀌는 것은 순간이었다. 그럴 때 나는 습관처럼 눈을 감고 두 손을 모았다. 주님, 당신이 나를 사랑하듯 나도 나를 사랑하게 하소서. 기도는 평화의 적을 물리치기 위한 나의 귀중한 습관이었다.

여름에 평양 교회에서 교사 강습회가 열렸다. 나는 방기창 목사 댁에 묵으며 가르치기 위한 배움에 힘썼다. 방목사는 나처럼 동학 접주 출신으로 평양 장대현(章臺峴)교회 초대 장로를 지낸 분이었다. 당시 평양은 인재들의 집결지였다. 방목사는 나에게 최광옥을 소개했다. 그는 숭실학교가 자랑하는 애국학생이었다. 광옥은 나에게 안신호를 소개했다. 예쁘고 활동적인 여학생이었다. 신호의 오빠 창호는 연설의 귀재로 유명했다. 미국으로 유학을 떠난 그는 나보다 두 살이 어리지만 이미 민족의 지도자였다.

신호와 나는 처음부터 죽이 잘 맞았다. 동시에 같은 말을 하는 경우도 종종 있었다. 신호가 남자로 태어났다면 생김새 빼고는 딱 나 같았을 것이다. 잘난 오빠를 둬서 그런지 몰라도 그녀는 언제나 밝고 당당했다. 그런 그녀가 나는 좋았다. 신호를 만나면서 나는 어떤 여자든 같이 살 수 있다는 교만을 버렸다. 혼자 살 마음이 없어진 것도 물론이었다. 광옥은 우리에게 결혼하라고 권했다. 신호도 나도 이견이 없었다. 우리는 광옥을 증인으로 삼아 간단한 언약식을 치르기로 합의했다. 무슨 일이든 너무 잘 풀려도 좋은 게 아니다. 대개는 일이 안 될 징조이기 때문이다.

언약식 전날 광옥이 나를 찾아왔다. 신호에게 문제가 생겼음을 전하기 위해서였다. 들어보니 기가 막힐 노릇이었다. 신호 본인도 모르는 약혼자가 편지를 보내왔다는 것이었다. 안창호가 중국 상해에서 사귄 신학생(神學生) 양주삼이라는 자였다. 새로운 문화의 창조적 수용을 역설하는 선각자가 여동생의 신랑감을 제멋대로 정해놓다니. 답답하기는 신호도 마찬가지였다. 오빠의 뜻을 무시할 수 없어 고민하던 그녀는 양주삼도 나도 아닌 제3의 인물과 결혼하기로 결정해버렸다. 안창호도 잘 아는 고향 남자라고 했다.

지나고 나서 보면 신호의 선택은 현명한 것이었다. 나는 물론이고 양주삼도 결코 훌륭한 남편감은 아니었다. 그는 나중에 목사가 되었다. 신호가 그를 택했다면 얼마나 고생이 심했을 것인가. 게다가 어떤 연유로든 목사로서 신사 참배라는 엄청난 죄를 범했으니 신호 성격에 그런 꼴을 용납하기는 어려웠을 것이다.

신호가 나를 닮았음은 우리의 언약식이 무산되고 나서 그녀가 보여준 모습에서도 확인되었다. 며칠 뒤에 신호가 나를 찾아왔는데, 그날따라 어찌나 예쁘던지 똑바로 쳐다보기가 어려웠다. 그래서 나를 닮았다는 것은 물론 아니고…… 그녀는 시원스럽게 할 말을 하고 악수를 청했다.

"미안하지만 어쩔 수가 없었어요. 이제부터는 오라버니로 모시렵니다. 너무 섭섭해하지 말아요. 우리 우정 변치 않는 거죠?"

그 말을 듣다 보니 옛날 생각이 났다. 고선생의 손녀와 틀어진 것도 그 끔찍한 혼약 때문이지 않았던가. 그때 나도 선생 앞에서 당신을 스승으로만 모시겠다는 실없는 소리를 지껄였다. 안 그럴 수 있는 길이 있기라도 했단 말인가. 내 손을 놓고 살짝 눈으로 인사하는 신호의 미소는 눈부셨다. 멀어져가는 그녀의 뒷모습을 바라보며 나는 사는 게 뭔지 싶었다. 흔치 않은 경우를 두 번이나 당하고 보니 결혼할 팔자가 영 아닌가보다는 생각을 하지 않을 수 없었다. 그런데 그게 아니었다. 두 번으로 끝이 아니었던 것이다.

사직으로 돌아온 나는 신호를 잊기 위해서라도 일에 몰두하지 않을 수 없었다. 강습 받은 효과가 있었는지 학생 수가 점점 늘었다. 오진사는 학교 지을 자금을 마련하기 위해 선박업에 손을 댔다. 결과는 참담한 실패였다. 오진사는 화병으로 죽었고, 나는 근처 공립학교로 자리를 옮겼다.

당시의 교육운동은 대부분 기독교와 깊은 관계를 맺고 있었다.

특히 내가 사는 서북 지역에서는 교회가 학교의 산파 노릇을 톡톡히 했다. 나처럼 교인이면서 교사인 이들에게는 나쁘지 않은 환경이었다. 나는 천성대로 이 교회 저 교회 사람들과 두루 친하게 지냈다. 신천교회에 다니는 여학생 최준례도 그들 중 한 사람이었다. 어려서 아버지를 여읜 것도 그렇고, 여린 듯하면서도 야무진 모습이 죽은 여옥을 떠올리게 하는 여자였다. 나는 볼수록 준례에게 호감이 갔다. 그녀도 은근히 나를 마음에 들어하는 눈치였다.

문제는 또 그 망할 놈의 혼약이었다. 준례 어머니가 일찌감치 이웃과 혼인을 약속해놓았다는 것이었다. 내가 삼촌에게 그랬듯이 준례는 제 뜻에 맞는 배우자를 골라 자유결혼을 하겠다고 맞섰다. 그녀가 부딪친 벽은 어머니보다도 교회 사람들이었다. 문제의 이웃이 그 교회의 비중 있는 신도인 모양이었다. 준례가 결혼하기 원하는 사람이 나라는 것을 알게 된 그들은 나에게도 그녀와의 교제를 그만두라고 강권했다. 내 인생에 씌워진 고약한 굴레에서 벗어날 수 있는 마지막 기회였다.

나는 준례를 사직의 어머니에게 데려갔다. 어머니는 내가 좋다는 여자는 무조건 좋아했다. 신천에 혼자 돌아온 나는 준례 어머니를 찾아가서 용서를 구했다. 물론 장모님이라는 호칭을 잊지 않았다. 일을 저지르고 보는 무모함이 때로는 용기 있고 믿음직한 모습으로 비치기도 하는 것이다. 장모는 체념 반 기대 반으로 나의 무례한 소행을 덮어줬다.

"일이 이렇게 된 마당에 딸을 둔 에미 입장에서 무슨 말을 할 수 있겠나. 자네에게 다 맡길 테니 알아서 잘 처리하게."

조용한 마무리를 위해서는 일단 시끄럽게 만들 필요가 있었다. 나는 교회로 가서 공개적으로 준례와의 결혼을 선언했다. 당회에서는 당장 철회하지 않으면 우리에게 징계를 내리겠다고 경고했다. 나는 교회가 개인의 자유를 짓밟아도 되는 거냐고, 그것은 예수의 가르침에 정면으로 맞서는 짓이라고 항의했다. 장로들은 당황했다. 그들은 우리 문제가 불거져서 교회 안팎이 떠들썩해지는 것을 원치 않았다.

전쟁

1904년 12월 당시 내 소원은 결혼이었다. 그다음 소원도 결혼이었고, 또 그다음 소원이 뭐냐고 물어도 내 대답은 달라지지 않았을 것이다. 그러니까 그것은 집착이나 오기에 가까운 것이었다. 나는 마치 전투에 나선 군인처럼 결혼을 쟁취하고 싶었는지도 모른다. 내가 정말 독신으로 살다 죽을 팔자라면 내 힘으로 팔자를 고치고야 말겠다는 오기. 사랑에 눈이 먼 것도 아니고 재산에 눈독을 들인 것도 아니면서 그토록 결혼에 매달린 까닭을 달리 뭐라고 설명할 수 있을 것인가.

그것은 매우 이기적인 생각이었다. 아내의 인생을 생각했다면 결혼을 밀어붙여서는 안 되었던 것이다. 나중에 깨달았지만 나는 결혼하지 못할 불쌍한 놈이 아니라 결혼해서는 안 될 위험한 인간이었다. 아내뿐 아니라 다른 어떤 여자와도 같이 살아서는 안 될. 남의 집 귀한 딸을 데려와서 죽도록 고생만 시킬 권리는 세상 어떤 남자에게도 없는 것이다. 죽도록…… 아내는 정말 죽을 때까지 고생만 했다. 고생만 하다가 결혼 이십 주년 되는 해에 폐렴에 걸려서 마흔도 못 넘기고 죽었다.

문제는 아내에게도 있었다. 아내 같은 여자를 만나지 못했다면 아마 나는 팔자려니 여기고 계속 혼자 살았을 것이다. 신호처럼 처음부터 통하지는 않았지만, 아내는 시간이 지날수록 내게 어울리는 짝으로 다가왔다. 손발이 잘 맞는 동지 같았다고 할까, 내 빈구석들이 점점 채워지는 느낌이었다. 그것은 사랑이었을까. 내가 아내에게 느낀 감정은 분명 여옥에게 품었던 것과 같은 설렘이나 애틋함은 아니었다. 그런 느낌이 아니기는 신호와의 경우도 마찬가지였다. 인생에는 단 한 번뿐인 것들이 있다. 그리고 그런 것은 대체로, 아니 절대로 오래가지 못한다. 그 이치를 알면 철이 들게 되는 것인지도 모른다.

내가 철드느라 바빴던 그 시절, 약혼과 파혼과 결혼으로 정신없는 동안 주변에서는 무슨 일이 있었던가. 완무 형이 찾아와서 김주경이 죽었다는 소식을 전했다. 그는 죽기 직전까지 행상으로 붓을 팔아 거금을 모았다고 했다. 그 돈으로 또 무슨 일을 꾸밀 생각이었는지는 알 길이 없었다. 내 마음을 더 아프게 한 것은 그의 동생이자 내 친구인 진경 또한 객사했다는 소식이었다. 나와 가까워진 사람은 다 죽어버리는 것 같아서 기분이 이상했다. 같이 일하다 죽은 오진사만 해도 그렇거니와, 그즈음 나를 도와 교회 일을 보던 사촌형 또한 예배 중에 뇌출혈로 숨진 것이다. 나는 죽음을 잊고 살기가 어려웠다. 그러므로 쓰치다를 잊고 살기도 쉽지 않았다. 누군가 죽을 때마다 그를 떠올리면 이상하게 마음이 편해졌다. 죄나 업보 같은 단어가 주는 위안과 비슷한 것이었다.

그 죽음들말고는 참 사소한 삶이었다. 남들 다 하는 결혼이 유일한 소원인 삶. 따라서 그 소원을 이룬 뒤로는 더 이상 바랄 것이 없게 된 삶. 그런 삶을 달리 뭐라고 표현할 수 있을 것인가. 나라와 겨레를 살리겠다고 시작한 일은 호구지책을 넘어서지 못하고…… 나는 나의 그런 사소함이 싫지 않았다. 내가 나에게 착 달라붙어 있는 느낌. 이제야 땅에 발을 딛고 살게 되었다는 안도감. 나는 너무 오랫동안 허공에 떠 있었다. 혹은 너무 일찍부터 감당 못할 짐을 짊어지고 허덕이며 살았다. 내가 세상의 중심인 것 같은 착각 속에서. 내 손으로 역사를 만들어가고 있다는 망상의 힘으로.

그 점에서 나는 일본의 군국주의자들과 비슷한 부류였다. 착각과 망상에 사로잡힌 골치 아픈 인간들. 닮은 사람들끼리 서로 증오하고 괴롭히는 것은 드문 일이 아니다. 그들은 어떻게든 나를 가만두지 않으려고 기를 쓰는 것 같았다. 내 사소하고 안온한 생활을 그냥 두고 볼 수는 없다는 듯, 일본 해군은 뤼순 군항에 정박 중인 러시아 함대를 기습했다. 친러파에서 친일파로 변신한 이완용에게라면 모를까, 나와는 별 상관이 없는 것처럼 멀게 느껴졌던

전쟁. 그러나 사실은 나뿐 아니라 모든 조선인의 운명을, 더 넓게
는 세계 역사를 바꿔놓은 전쟁이었다.

시위

승전국 일본에게 조선반도는 혼자 먹게 차려진 밥상과 같았다.
그렇다면 을사년의 조약은 더욱 편한 식사를 위해 꺼내든 일본의
숟가락인 셈이었다. 우리의 황실은 무력했고 내각의 실세는 적과
내통했다. 대한제국 어전회의의 실질적인 주재자는 일본 추밀원
의장 이토 히로부미였다. 한규설 등 조약에 반대하는 대신들은 회
의장 밖으로 쫓겨났다. 그러자 반역자 다섯 명이 분명하게 가려졌
다. 그것이 조약의 체결을 통해 얻은 우리의 유일한 소득이었다.
그들은 조국을 팔아넘긴 대가로 원수 나라의 귀족이 되었다. 그에
비하면 예수를 팔아넘기고 괴로워하다 자살한 유다는 양반이었다.
나는 기도할 때마다 나 자신은 물론이고 많은 이들의 용서를 구했
지만, 그들 다섯의 죄를 사해달라는 기도는 차마 할 수가 없었다.
원수를 사랑하라는 예수의 말은 가장 행하기 어려웠다.

조약 때문에 온 나라가 술렁일 무렵, 에버트 청년회라는 기독교
단체의 총무를 맡고 있던 나는 얼떨결에 지역 대표로 선출되어 경
성으로 갔다. 상동교회에서 열린 구국기도회에 참석하기 위해서
였다. 전국 각지에서 모여든 이십여 명의 청년들은 단숨에 서로를

동지로 인정했다. 우리는 조약의 무효를 위해 마음을 합해 기도했다. 통성기도에 약한 나는 동지들이 저마다 부르짖는 소리에 귀를 맡기고 입을 다문 채 그들의 기도를 들어달라고 기도했다. 어느 순간 다른 소리들과 구별되어 들려오는 누군가의 목소리가 있었다. 바벨론의 침략으로 멸망한 이스라엘에 빗대어 기도하는 소리였다. 그때부터 나는 조용히 같은 기도를 되풀이했다. 주여, 거두소서. 거두소서. 돌이키소서……

조바심은 젊음의 한계인가 특권인가. 우리는 하느님의 응답보다 황제의 대답을 먼저 듣기 위해 상소를 올리기로 결정했다. 곧 다섯 명의 대표가 정해졌다. 나는 그 안에 들지 않은 것이 다행스럽기도 했고 서운하기도 했다. 상소문의 집필은 대표 가운데 한 사람인 이준의 몫이었다. 그것을 계기로 황제의 밀사가 되어 죽을 운명임을 그는 예감했을까. 이준은 그때부터 이미 죽을 각오가 되어 있었다. 그렇기는 나머지 네 명의 대표들도 마찬가지였다. 나는 그들이 대표가 되었기에 죽을 각오를 한 것인지 죽을 각오를 했기에 대표가 된 것인지 가늠하기 어려웠다. 우리는 네댓 명씩 어깨동무를 하고 대오를 갖춰 덕수궁을 향해 나아갔다.

가는 길에 나는 몹시 흥분되었다. 한동안 잠자고 있던 격정의 피가 거꾸로 솟는 느낌이었다. 그것은 어찌 될지 모를 앞일에 대한 두려움이기도 했다. 우리는 두려움과 분노로 똘똘 뭉친 젊은 투사들이었다. 대한문 앞에 이르자 무장한 왜놈 순사들이 막아섰다. 우리 대표단은 항의했다. 나는 인천의 겁쟁이 순사 와타나베를 떠올렸다. 그러자 모든 두려움이 사라졌다. 우리는 대표단을 병풍처럼 호위하고 함성을 질러대며 기세를 올렸다. 한순간 인천 시절로 돌아간 기분이었다. 나는 돌아서서 행인들을 향해 외치기 시작했다.

"왜놈들이 이 나라를 강제로 빼앗으려 합니다 여러분! 이번 조약이 무효가 되지 않으면 우리는 결국 나라 없는 불쌍한 백성이 되고 말 것입니다. 노예로 살렵니까, 의롭게 죽으렵니까!"

쌀쌀한 날씨 탓인지 사람들은 슬쩍 쳐다보기만 하고 지나갔다. 나는 다음 말이 떠오르지 않아 멍하니 서 있었다. 누군가의 고함에 꿈에서 깨듯 돌아보니 순사들이 대표단을 연행하고 있었다. 순사 하나가 내 손목을 움켜쥐려 했다. 휙 뿌리친 나는 달아나는 무리에 섞여 정신없이 달렸다.

종로에 다시 모인 우리는 다음 방도를 논의했다. 동지들은 내 연설이 훌륭했다며 괜찮은 방법이라고 입을 모았다. 우리는 몇 개 조로 나뉘어 시위를 선동했다. 나는 연설하는 동지 뒤에 가만히 서 있었다.

행인들이 제법 가세해서 시위대는 백여 명으로 불어났다. 순사 한 명이 칼을 빼들고 달려들자 선봉에 선 동지가 빌로 차서 쓰러뜨렸다. 마치 쓰치다와 나의 결투를 보는 것 같았다. 동지는 순사가 놓친 칼을 집어들려 했다. 나는 황급히 그를 붙잡았다. 살기등등한 그를 진정시켜 대열의 후미로 돌리고 내가 대신 시위대의 맨 앞에 섰다. 내 자리를 찾은 듯 힘이 솟기도 했고, 괜히 나선 것 같아 불안하기도 했다. 순사들은 하늘에 대고 공포탄을 쏘아댔다. 우리는 불탄 가게 터에 널린 깨진 기왓장을 던지며 맞섰다.

팽팽하던 대치 상황은 일본군 일개 중대가 급파되면서 싱겁게 끝났다. 군인들의 소총에는 모두 대검이 꽂혀 있었다. 군중은 흩어지고 수십 명이 붙잡혔다. 나는 무사했다.

고문

내가 그 살벌한 난장판에서 무사히 빠져나올 수 있었던 것은 비교적 빠른 발과 되살아난 두려움 덕이었다. 저벅저벅 군화 소리와 함께 몰려오는 일본군의 대열을 보는 순간 나는 직감했다. 아, 이건 좀 다르다. 그들의 총검은 땅과 수평이었고, 그들의 숫자는 시위대보다 많았다. 마음보다 몸이 먼저 주춤주춤 물러섰다. 날 선 대검들이 출렁이며 햇살에 번득였다. 나는 돌아서서 도망치기 시작했다. 어지럽게 터지는 고함과 비명 소리에도 나는 돌아보지 않았다. 달리는 속도를 떨어뜨리지 않기 위해서였다. 군인들의 추격을 따돌리고 한숨 돌리는 나의 뒷덜미를 낚아챈 것은 이런 물음이었다. 부끄러움이 두려움을 앞설 수 있을까.

폭력에 대한 두려움만 이겨낼 수 있다면. 어떤 육신의 고통도 참아낼 능력이 있다면. 아예 통증을 못 느끼는 인간이 될 수는 없을까. 인간은 고통에서 벗어나기 위해 의식을 놓아버리기도 한다. 내가 해주 감옥에서 고문을 받다가 기절했던 것처럼. 그때 찬물을 뒤집어쓰고 깨어난 나는 내 다리부터 확인했다. 뼈가 살 밖으로 나와 있지는 않았다. 그래서 안심했던가. 겉으로는 멀쩡한 다리 때문에 나는 공포에 질려야 했다. 또 주리를 틀 게 뻔했기에. 이번에는 꼭 뼈가 살을 뚫고 나올 것 같았기에. 그 아픔은 도대체 얼마나 지독할 것인가.

그때 나는 각오를 단단히 하고 취조에 임했지만, 마음의 준비 따위는 아무 소용이 없었다. 어려서부터 나는 아픈 것을 잘 참는 편이었지만, 해주 감영 뒤뜰에는 내 인내력을 칭찬해줄 사람이 없었다. 나는 취조 중에 고문을 당하게 될 것도 알았고, 고문을 당하면 당연히 고통스럽다는 것도 알았지만, 그 고통이 까무라칠 정도로 심할 줄은 몰랐다. 내 인내력이 설마 그 정도밖에 안 될 줄은. 모르고 겪는 아픔은 그래도 견딜 만하다. 기절에서 깨어난 내가 절망했던 것은 다시 닥쳐올 고통의 실체를 이미 알아버린 뒤였기 때문이었다.

길은 두 갈래였다. 아주 비굴해지거나, 만용의 극치를 보여주거나. 내가 잘할 수 있는 게 어느 쪽인지는 분명했다. 나는 세상에서 가장 무료한 사람의 얼굴을 하고 취조판에게 지껄였다. 내가 보통 죄인이 아니니 건드리지 말라는 취지의 말이었다. 차라리 미친놈 취급을 받는 편이 낫겠다 싶기도 했던 것인데, 말하고 보니 내가 정말 미친 게 아닐까 하는 생각이 들었다. 그 자리에서 맞아 죽어도 억울해서는 안 될 것 같았다.

나는 결정적인 고비마다 늘 운이 좋았다. 그날도 물색없는 내 말

한마디에 고문뿐 아니라 취조 자체가 끝나버리는 믿지 못할 일이 벌어졌다. 취조관이 원래 그렇게 엉뚱한 사람이었을까. 아니면 그날따라 좀 이상했던 것일까. 그는 내 말을 듣더니 뭔가에 씐 사람처럼 고개를 끄덕이고는 돌아서서 안으로 들어가버렸다. 인생의 중요한 순간들은 종종 그렇게 불가해한 미궁 속으로 사라져간다. 그때 만일 계속 고문을 당했다면 내 인생은 달라졌을 것이다. 어떻게 달라졌을지는 알 수 없지만 어떻게든 아주 많이 달라졌을 것이다. 고문이란 그렇게 무서운 것이다. 그에 비하면 다른 두려움은 아무것도 아니다.

하루가 몹시도 길었던 을사년의 그날, 나처럼 시위 현장을 무사히 벗어난 이들은 교회에 모여서 기도했다. 기도의 주제는 '조약의 취소'에서 '동지들의 석방'으로 바뀌었다. 기도와 염려는 상극인 줄 알면서도, 기도를 마친 우리는 어쩔 수 없이 잡혀간 동지들을 걱정했다. 우리는 함께 기도하고 걱정했지만, 내 기도와 염려가 다른 이들의 것과 같을 수는 없었다. 체포된 경험이 있는 사람은 나밖에 없었으므로.

나는 특히 다섯 명의 대표가 걱정되었다. 그들이 모두를 대신해서 겪을 극심한 고통을 생각하면 하느님 찾는 소리가 절로 나왔다. 죽음을 각오한 이들이지만 고문 받을 각오까지 되어 있을까. 어차피 각오한다고 피하거나 줄일 수 있는 고통이 아님을 아는 나로서는 그들이 불구의 몸이 되지 않기만을 바랄 뿐이었다. 어떤 동지들은 그들에게 사형이 선고될지도 모른다고 걱정했다. 그렇게 되면 다시 다섯 명의 대표단을 꾸려 저항하자고 누군가 제안했다. 아무도 반대하지 못했다.

대표단이 구류를 살게 되었다는 소식에 우리는 모두 머쓱했다. 다행이면서도 왠지 허탈하고 동시에 안심이 되기도 하는 복잡한 기분이었다. 나는 동지들이 모두 다친 데 없이 무사하다는 소식에 가슴을 쓸어내렸다. 구류의 부당함에 대해 항의하자는 사람은 아무도 없었다. 우리가 할 수 있는 남은 일은 반성뿐이었다. 민중의 애국사상이 아직 박약하다는 지적이 호응을 얻었다. 결국 교육의 문제라는 결론이 내려졌다. 나는 서둘러 학교로 돌아왔다.

생사

돌아온 뒤에도 나를 떠나지 않는 물음이 있었다. 부끄러움이 두려움을 앞설 수 있을까. 그럴 수 있음을 보여준 사람들이 있었다. 조약을 반대하는 상소운동이 들불처럼 번졌는데, 어떤 이들은 상소문으로 유서를 대신했다. 민영환도 그들 중 한 사람이었다. 그는 스스로 목숨을 끊고 충정공이 되었다. 나는 동지들과 함께 충신의 빈소에 조문했다. 경성을 떠나는 날이었다. 마지막 기도 모임을 갖기 위해 교회로 돌아오는 길에 우리는 한 무리의 사람들과 마주쳤다. 인력거에 실려가는 삼십대의 남자가 보였다. 옷은 피투성이였고 분에 겨운 듯 목 놓아 울부짖고 있었다. 자결에 성공했다면 황제의 밀사가 되지 못했을 그는 전(前) 의정부 참찬 이상설이었다.

부끄럽게 살지 않기 위해 죽음의 두려움을 넘어서는 사람들이 있다. 나는 사는 게 아무리 구차해도 자살은 하지 않겠다고 다짐한 사람이다. 어느 쪽이 옳은가. 그 생각만 마냥 할 수 없어서 날을 잡아 하루 종일 답을 구했더니, 옳은 쪽은 따로 있었다. '부끄럽게 살지 않기' 위해 죽는 것이 아니라, '부끄럽지 않게 살기' 위해 죽을힘을 다할 것. 부끄러움이 두려움을 이길 수 없다면 그냥 부끄러워하고 두려워할 것. 다만 고통과 죽음에 대한 두려움으로, 무사하고 안전한 삶에 대한 부끄러움을 지우려 하지는 말 것. 사는 게 구차해도 자살하지 않는 것은 좋은데 그 삶의 구차함을 잊지는 말 것. 죽지 않고 사는 이유가 단지 구차한 목숨을 보전하기 위함이어서는 안 된다는 것이 나의 최종 결론이었다.

그러나 생각은 생각일 뿐, 생활은 다짐대로 되는 것이 아니었다. 나는 내 삶이 구차한지 살필 겨를도 없이 생활에 떠밀려 세월을 흘려보냈다. 1906년 장련의 광진학교, 1907년 종산의 서명의숙, 1908년 안악의 양산학교…… 몸에 밴 방랑벽 탓이었을까, 나는 한 학교에 오래 머물지 못했다. 오라는 곳으로 가는 것이 잘못은 아니었지만 일을 벌여놓기만 하고 떠나는 마음이 개운할 수는 없었다. 이따금 이전 학교로 돌아가 있는 꿈을 꾸었다. 수업 중에 학생들이 모두 나가버리는 악몽이었다.

당시 안악은 교육의 요람인 서북 지역에서도 신교육의 열기가 가장 뜨거운 곳이었다. 지역의 많은 유지들이 학교 설립에 앞장섰고 교육에 대한 투자를 아끼지 않았다. 유능한 교사의 초빙도 그 일환이었는데, 나를 대상에 포함시킨 것은 아마도 내가 워낙 설치고 다닌지라 쉽게 기억났기 때문일 것이었다.

종산에서 안악으로 이사할 때 우리 가족은 모두 넷이었다. 어머니말고 또 한 식구는 태어난 지 얼마 안 된 아기였다. 뭐가 그리 바빴는지 나는 아직 첫딸의 이름도 짓지 못하고 있었다. 산모와 아기는 가마에 태웠지만 흔들리는 것만으로도 적잖이 부대꼈을 것이다. 어리디 어린 것이 바깥 공기를 쐬어서 그런지 열이 오르고 울음을 그치지 않았다. 그러더니 안악에 도착하자마자 아기는 죽고 말았다. 어머니는 손녀의 작고 여린 팔다리를 매만지며 숨을 쉬게 해달라고 기도했다. 나는 서럽게 우는 아내를 달래지도 못하고 돌아서서 손등으로 눈두덩을 꾹꾹 눌렀다.

침묵

여름이 되자 유행처럼 곳곳에서 교사 강습회가 열렸다. 내가 몸담은 양산학교도 예외가 아니었다. 지난번과 달리 나는 가르치는 이들을 가르쳐야 하는 입장이 되었다. 나를 가르친 이가 내게 배우게 되는 웃기는 일도 벌어졌다. 하기는 가르침과 배움이란 서로 주고받아 마땅할 터였다. 문제는 우리에게 주고받을 만한 것이 과연 있기는 하냐는 것이었다.

다행히 평양 친구 최광옥이 합류하여 강사진에 무게를 더했다. 그의 열강은 듣는 이들에게 졸 틈을 허락하지 않았다. 나는 허락했다. 광옥을 보고 있으면, 진짜 열정은 실력에서 나온다는 생각을 안할 수가 없었다. 나는 짧았던 나의 경성 시절을 회고했다. 공부에 관한 한 그 시절이 내 인생의 황금기였지. 짧아서 더욱 눈부시게 빛났던…… 그때, 아버지의 장례가 끝났을 때, 마음 독하게 먹고 경성으로 돌아갔어야 했던 게 아니었을까. 나는 후회했고, 후회하는 내가 부끄러웠다.

광옥은 보면 볼수록 정이 가는 친구였다. 실력 좀 있다고 거드름 피우며 사람 깔보는 치들과는 격이 달라도 한참 달랐다. 그렇다고 그가 겸손한 우등생의 전형적인 모습을 보인 것도 아니었다. 잘났는데 잘난 척하지 않음으로써 더욱 돋보이고자 하는 꾸밈이 없었다. 광옥은 뭐랄까…… 자신을 낮춘다기보다는, 자기 따위는 별로 중요하게 여기지 않는다는 느낌이었다. 그러니까 그의 겸손은 천성에 가까운 것이었다. 나는 그의 그런 소탈함이 좋았고 또 부러웠다.

우리는 틈날 때마다 평양 시절의 추억을 되새겼다. 약속이라도 한 듯 신호 얘기는 꺼내지 않았다. 그 묵계를 먼저 깬 쪽은 광옥이었다. 우리 집에 놀러 온 그는 아내가 밥상을 놓고 나가자마자 짓궂게 웃으며 말했다.

"이 집 안주인이 누굴 닮았는데……"

"자네가 우리 장모를 어떻게 아나?"

농담조로 받으면서 나는 한참 잊고 살았던 여옥의 얼굴을 떠올렸다. 광옥이 능청 떨지 말라며 아내와 신호의 닮은 생김새를 나열했다. 나로서는 뜻밖이었다. 신호도 여옥을 닮았던가? 나는 세 여자의 얼굴을 번갈아 떠올려보느라 침묵했다. 눈까지 감는 내가 예사롭지 않아 보였는지 다시 들려온 친구의 목소리는 진중했다.

"자네 아직 안신호를 마음에 두고 있나?"

아니라고 한들 아닌 걸로 봐줄 리 없었다.

"신호든 누구든 아주 잊을 수야 있나."

광옥은 순순히 고개를 끄덕였다. 자신의 경우를 생각해본 것일 터였다. 한번 떠오른 여옥의 얼굴은 쉽게 지워지지 않았다. 나는 이름도 없이 죽어간 내 첫아이에 대해 얘기했다. 침묵은 광옥의 몫이었다.

우리는 누구보다 열심히 강습회를 꾸려나갔다. 광옥은 사명감에 차 있었고 나는 허한 마음을 다스려야 했다. 다른 강사들 중에서는 평안도 정주 출신의 일본 유학생 이보경이 눈에 띄었다. 서양사를 맡은 그는 열여섯의 청년이었다. 왠지 외로워 보이는 눈빛 속에 대단한 야심을 숨기고 있는 느낌이었다. 언뜻언뜻 내비치는 그의 정열이 나는 두려웠다. 그것은 나의 옛날을 포함한 모든 위태로운 청춘을 향한 안쓰러움이기도 했다. 나중에 보경은 이름을 광수로 바꾸고 소설가가 되었다.

수강생들 중에는 현직 교사가 아닌 이들이 더러 있었다. 그들은 말하자면 미래의 교사들이었다. 그 무리 속에 박혜명이라는 승려 출신의 사내가 있었다. 혜명이 그의 법명이었다. 그 이름을 듣는 순간 나는 친구 혜정이 생각났다. 평양 영천사에서 헤어진 게 벌써 팔 년 전이었다. 고향 절로 간다고 했었지. 떠돌이 중한테 고향은 무슨…… 지금은 어느 산천을 떠돌고 있을까. 혜정이라면 변함없이 불제자의 길을 걷고 있을 거라는 짐작이었다. 예수를 믿었어도 한결같았을 신실한 친구. 다시 볼 날이 있을까.

"좋은 인연, 좋은 사람과의 만남은 왜 길게 이어지기 어렵습니까?"

내 뜬금없는 질문에 혜명은 막힘없이 대꾸했다.

"당연한 것에 무슨 이유가 있겠습니까."

그런 선문답 시늉에 매료되어 계속 대화를 이어간 것은 아니었다. 들어보니 혜명은 공주 마곡사에 머문 적이 있었다. 내가 그 절의 학승이었음을 밝히고 법명을 대자 다소 도도하던 그의 태도가 확 달라졌다.

"아! 그 말로만 듣던 원종 스님을 여기서 뵙게 되다니요."

"내 얘기를 들었습니까?"

"듣다마다요. 스님을…… 김선생님을 찾으려고 주지 스님이 금강산까지 사람을 보냈었지요."

"보경대사께서 왜 나를……"

"대사께서는 이미 열반에 드신 뒤였습니다."

"그럼 하은당 어른이?"

"그분도 입적하셨지요. 한날한시에 두 분이 함께 가셨습니다."

그가 전한 두 노스님의 사망 소식은 어처구니가 없었다. 내가 마곡사를 떠난 바로 그해 겨울이었다. 불 피우는 수고를 덜기 위해 절에서 석유 한 통을 사들였다. 보경대사와 하은당은 석유의 성능을 시험해보기로 했다. 아이처럼 들뜬 그들은 불 붙은 막대기를 양철로 된 석유통의 작은 구멍에 집어넣었다. 기대했던 화염은 금방 올라오지 않았다. 두 노인이 구멍을 들여다보는 순간 굉음과 함께 석유통은 폭발했다.

"하은당 스님은 상좌를 두지 않았습니다. 할 수 없이 가장 연장자인 덕삼 스님이 임시로 주지를 맡았는데, 아무래도 자기는 그릇이 못 된다고, 절 재산을 맡을 적임자는 원종 스님뿐이라고……"

그때 나는 평양 영천사에서 식탐에 빠져버린 장발의 파계승이었다. 환속할 땡중을 찾기 위해 금강산을 뒤지고 다녔으니 딱한 일이었다. 내 행방은 묘연할 수밖에 없었고, 논의를 거듭한 끝에 마곡사의 재산은 소속 승려들 모두의 공동 소유가 되었다.

"잘됐구려."

진심으로 한 말이었지만 아쉬움 또한 남았기에 내 목소리는 밝지 않았다. 내 속을 잘못 짚은 혜명은 자기 일처럼 아쉬워했다.

"몇 달만 더 버텼으면 수십만 냥을 주물렀을 텐네 아깝네요."

내게 그런 미련이 전혀 없었다면 거짓말이다. 하지만 내 아쉬움은 그 어마어마한 재산의 진짜 주인이 누구냐는 생각에서 비롯된 것이었다. 다는 아니더라도 상당한 부분은 절 땅을 부쳐 먹고 사는 농민들의 몫이어야 했다. 절에서 거두는 소작료는 못된 지주들 뺨치게 무자비했다. 사찰이든 교회든 축재를 목적으로 토지를 소유한다는 것 자체가 문제 아닌가. 그렇게 쌓인 재물이 중생을 구제하고 이웃을 돕는 데 쓰였다는 소리를 들어본 적이 없었다. 탐욕과 위선으로 예수와 석가의 이름을 더럽히는 종교 사기꾼의 무리들……

예전의 나라면 앞뒤 가리지 않고 그런 소리를 지껄였을 것이다. 나를 입 다물게 한 것은 스스로에 대한 이런 의문이었다. 만약 절에 남아 주지가 됐다면 과연 소작인들의 몫을 돌려줬을까. 그럴 수 있는 만큼 그러지 못할 수도 있었다. 나는 혜명에게 이렇게만 말하고 다시 입을 다물었다.

"박형도 승복을 벗기를 잘했구려."

요절

강습회는 별 탈 없이 끝났다. 그런데도 평가 모임의 분위기는 심각했다. 없는 문제를 억지로 끄집어내려다 보니 모두에게 불편한 자리가 되고 말았다. 심각한 대화가 오간 것이 아니라 오가는 대화가 없어서 심각해진 셈이었다.

분위기를 수습한 사람은 광옥이었다. 그가 역설한 지속적이고 조직적인 교육운동의 필요성에 대해 공감하지 않는 사람은 없었다. 곧 해서(海西)교육총회라는 거창한 이름의 단체가 만들어졌다. 나는 학무총감을 맡았다. 황해도 전역의 학교 설립과 운영을 뒷받침

해야 하는 직책이었다. 가만히 앉아 있을 수 없다는 점에서 내게
어울리는 자리였다. 나는 틈날 때마다 도내 각 지역을 돌며 강연
과 회의로 분주했다. 여옥의 집에 드나들던 때와 비슷한 생활이었
는데, 다른 것은 장연 근처로 향할 때의 내 마음이었다. 나는 홀로
장산곶 마루에 서서 해 지는 바다를 바라보곤 했다.

군수의 초청을 받고 배천군에 갔을 때였다. 마중 나온 주민들이
내 이름을 연호하고 만세까지 불렀다. 나는 황급히 군수에게 청해
서 환영 행사를 중단시켰다. 그냥 두면 분위기에 취해 우쭐해질 위
인임을 스스로 잘 알고 있었다. 방문 목적을 벗어난 시국 강연으
로 청중에게 부담을 줄 생각은 없었다.

배천 군수 전봉훈은 독특한 인물이었다. 나를 환영하기 위해 군
중을 동원했기 때문만은 아니었다. 그는 일본군의 관내 주둔을 거
부한 유일한 군수였다. 그러고도 군수직을 유지할 수 있다는 게 더
대단했다. 교육에 관심이 많은 그는 야학의 보급에 힘썼는데, 종
업원을 야학에 보내지 않는 상점 주인들에게 벌금을 물려서 물의
를 빚기도 했다. 참 희한한 군수가 다 있다며 그 얘기를 해줬더니
아내는 빙긋이 웃으며 놀리듯 내게 말했다.

"당신이 관직에 나갔으면 딱 그랬을 것 같지 않아요?"

배천군에서 개설한 교사 양성소에 최광옥이 초빙된 것은 당연했
다. 안창호가 미국에 간 뒤로 광옥은 서북 최고의 강사였다. 언변
은 안창호만 못했지만 새로운 문물을 받아들이는 능력만큼은 단
연 일인자였다. 그가 환등기에 필름을 갈아 끼울 때마다 사람들은

어둠 속에서 탄성을 질렀다. 나는 친구가 자랑스러우면서도 마음이 편치 않았다.

광옥은 미래의 교사들을 위해 자신의 모든 것을 쏟아 부었다. 특히 청년들에게 애국심을 불어넣을 수만 있다면 백주 대로에서 발가벗고 춤이라도 출 태세였다. 사람들은 그가 점점 미쳐가는 것 같다고 수군댔지만 내 생각은 조금 달랐다. 내가 보기에 그는 미친 게 확실했다. 그것은 언젠가의 내 모습이기도 했고, 언제부턴가 내게서 사라진 모습이기도 했으며, 언젠가는 되찾아야 할지도 모를, 그러나 그런 날이 오지 않기를 바라게 만드는 내 두려운 모습이기도 했다.

안타깝게도 광옥은 강연 도중에 피를 토하고 쓰러져 다시는 일어나지 못했다. 친구의 죽음을 전해들은 나는 슬펐지만 놀라지는 않았다. 올 게 또 왔구나 생각하면 슬픔도 한숨에 섞여 흩어지는 느낌이었다. 누군가 또 죽어야만 한다면 이제는 제발 내 차례가 되게 하소서. 하고 나서 금세 후회할 기도를 하지 않고는 견딜 수가 없었다.

환등

친구의 죽음이 내게 드리운 그늘은 생각보다 짙었고 오래갔다. 아버지도, 여옥도, 세상에 잠시 머물다 간 내 가여운 아기도, 죽은 뒤에 그렇게 한참 동안 나를 따라다니지는 않았다. 정녕 광옥은 사랑하는 여인과 가족보다 내게 더 소중한 사람이었던가.

불란서의 어느 철학자는 슬픔에 대해 논하면서 이런 예화를 들었다. 고대의 두 왕국이 전쟁을 벌인 끝에 한 나라는 지고 한 나라는 이겼다. 패배한 왕과 그의 일가는 포로가 되어 적진으로 끌려갔다. 적장은 왕이 보는 앞에서 왕비를 끌어내어 목을 베었다. 왕은 태연했다. 소중한 자녀들과 충직한 신하들이 차례로 죽어가도 왕은 위엄을 잃지 않았다. 그러다가 한 여인이 끌려나오자 왕은 하얗게 질리더니 심장이 터져서 죽었다. 그녀는 왕이 얼굴도 분간 못하는 하녀들 중 한 명이었을 뿐이었다.

슬픔은 웅덩이에 고이는 빗물과 같아서, 퍼내지 않으면 쌓이고 쌓이다 마침내 차올라 넘치는 순간이 온다. 토하기 직전에 마신 한 모금의 술처럼, 광옥의 죽음은 내 속에 저장된 모든 죽음의 기억을 되살려냈다. 환등기로 보여주듯 한 장면 한 장면, 의연한 척 버텨온 내 허세를 비웃기라도 하듯. 그것은 묵은 체증이 뚫리는 듯한 묘한 쾌감을 동반하기도 했다. 우울하고 무력한 나의 나날은 이따금 이상한 활기로 돋뜨곤 했다.

나는 친구의 유품이 되어버린 환등기를 물려받아 그의 빈자리를 대신 채워야 했다. 하얀 천에 환상의 빛으로 새겨지는 낯선 물건과 사람들. 그 흑백의 형상들은 세상의 어떤 풍경보다 화려했다. 나는 처음으로 문명의 아름다움이란 것에 대해 생각했다. 기계가 만들어내는 매혹의 빛줄기, 그 속을 춤추듯 떠다니는 먼지의 가벼움에 취해 사진에 관한 설명을 잊기도 했다.

내가 친구에게 물려받은 것은 환등기만이 아니었다. 그 물건을 들고 다니면서부터 내 인기는 하루가 다르게 치솟았다. 광옥의 인기 비결은 환등기를 다루는 솜씨가 아니라, 누가 다루든 상관없는 기계 자체였던가. 위안을 얻는 나는 허탈했다. 사람들은 내 강연을 환등회라고 불렀다.

환등기는 주인을 혹사시키는 요술 람프였다. 내 강연 일정은 전성기의 남사당패처럼 빡빡했다. 교육이 중요하다고 떠들고 다니기 위해 학교 일은 최소한으로 줄여야 했다. 사람들이 왜 날 찾는지 알았기에 나는 겸손하다는 칭찬까지 덤으로 받을 수 있었다. 람프의 전 주인도 그 점을 잘 알고 있었던 게 틀림없다. 나는 점점 죽은 친구의 대역에 재미를 붙이고 빠져들었다. 친구 흉내를 내며 살다가 똑같이 죽는 것도 나쁘지 않아 보였다.

그러나 흉내내다 죽는 것과 죽음을 흉내내는 것은 다른 문제였다. 피를 쏟을 것처럼 소리 높여 외칠 수는 있어도, 진짜 피를 토하는 것은 아무나 할 수 있는 일이 아니었다. 아무리 혹사를 당해도 내 몸은 건강했다. 너무 건강해서 미안하고 부끄러울 지경이었다. 누구를 향한 미안함이고 무엇에 대한 부끄러움이었던가. 나는 인천을 탈출할 때 길을 안내해준 사내가 자꾸 생각났다. 그는 단지 한 탈옥수가 무병장수할 수 있게 돕고 싶어서 위험한 동행을 자청했을까.

더 깊이 따져 묻고 답할 만큼 내 정신의 힘은 강하지 못했다. 나는 필름을 갈아 끼우기만 하면 무엇이든 척척 보여주는 환등기를 닮고 싶었다. 실제로 나는 청중 앞에만 서면 열변을 토하는 기계가 되어 있었다. 멀쩡한 몸, 허약한 정신, 날마다 반복되는 단순한 생활. 그것이 문제의 1910년을 한 해 앞둔 내 인생의 현주소였다.

연루

1909년 10월 26일. 그날은 아침부터 기분이 안 좋았다. 밥상머리에서 아내가 꺼낸 말이 발단이었다.

"장연엔 또 가요? 불러서 가는 게 아니니까 대접도 시원찮을 텐데. 하긴 초청해놓고도 제대로 사례하는 데가 드무니…… 강연료 챙겨주는 데만 다니면 안 되나. 집에 쌀이 얼마나 남았는지는 관심도 없고……"

나중에는 혼자 구시렁대는 소리에 가까웠으므로 못 들은 척 넘어가면 될 일이었다. 그러니까 나를 건드린 말은 '쌀'보다 '장연'이었다.

"그러게 누가 나 같은 놈한테 시집오래?"

버럭 소리를 지른 정도는 아니었지만 그런 말을 정답게 속삭이듯 할 수는 없는 노릇이었다. 아내는 화가 났다기보다는 좀 놀란 기색이었다.

"그런 말이 어딨어요?"

무슨 말을 더 할 듯하던 아내는 어머니 눈치를 살피며 입을 다물었다. 어머니는 그 자리에 없는 사람처럼 잠자코 수저를 놀리고 있었다. 그 모습에 어쩔 수 없이 움츠리게 되기는 나도 마찬가지였다. 아무리 모녀 사이처럼 지내는 고부지간이라 해도 며느리는 며느리였고, 아무리 격의 없기로 소문난 모자지간이라 해도 어머니는 어머니였다.

"말이 잘못 나왔어."

말도 안 되는 변명이었지만 말이 되고 안 되고는 중요하지 않았다. 아내는 그렇게라도 말해준 게 고마운 듯 표정을 누그러뜨렸다. 그때서야 어머니는 입을 열었다.

"어멈아, 아침에 언짢은 기분으로 나가면 밖에서 일이 잘 되겠냐. 할 말이 있어도 참았다가 저녁에 해야지."

내게는 그 말이 저녁에 제대로 따지라는 소리로 들렸다. 아내는 냉큼 대답했다.

"네, 어머니. 죄송합니다."

'고맙습니다'가 더 어울릴 목소리였다. 아내의 기분은 다 풀린 것 같았다. 나는 어머니가 날 부를 차례임을 알았다.

"애, 아범아."

"네, 어머니."

"세상에서 제일 못난 사내가 여자한테 화풀이하는 놈이다."

"예."

"졸장부 중에 졸장부구나."

“예.”

“돌아가신 네 아버지가 이 에미한테 짜증이라도 한번 내는 걸 본 적이 있냐?”

“없습니다.”

“아버지의 반의 반이라도 닮아봐라.”

“예.”

“아침부터 언짢게 해서 어쩌냐. 미안하다.”

“아닙니다.”

며느리 앞에서 아들을 야단치는 어머니. 그 깊은 속을 당장 헤아리기에는 내 속이 너무 비좁았다. 며느리를 편애할 줄 아는 시어머니의 지혜에 탄복하기에는. 나는 남은 밥을 국에 말아 한입에 해치우고 말없이 일어나 밖으로 나왔다. 아내가 따라나오면 뒤도 안 돌아보고 집을 나설 생각이었는데, 집을 나서며 돌아봐도 아내의 모습은 보이지 않았다. 어머니가 말렸겠지. 난 왜 하필이면 이다지도 유별난 부모를 뒀을까. 그래서 뿌듯했던 많은 날들은 다 잊혀진 옛날이었다.

장연으로 가는 내내 기분이 개운치 않았다. 서운하고 야속했던 마음은 자격지심으로 바뀌어 있었다. 집에 쌀이 얼마나 남았는지는 관심도 없고…… 아내의 푸념 뒤에 깔린 생계의 고단함이 비로소 내 마음을 붙드는 것이었다. 제 식구도 제대로 돌보지 못하면서 누구에게 뭘 가르친다고 사방팔방 돌아다니며 수선을 피워대는 것이냐. 내 나이 서른셋이었다. 조선 나이로는 서른넷. 속절없이 나이만 처먹는구나. 아예 오 년, 십 년씩 한꺼번에 늙는 방법은 없을까. 아서라, 그것은 한 생애를 바쳐 늙어온 이들에 대한 모독이 아니냐. 나는 회개했다. 어머니, 죄송합니다. 이 못난 아들, 어떻게 살아야 하나요.

나는 여옥의 어머니에게 가지 않았다. 장연을 자꾸 찾는 까닭이 그것이었음에도 불구하고 시간이 없다는 핑계를 스스로에게 둘러대며 서둘러 그곳을 떠났다. 시간이 없다는 것은 정말 핑계였고, 나는 그날따라 오랜만에 들려오는 내 안의 다른 소리를 꼭 따라야만 할 것 같았다. 그 어른에게는 하느님이 있지 않느냐. 일용할 양식을 댈 형편도 못 되면서 네까짓 게 찾아뵌들 무슨 위안이 되겠느냐. 다 너 자신이 위로받고 싶어서 벌이는 뻔한 수작일 뿐이다.

그래서 내가 향한 곳이 송화였다. 유독 발길이 뜸했던 곳이었다. 갓 부임한 송화 군수 성낙영은 경성 시절 동지로서 당시 나의 일본어 선생이었다. 그가 장연으로 사람을 보내서 내게 와달라고 청한 것이었다. 친분을 앞세운 청탁이란 늘 고약한 것이지만, 그날만큼은 겸사겸사 좋은 핑계거리가 생긴 셈이었다. 여옥의 집에 들를 계획을 접었다고 해서 일찍 귀가하고 싶어진 것은 아니었다. 마침 안악으로 가는 인편이 있어 추가된 내 일정을 집에 알리고, 나는 아예 송화에서 하룻밤을 묵기로 작정했다.

몇 년 사이에 송화는 너무 많이 변해 있었다. 일본 군대와 경찰이 읍내의 쓸 만한 건물들은 죄다 차지한 상태였다. 어딜 가나 사정은 비슷했지만 그래도 정도의 문제였다. 나는 새삼스레 화가 치밀었다. 집을 나설 때부터 그런 기회가 오기만을 버르고 있었는지도 모른다. 설상가상으로 강연장의 객석 맨 앞줄에 왜놈 장교와 순사들이 진을 치고 앉아 있었다. 내 불쾌한 감정을 키우기에는 금상첨화였다. 광옥이라면 이럴 때 어떻게 할까. 거의 습관이 돼버린 생각이었지만 죽은 친구에게 의지하는 내 마음은 전에 없이 간절했다.

환등회가 시작되었다. 황혼 무렵이어서 햇빛을 가리는 장막 없이도 실내의 밝기는 적당했다. 나는 곧잘 생략하곤 했던 첫 순서를 반드시 치를 생각이었다. 영사막에는 신식 예복으로 멋을 낸 중년 남자의 사진이 실물 크기로 떠올랐다. 내 생명의 은인이었다.

"대한제국의 황제 폐하이십니다. 모두 일어나 고개 숙여 예를 갖추십시오."

긴장한 탓인지 내 목소리에서는 솥바닥 긁는 소리가 났다. '제국'이라는 표현을 입에 담기가 민망해서 그랬는지도 모른다. 고맙게도 청중은 일제히 일어나서 머리를 조아렸다. 바닥에 엎드려 절하는 노인도 있었다. 비록 두 해 전에 물러나기는 했지만 황제는 영원한 황제였다. 조선을 집어삼키려는 일본의 흉계를 폭로하고 국제사회의 도움을 청하고자 밀사를 파견한 황제의 용기는 많은 백성들을 감동시켰다. 그 사건을 빌미 삼아 일본이 황제를 끌어내렸다는 것은 삼척동자도 다 아는 사실이었다.

객석에는 제복의 사내들만 떨떠름한 표정을 짓고 앉아 있었다. 모내기를 덜 끝낸 논처럼 보기 흉했다. 그들이 데려온 통역관은 내 말을 옮기기가 난처한 모양이었다. 나는 성군수에게 통역을 부탁했다. 그의 입장도 난처하기는 마찬가지였지만 왕년의 동지가 하는 부탁을 뿌리칠 수는 없었다. 성군수의 일본어는 유창했고 왜놈들은 앉은 채로 불쾌한 기색을 드러냈다. 나는 등에 식은땀이 흐르는 것을 느꼈다.

내가 괜한 짓을 벌이고 있나. 저들을 일으켜세우지 못하면 나만 우스운 꼴이 되고 말 텐데. 왜놈들이 내 말에 순순히 따르리라고 예상한 것은 아니었지만 막상 벽에 부딪치고 보니 별수 없이 막막하기만 했다. 나는 왜 늘 이 모양인가. 나이를 먹어도 인간이 왜 변하지를 않나. 대책 없이 저질러놓고 쩔쩔매는 꼴이 지겹지도 않은가. 마냥 자책에 빠져 있을 만큼 한가로운 상황이 아니었다. 나는 주먹을 꽉 쥐고 스스로를 독려했다. 기선을 제압하지 못하면 그것으로 끝이야. 싸움에는 다음이 없다.

나는 눈을 부릅뜨고 왜놈들을 노려보며 묘수가 떠오르기를 기다렸다. 그것은 한마디 말 이외의 다른 것일 수 없었다. 무슨 말을 해야 하나. 광옥이라면 이럴 때 뭐라고 말할까. 죽은 친구는 말이 없고 나는 정작 중요한 순간에 아무것도 흉내낼 수 없었다. 고개를 든 청중이 술렁이며 하나 둘 자리에 앉기 시작했다. 오, 하느님……

"가이사의 것은 가이사에게."

내 입에서 불쑥 튀어나온 말이었다. 순간 실내의 모든 소리가 끊기고 움직임이 멈춘 느낌이었다. 누가 옆구리를 찔러서 돌아보니 성군수였다.

"가이사? 로마 황제 말인가?"

그것도 통역을 해야 하냐는 투였다. 나는 움켜쥐고 있던 주먹을 펴고 두 손을 앞으로 뻗으며 다시 입을 열었다. 내 목소리는 부드러우면서도 근엄했다.

"그대들은 귀국을 대표하는 정예 무사들임을 잘 알고 있소."

성군수는 즉시 통역했다. ……세이에이 사무라이…… '무사'를 '부시'라고 직역하지 않고 '사무라이'라는 표현을 쓴 것이 좋았다. 일본 군경들의 얼굴에는 어떤 표정을 지어야 할지 모르겠다는 표정들이 역력했다. 나는 나대로 무슨 말을 이어가야 할지 난감했다.

"모두 일어나 황제 폐하께 합당한 예를 갖추시오."

안타깝게도 내가 할 수 있는 말은 그것밖에 없었다. 덩달아 같은 말을 반복해야 하는 성군수가 딱해 보였고 객석 또한 실망의 빛으로 가득했다. 어둑어둑해서 사람들의 표정을 제대로 살피기는 어려웠지만 소리만으로도 그런 분위기를 느끼기에 충분했다. 성군수는 그게 다냐는 표정으로 머뭇거리다가 더듬더듬 통역을 마쳤다. 이 정도 간단한 말이면 직접 할 것이지 뭐 하러 통역은 맡겨가지고 나까지 실없는 사람으로 만드냐. 그런 불만이 느껴지는 목소리였다. 나는 환등회고 뭐고 다 때려치우고 싶은 심정이었다.

이 소문이 퍼지고 나면 와달라는 데도 없겠지. 아침부터 두 여자가 쌍으로 속을 긁어댔으니 누구 말마따나 밖에서 일이 잘될 턱이 있나. 아니야, 차라리 잘된 일인지도 모른다. 어차피 내 일도 아닌 것을. 돈이 나오는 것도 아니고 쌀이 나오는 것도 아닌데 뭐 하러 죽자살자 뛰어다녔누. 이제 그만둘 때도 됐지. 이게 하느님의 뜻인 거다. 가이사의 것은 가이사에게. 그래, 황제의 것은 황제에게, 친구의 몫은 가버린 친구에게 넘기고 이제 나도 정말 내 인생을 살아야 하지 않나.

그런 생각들이 순식간에 내 머리를 훑고 지나갔다. 그와 동시에 눈앞에서는 뜻밖의 광경이 펼쳐지고 있었다. 일본군 장교 한 명이 일어서는 것을 보면서 나는 솔직히 왜 저러나 싶었다. 누가 좀 말려줬으면 싶을 만큼 꺼림칙한 기분이었다. 옆에서 성군수는 들뜬 목소리로 속삭였다.

"헌병대장 요다 신조일세."

요다는 거수경례를 할 듯하더니 모자 쥔 손을 가슴에 얹고 정중한 자세로 머리를 숙였다. 그러자 좌우에 도열한 장교와 순사들이 앞 다투어 일어나 그를 따라 했다. 아, 그것은 볼 만한 장면이었다. 우두머리의 위용이란 저런 것이구나. 속 편하게 지켜보는 입장이었다면 내 입에서 탄성이 흘러나왔을지도 모른다. 청중들도 내심 감탄하고 있을 것이었다. 꺼림칙한 내 기분의 정체가 밝혀진 셈이었다.

요다는 온화한 미소를 지으며 나를 지그시 바라보고 앉아 있었다. 이것이 강자의 아량이다, 곤경에 빠진 상대를 배려할 줄 아는 사무라이의 기품이다, 그런 전언을 담고 있는 듯한 눈빛이었다. 그것은 어떤 신호와도 같이 내 마음을 움직였다. 여기서 밀리면 안 돼. 지금 물러서면 너는 평생 뒷걸음질치며 살게 될 것이다. 원하든 원치 않든 뭔가 회복할 때가 되었음을 인정하라고 재촉하는 내 안의 소리가 들려왔다. 나는 요다의 시선을 피하지 않고 맞받아쳤다. 웃기지 마라. 싸우는 자에게 관용이 웬말이냐. 너는 승리감에 취해 있을 뿐이다. 너의 기습은 훌륭했다. 하지만 싸움은 끝나지 않았어. 아직 시작도 안했으니까.

나는 환등기를 끄고 벽에 매달린 등잔마다 불을 밝힐 것을 주문했다. 성군수는 의아해하면서도 내가 하자는 대로 놔두었다. 등잔불이 하나 둘 켜지는 동안 나는 새로운 주제의 강연 내용을 다듬었다. 구체적인 사례로 들 만한 게 뭐가 있을까. 나는 서명의숙에 재직할 때 인근 마을에서 왜놈 병사들이 닭과 계란을 약탈한 사건을 기억해냈다. 또 뭐가 있을까. 너무나 많다는 생각말고는 잘 떠오르지 않았다. 하다 보면 생각나겠지. 궁하면 임진왜란 때 얘기라도…… 아무튼 늘 하던 교육 타령을 앵무새처럼 되풀이하고 싶지는 않았다. '조선의 인민들은 왜 일본에 등 돌리게 되었는가.' 새로 정한 내 강연의 주제였다.

"여러분, 왜국이 로서아와 전쟁을 벌일 때만 해도 왜인들에 대한 우리의 감정이 지금처럼 험악하지는 않았습니다."

밑도 끝도 없이 시작된 내 연설은 일단 청중의 이목을 끄는 데 성공했다. 나는 말을 멈추고 기다렸다. 성군수는 객석과 나를 번갈아 보며 쉽사리 입을 열지 못했다. 통역관은 홀가분한 모습으로 앉아 있었다. 성군수가 눈빛으로 내게 물었다. 말려도 계속할 거지? 나는 미소지었다. 성군수의 눈이 살짝 감겼다 떠졌다. 목소리를 가

다듬기 위한 그의 헛기침 소리를 들으며 나는 다음 문장을 준비했다. 저 을사년의 늑약 이후로 왜국은 우리의 돌이킬 수 없는 적이 되고 말았습니다…… 너무 약했다. 더 거칠고 사나운 말이 필요했다. 상대의 속을 뒤집어놓을 수 있는. 저 흐트러짐 없는 자세를 무너뜨릴 수 있는. 그래서 저 여유로운 표정이 흉하게 일그러지며 고래고래 소리 질러 나를 욕할 수 있게. 마침내 내 몸이 저들의 손에 붙잡혀 질질 끌려나갈 수 있게……

"……와레와레노 간죠가 이마노요우니……"

가장 중요한 표현을 남겨놓고 성군수가 숨을 고르는 사이, 강당 문이 드르륵 열리며 군복 차림의 사내가 뛰어들어왔다. 그는 황급히 요다에게 달려가 귓속말을 전했다.

"나니?"

처음 듣는 요다의 목소리가 경악에 찬 표정과 함께 터져나왔다. 그의 지시를 받은 부하들은 객석을 향해 일제히 소리쳤다.

"가이상! 가이상!"

왜 해산해야 하는지 영문도 모르는 청중은 우리 밖으로 내몰리는 양떼처럼 허둥지둥 강연장에서 쫓겨났다. 강당에 남은 조선인은 성군수와 나, 그리고 내 덕에 편히 앉아 쉬고 있던 통역관뿐이었다. 나는 이미 두 명의 순사에 의해 팔 하나씩을 붙들린 상태였다. 바라던 바였으나 까닭을 몰랐기에 태연한 척하기가 쉽지 않았다. 성군수마저 내보낸 요다는 통역관을 거느리고 내게로 다가왔다. 어느새 그는 침착한 모습으로 돌아와 있었다. 요다의 말을 옮기는 통역관의 어조는 침통했다.

"이토 히로부미 각하께서 서거하셨다."

통역을 듣기 전에 이미 알아들은 나는 아무 반응도 보이지 않으려고 애썼다. 요다가 전령에게 뭔가 확인하는 틈을 타서 낮은 소리로 통역관을 꾸짖었을 뿐이었다.

"내가 네 동무냐?"

무슨 말인지 몰라 당황하던 통역관은 뒤늦게 얼굴을 붉혔다. 나는 방금 접한 소식이 안겨준 작지 않은 충격 속에서 생각의 갈피를 잡기에 바빴다. 이 죽음은 또 무엇인가. 앞으로 이 나라는, 또 내 인생은 어떤 변화에 휘말리게 될 것인가. 당장 이토 같은 거물의 죽음이 나와 무슨 관계가 있다고 이러는 것일까. 보아하니 그 노인네가 곱게 죽은 것이 아님은 분명했다. 그렇다면……

다시 나를 향해 돌아선 요다는 견뎌내기 벅찬 눈빛으로 나를 쏘아봤다. 그런 뒤에 그가 던진 짧은 질문을 나는 잘 알아들을 수 없었다. 누구를 아냐고? 의문에 찬 내 속을 뒤흔든 것은 이어서 들려온 통역관의 조심스러운 목소리였다.

"그러니까 우리말로는…… 안응칠이라는 자를…… 그분을 아시냐고 묻습니다."

응칠은 잊고 산 지 오래된 고향 후배 중근의 다른 이름이었다.

증오

안중근이 뤼순 감옥에서 교수형을 당한 것은 이듬해 3월이었다. 내가 해주 감옥에서 풀려난 지 석 달 만이었다. 십 년 만에 다시 들어간 감옥은 여전히 춥고 더러웠지만, 그 안에서 보낸 한 달 동안 나는 힘들거나 불쾌하지 않았다. 연루되고 싶었으니까. 연루 혐의로 나를 잡아 가둔 자들에게 절이라도 하고 싶었으니까.

중근을 마지막으로 본 게 언제냐는 질문을 받을 때마다 나는 거짓말을 하고 싶었다. 거사 전날 우리는 함께 하얼빈 역을 답사하던 중 저격 위치를 놓고 심한 말다툼을 벌였지. 또는, 한 달 전 권총을 건네주기 위해 만났을 때 안동지는 부모님을 부탁한다며 눈물을 글썽였어…… 하도 오래돼서 기억이 안 난다는 내 대답은 내가 생각해도 한심하기 짝이 없었다. 나는 취조관에게 매달려 빌고 싶었다. 원하는 답을 가르쳐다오. 고문은 언제 할 거냐. 하는 시늉만 해도 술술 불어주마.

고문은커녕 내 진술은 의심조차 받지 않았다. 담당검사가 분노한 것은 아무나 잡아들이는 일선 경찰의 무능함 때문이었다. 나는 그토록 미미한 존재였다. 굳이 엮어 넣으려고 애쓸 필요가 없는. 가버린 세월과 함께 나는 그런 존재가 되어 있었다. 지난날 이름을 날렸을 때 나는 얼마나 위험한 존재였던가. 놈들이 내가 한 일을 그새 다 잊어버렸나. 그게 아니면 내가 누구인지 몰라서 이러겠지. 그래서 이름을 괜히 고쳤다고 후회하기도 했다. 그래봤자 겨우 미우라를 죽이겠다던 내가, 미우라는 죽이지도 못한 내가, 이토를 죽일 생각은 꿈에도 해보지 못한 내가……

내가 잊고 사는 동안 중근은 감히 쳐다볼 수 없는 거목으로 자라 있었다. 혹은 이토의 심장에 총탄을 박아넣는 순간 녀석은 거인이 되어버렸다. 절친했던 후배의 근황을 초면의 외국인에게 듣고 난 뒤로 줄기차게 나를 따라다닌 느낌은 그런 것이었다. 그에 비하면 이토가 죽었다는 충격이나 중근이 죽게 되었다는 안타까움은 아무것도 아니었다.

그날 왜 그 집을 찾아가지 않았을까. 출감한 뒤로는 하루에도 몇 번씩 오래전 하루를 떠올리며 생각에 잠기곤 했다. 경성을 떠나 텃골로 돌아오던 날 고선생 대신 안진사 댁을 방문했어야 하지 않았을까. 아니면 스승과의 허무한 논쟁으로 황량해진 마음을 추스르기 위해서라도 귀가를 미뤘어야지. 꼭 그날이 아니더라도, 생각이 통하는 사람들과 교류하며 지냈어야 했는데. 그때 중근을 만났다면, 그래서 우리가 회포를 풀고 동지로서 만남을 지속했다면, 내 인생이 요 모양 요 꼴로 쪼그라들지는 않았을 텐데. 그것은 만주와 연해주를 넘나들며 말 타고 총 쏘는 삶에 대한 때늦은 동경과 회한이었다. 어쩌면 이토를 응징하는 역사적 책무가 내 몫이 될 수도 있지 않았으려나.

나를 헛된 몽상에서 깨어나게 한 것은 중근의 죽음이었다. 죽을 줄 몰랐던 것은 아니었지만, 어떤 경우에도 죽음은 뜻밖의 일로 다가와 살아 있는 사람의 속을 뒤집어놓는다. 그날 왜 그 집을 찾아가지 않았을까. 속이 뒤집히고서야 정신을 차린 나는 비로소 같은 것에 대해 제대로 된 후회를 하기 시작했다.

왜 차일피일 미루기만 하다가 끝내 잊고 사는 어리석음을 범하고 말았을까. 생전에 한번이라도 더 볼 수 있었다면 좋았을 것을. 조금이라도 더 나이 든 네 모습을 떠올릴 수 있다면 참 좋을 텐데. 한때는 나도 목숨을 우습게 여기는 듯 행세한 적이 있다만, 죽음을 무릅쓴 너의 결행은 내 철없던 만용과는 사뭇 다른 것이 아니었겠느냐. 하지만 너 역시, 각오한 죽음과 임박한 죽음의 까마득한 차이를 피할 수는 없었겠지. 그 사이에서 얼마나 흔들렸을지 나도 반쯤은 짐작할 수 있지 않겠느냐. 아, 적을 죽이고 너는 살아야지 네가 죽은 마당에 적이 죽어 자빠진들 무슨 기쁨이 있을까. 그렇게 천국이 보고 싶더냐. 예수는 너 혼자 믿는다던? 이 나쁜 놈아!

나의 맹렬한 증오는 죽은 이토를 향한 것이었다. 살아 있는 그에게 느꼈던 막연한 적대감은 호감이었다고 해도 좋을 만큼 나는 거센 분노에 사로잡혀 있었다. 이토가 죽기 전에 남긴 말은 무엇이었던가. 어리석은 놈…… 무슨 뜻이었을까. 그냥 둬도 얼마 못 살 늙은이를 뭐 하러 죽이냐는 비아냥이었을까. 아니면 자기만큼 조선을 신사적으로 대할 자가 또 있을 것 같냐는 으름장? 무슨 생각으로 지껄였든 그것은 개소리가 아닐 수 없다. 죽는 순간까지도 내려놓지 못한 교만의 찌꺼기일 뿐이다. 이토 네가 이 땅의 의로운 청년을 어리석은 놈이라 칭했더냐. 오냐, 그렇다면 나는 네놈을 이렇게 불러주마. 물귀신 같은 놈.

이토는 물귀신처럼 중근을 죽음으로 이끌었다. 앞길이 창창한 젊은이의 발목을 잡아당겨 올가미에 걸린 그의 목을 졸랐다. 앞으로 또 얼마나 많은 이토 히로부미와 안중근이 생겨날 것인가. 내가 이토와 그의 나라에 대한 증오를 참을 수 없었던 까닭은 그것이었다. 살의를 부추긴다는 것. 말하자면 나의 증오는 상대가 증오를 유발한다는 것에 대한 증오였다. 증오의 피를 빨아먹고 사는 죽음의 귀신에 대한.

누군가를 죽이고 싶은 사람은 자신도 죽고 싶어함으로써 죄책감을 덜어내려 한다. 이토의 나라가 중근의 조국에서 물러가지 않는 한, 적대적 동반자살이라고나 할 수 있을 그 기이한 죽음의 행렬은 멈추지 않을 것이다. 그것은 불길하지만 피할 수 없는 예감이었다.

아류

안악으로 돌아온 나는 강연 일정을 모두 취소하고 집과 학교만을 오가며 살았다. 조그마한 학교 안에서노 할 일은 많았다. 나는 곧 교장이 되었다. 수입에는 별 차이가 없었지만 아내는 뛸 듯이 기뻐했다. 어머니는 대수롭지 않다는 반응이었다.

나의 환등기는 새로운 주인이 나타나기를 기다리다 그만 불에 타서 수명이 다하고 말았다. 학교 창고에 불이 나자 마을 사람들은 귀신의 장난이라고 주장했다. 마을에서 가장 오래된 나무를 베어 땔감으로 쓴 데 대한 저주라는 것이었다. 근거는 불이 나던 밤 학교 주변에서 목격되었다는 도깨비불이었다. 학교 뒷산은 마을의 공동묘지였다.

두번째 화재가 일어나자 사람들은 나무의 신령을 달래는 제사를 지내야 한다고 입을 모았다. 나는 세번째 화재가 곧 있을 것으로 예상하고 밤마다 동료 교사들과 함께 숨어서 기다렸다. 붙잡힌 방화범은 얼마 전 문을 닫은 동네 서당의 훈장이었다. 가르치던 학생들이 모두 신학문을 배우겠다고 학교로 옮겨가는 바람에 먹고살 길이 막막해졌다는 것이었다. 홧김에 불을 질렀는데 생각처럼 잘 안 타서 오기로 재차 삼차 반복하게 되었다며 울먹이는 그에게 나는 아무 말도 하지 못했다. 나는 신고하지 않았고 그는 조용히 마을을 떠났다.

그 일말고는 대체로 무사한 날들이었다. 아이들과 함께 지내는 시간이 내게는 그대로 보약이었다. 아무리 힘 안 들이고 치러낸 감옥살이였다 해도 감옥이 집과 같을 수는 없는 노릇이어서 내 몸은 적잖이 망가져 있었다. 좁은 학교 마당에서 요리조리 몰려다니며 노는 아이들의 해맑은 모습을 보고 있노라면, 그애들이 커서 나 같은 어른이 된다는 게 있을 수 없는 일로 여겨지곤 했다. 내가 저 아이들에게 무엇을 가르칠 수 있을까. 차라리 어른들로부터 하나라도 더 배우지 못하도록 막는 데 힘쓰는 게 옳지 않을까. 나를 닮지 않는 것이 내 아이의 유일한 희망이라는 생각은 너무 가혹했다. 자식을 위해 그런 소원을 놓고 기도해야 하는 아비의 인생은 얼마나 처참한가. 그 무렵 아내는 임신 중이었다.

학교에 가면 아이들이 마당에서 뛰놀고, 집에 돌아오면 어린 생명이 엄마 뱃속에서 꼬물대고…… 망해가는 나라의 백성도 어떻게든 살아야 하므로, 나라가 망한다고 온 백성이 따라 죽을 수는 없으므로, 나는 묵묵히 내 일을 하는 자세를 익혀야 한다고 다짐했다. 나라가 망한 뒤에도 살아갈 날들을 준비하기 위해. 망한 나라에서도 계속 자라고 태어날 아이들의 미래를 위해. 아무도 미워하지 말자. 나를 너무 싫어하지 말자. 내 가슴속에 들어찬 증오를 씻어내고 내 머릿속에 어질러진 상념을 떨쳐내기 위해서는 신앙의 힘이 필요했다. 그러나 기도는 번번이 저주로 흘렀고 묵상은 언제나 잡념으로 들끓었다. 겉으로는 평온했던 나의 일상은 견디기 힘든 혼자만의 고역이었다.

잠잠하던 마을에 다시 소동이 벌어진 것은 어느 겨울날, 뤼순에서 건너온 풍문들이 만취하고픈 술꾼들의 심회를 북돋아주던 그 어수선한 겨울의 어느 날이었다. 중근의 고향인 신천은 말할 것도 없고 아마 황해도 전체가 들뜬 듯 가라앉은 듯 뒤숭숭한 분위기였으리라. 영웅을 배출했다는 긍지, 그 아끼운 인물을 잃게 되었다는 슬픔, 그를 죽이려는 적들에 대한 분노, 혹시 당할지도 모를 보복에 대한 두려움…… 희망과 공포와 불안과 기대와 부러움과 부끄러움과 허무…… 인간에게 허용된 거의 모든 감정들이 터지고 숨고 부딪치고 섞이며 자아내는 뜨겁고도 서늘한 분위기. 이토는 확실히 거물이었다.

그날 저녁 나는 교육총회 회장 노백린과 함께 술을 마시고 있었다. 그 친구가 자꾸 꺼내는 하얼빈과 뤼순 얘기를 말없이 듣고 앉아 있었다.

"참, 안군 어머니가 항소하지 말라고 했다는 얘기 들었어? 목숨을 구걸하지 말고 당당하게 죽어라…… 참 대단한 분이라는 생각도 들고, 한편으론 좀 무섭지 않아? 자식보고 빨리 죽으라고 할 수 있는 어머니가 또 있겠냐고. 안 그래?"

나는 언젠가 함께 바다에 빠져 죽자며 내 손을 잡아끌던 어머니의 모습을 떠올렸다. 중근의 어머니도 죽고 싶은 심정이겠지. 자식을 잃는 슬픔이라면 나도 조금은 알고 있었기에 동의를 구하는 친구에게 술이나 따라줄 수 있을 뿐이었다.

"자, 마셔. 마시고 취하세."

그때 우리의 취기를 앗아가는 두어 발의 총성이 울렸다. 주막 안이 발칵 뒤집어지며 손님들이 우르르 몰려나갔다. 그 선두에 노백린이 섰고, 나는 자리에서 일어나기만 한 채 총소리가 난 방향을 가늠해보고 있었다. 나도 놀라지 않은 것은 아니었지만, 나의 놀람은 금세 어떤 기대로 바뀌어 차분히 기다리자고 나를 붙드는 것이었다. 그저 차분할 수만은 없는 기다림 속에서 나는 깨달았다. 진작부터 그런 순간이 오기를, 답답한 내 일상을 뒤흔들어줄 어떤 사건이 일어나기를 기다리고 있었다는 것을. 고함소리와 함께 몇 발의 총성이 더 들려왔다. 나는 권총을 발사하는 중근의 모습을 떠올리려 해보았지만 서른 살이 된 그의 얼굴을 그려낼 수 없었다. 잠시 후 단총 한 자루를 든 백린이 주막 안으로 들어섰다. 총의 임자로 보이는 청년과 함께였다.

청년의 이름은 이재명이었다. 나이는 스무 살. 하와이로 이민 갔다가 돌아온 교포였다. 돌아온 까닭을 물었더니 이군은 한숨을 푹 쉬며 말했다.

"이토 그놈을 내 손으로 죽였어야 했습니다."

안창호가 말려서 주저하는 사이에 안중근이 선수를 쳤다는 것이었다. 나는 안창호가 잘한 것인지 잘못한 것인지 혼란스러웠다. 중근을 생각하면 솔직히 왜 말렸나 싶다가도, 누가 말린다고 주저할 정도면 말리기를 잘했다는 생각이 들기도 했다. 애꿎은 동네에서 매국노를 모두 쏴 죽이겠다고 허공에 총질을 해대며 날뛰는 스무 살 청년이라…… 내가 보기에 그는 중근의 거사에 굉장한 자극을 받고 흥분한 상태였다. 그 나이의 나를 연상할 수밖에 없게 만드는 엉뚱하고 위태로운…… 나는 민망해서 아무 말도 해줄 수가 없었다. 이군은 실제로 매국노들을 처단할 계획이라고 밝혔다. 그를 진정시켜 데리고 온 백린이 보기에도 이군은 격변기가 낳은 설익은 열혈남아의 전형이었디.

"자네의 용기와 애국심은 대단하네만, 섣불리 덤벼들 일이 아닐세. 그렇게 큰 뜻을 품은 사람이 이리 경솔하게 소동을 일으켜 자신을 드러내면 쓰나. 심신의 수양을 좀더 쌓으면서 차분히 도모하는 게 좋겠어. 준비가 될 때까지 이 총은 내가 맡아둠세."

백린의 말은 내 생각과 정확히 일치했다. 이군은 마지못해 그러겠다고 약속했다.

한 달 후, 경성 중심가의 성당 앞에서 이완용이 칼에 찔려 중태에 빠졌다는 기사가 신문에 실렸다. 현장에서 체포된 범인은 군밤 장수로 위장한 이재명이었다. 이완용은 결국 목숨을 건졌고 이군의 사형은 중근보다 먼저 집행되었다. 백린과 나는 후회막급이었다.

"이럴 줄 알았으면 총을 빼앗지 않는 건데 그랬어. 안 그래?"

"그러게 말이야. 아무래도 총이 칼보다…… 잘하면 안 잡힐 수도 있고……"

"이군만 죽었으니 이거 억울해서 어디……"

둘 다 말을 맺을 힘이 없었다. 억울해서…… 억울해서…… 친구의 말을 속으로 되씹으며 나는 왠지 우습다는 생각이 들었다. 뭐가 억울한가. 난 이렇게 멀쩡히 살아 있는데. 살아서 죽은 이들을 핑계 삼아 술도 마시고, 팔자가 늘어졌는데 억울할 게 뭔가. 나는 너무 일찍 멈춰버린 이군의 나이를 생각했다. 그맘때의 나와 그를 비교한다는 것은 이제 어불성설이 아닐 수 없었다. 그는 죽고 나는 살았으니까. 이군만 죽었으니 이거 억울해서 어디…… 친구의 말이 비로소 내 가슴을 파고들었다.

"이완용이 거물은 거물이야. 안 그래?"

뜬금없는 내 말에 숨은 뜻을 알 리 없는 친구는 대꾸할 말을 찾지 못하고 잔을 들었다. 나는 내 잔을 단숨에 비우고 내려놓으며 또 말했다.

"살아 있다는 건 참 좋은 일이지. 안 그래?"

친구의 동의를 기다리지 않고 나는 계속 말했다.

"개똥밭에 굴러도 난 이승이 좋다 이거야. 그런데 이 시대는 말일세, 우리가 사는 이 빌어먹을 시대는 살아 있는 것들을 모두 가짜로 만들어버리거든. 안 그래?"

제 말투를 흉내내는 친구가 귀여워서인지 백린은 그리 심각하게 듣고 있지 않는 느낌이었다. 나는 다행이라 생각하며 계속 말했다.

"죽기 전에는 살아도 사는 게 아니라니. 이거 참 돼먹지 않은 세상 아닌가. 아주 고약한 시대란 말이지. 억울해서 어디 살겠냐고. 안 그래?"

백린은 씁쓸한 표정으로 고개를 끄덕였다. 나는 무슨 말이든 자꾸 지껄이고 싶었지만, 향후 십 년 동안 할 말을 다 쏟아낸 기분이었다.

거물

안중근과 이재명과 나. 그 셋을 둘로 나눈다면 외톨이가 되는 자는 누구인가. 다른 두 명을 모두 알고 지낸 유일한 사람은 누구인가. 나와 그들 사이를 가르고 지나가는 줄은 생과 사의 경계선이었다. 생면부지의 두 사람은 죽어서 한편이 되었고, 나는 혼자 살아남아 그들의 아류가 되었다. 아류가 먼저 나올 수도 있다는 희귀한 사레의 원조가 되었다.

내가 스무 살 먹은 애송이에게도 못 미치는 떨거지로 전락해버린 까닭은 무엇인가. 죽음이 나를 외면하고 지나가버린 까닭은 무엇인가. 십여 년 전에 사람들은 내가 누린 엄청난 행운에 대해 떠들었다. 사람 잘 만난 복, 임금의 넘치는 은혜, 손목까지 뻗쳐 있는 굵은 생명선…… 몇 해 지나지 않아 그들은 내가 겪은 죽음의 위기마저도 망각했다. 내 이름과 함께. 나는 죽지 않았으므로 잊혀졌다. 거물이 아니었기에.

거물…… 스무 살에 나는 거물이 되기를 원했던가. 나도 모르게 그런 야욕을 품었다 할지라도, 나는 거물이 되기 위한 중요한 조건 한 가지를 모르고 있었다. 거물을 상대하지 않고는 거물이 될 수 없다는 것. 그래서 누구는 이토를 죽이고 누구는 이완용의 배를 찔렀는가. 죽음으로써 잊혀지지 않기 위해? 불멸의 거대한 이름을 남기기 위해?

그들이 거물을 꿈꾸었는지는 알 도리가 없다. 아마도 그렇게 허황된 보상을 바라고 죽음을 택하지는 않았을 것이다. 다만 원치 않아도 피할 수 없는 길이 있을 뿐. 나를 피해갔으므로 나는 알 수 없는 그들만의 행로가 있을 뿐이다.

인생에는 단 한 번뿐인 것들이 있다고 했다. 그중의 하나가 죽음이라는 것을 모를 사람이 누가 있겠는가. 그러나 그 단 한 번의 죽음이 오기 전까지 또 얼마나 많은 죽음들이 다가와서는 간발의 차로 비켜 지나가는 것인가. 그때마다 모양을 바꾸는 죽음의 그림자들. 비슷해 보일 수는 있어도 같을 수는 없는 생사의 갈림길들. 같은 죽음이 다시 찾아오는 것은 같은 사랑을 두 번 하는 것처럼 불가능하다. 나는 내가 어떻게 죽을지 알 도리가 없고, 다만 어떤 꼴로 죽지는 않을 거라고 짐작할 수 있을 따름이었다.

명암

1910년 여름, 중근이 죽고 나서 반년도 채 지나지 않아 껍데기만 남아 있던 대한제국은 완전히 망했다. 나는 차라리 후련했던가. 후련했다면 나는 후련하게 슬펐다. 슬픔으로 후련해지고 싶었다. 죽을 날만 기다리던 아버지가 기어코 죽었을 때처럼.

뻔한 죽음이 슬픔을 불러일으키는 까닭은 무엇인가. 덤덤하고자 하면 덤덤할 수 있는 마음의 실상을 감춰야 하므로. 그래서 서럽고자 하면 못 견디게 서러워 눈물을 펑펑 쏟을 수 있는 것 또한 본심이기에. 망국의 설움이 육친을 잃은 슬픔과 같을 수는 없는 노릇이어서, 나는 울지 않고 혼자 조용히 조국을 여의었다. 여름이 가기 전에 둘째딸이 태어났고, 아내와 나는 얼른 아기의 이름을 지어 불렀다. 될 화(化)에 경사 경(慶), 하느님의 기쁨이 되라는 뜻이었다.

"화경이가 제 언니를 빼닮았어요."

아내는 하루에도 몇 번씩 그 말을 했다.

"갓난아기야 다 비슷하지 뭐."

“안 그래요. 봐요, 요 눈매하며 도톰한 입술도 그렇고……”

나는 첫애 얼굴이 잘 기억나지 않았다.

“어쩜 코도 언니처럼 아빠를 닮아서 이렇게……”

뭉툭하냐는 말일 터였다. 아내는 빙긋이 웃으며 말을 이었다.

“복스럽게 생겼을까. 큰애가 살아 있으면 쌍둥이라고 해도 믿겠네.”

나는 아내가 어이없기도 하고 귀엽기도 하고, 그 마음 한켠을 엿본 것 같아 착잡하기도 했다.

“살다살다 네 살 터울 쌍둥이가 있다는 소리는 처음 듣네.”

나는 짐짓 쾌활한 목소리를 꾸며냈다. 내 말은 듣는 둥 마는 둥 아내는 화경의 조막만한 얼굴을 요리조리 뜯어보느라 정신이 없었다.

그날 밤 꿈에서 아버지를 봤다. 아버지는 물가에 앉아 피 묻은 칼을 씻고 있었다. 어디서 난 칼이냐고 물었더니 고향 집 뒤란에 파묻어둔 일본도라고 했다. 칼은 뭐 하러 씻냐고 또 물었더니 아버지는 말없이 웃기만 했다. 나는 까닭 없이 눈물이 났다.

모의

죽은 아버지는 다시 돌아올 수 없어도 빼앗긴 나라는 되찾을 수 있는 게 아닌가. 이유는 알 수 없지만 화경의 탄생은 내게 그런 희

망을 안겨주었다. 그것도 아주 빨리, 그해가 다 가기 전에 국권이
회복될 것만 같은 근거 없는 낙관이었다. 잠시 악몽을 꾸다가 깨
어나면 포근한 이불 속에 누워 있는 자신을 발견하고 안도하게 되
듯이, 이 치욕적인 상황은 결코 오래가지 않으리라. 일시적인 착
오가 생겼을 뿐 곧 제자리로 돌아오게 되리라. 적어도 새해가 밝
기 전에는……

　나만 그런 게 아니었다. 그 무렵 일제히 애를 낳은 것도 아닐 텐
데 수많은 인사들이 금세 좌절을 딛고 일어나 새로운 희망에 매달
렸다. 아직 실감을 못해서, 정확히 무슨 일을 당한 것인지 몰라서
그랬을까. 우리는 하루아침에 바뀌어버린 국적을 하루라도 빨리
되돌려놓기 위해 활발히 움직이기 시작했다. 마치 조국이 망하기
만을 기다리고 있던 사람들처럼.

　활동의 기반은 신민회(新民會)였다. 안창호, 양기탁, 유동열, 이
동녕, 이승훈…… 나만 빼면 그야말로 기라성 같은 면면으로 구성
된 정예 조직이었다. 미국에서 돌아온 안창호는 나처럼 하얼빈 사
건에 연루되어 석 달 동안 옥고를 치렀다. 나보다 세 배는 더 중요
한 인물이라는 증거였다. 그는 만주에 무관학교를 세우고 독립군
기지를 건설할 목적으로 유동열 등과 함께 압록강을 건넜다. 그들
을 지원하는 국내 활동의 중심은 경성의 양기탁이었다.

　우리는 양기탁의 집에서 비밀 모임을 갖고 몇 가지 중요한 사항
들을 결의했다. 첫째, 만주의 무장투쟁을 지원하기 위해 대대적인
이민 계획을 수립하고 조속히 실행에 옮긴다. 둘째, 경성 대표 양

기탁은 이십만 원, 각 도의 대표들은 십오만 원씩의 자금을 조달한다. 셋째, 사전 준비와 군자금 전달은 만주에 파견될 이동녕에게 일임한다…… 그중에는 일본의 총독부에 대응하는 도독부를 경성에 설치하고 전국을 통치한다는 호기로운 결정도 있었다.

나는 거금을 모아야 하는 숙제를 짊어지고 안악으로 돌아왔다. 며칠 안 보는 사이에 화경은 몰라보게 자라 있었다. 눈에 넣어도 안 아프겠다는 말을 나는 처음으로 이해했다. 아내는 내가 경성에 있는 동안 여러 번 다녀간 손님이 있었다고 전했다. 중근의 사촌 동생 안명근이었다.

명근은 며칠 뒤에 학교로 다시 나를 찾아왔다. 중근의 피붙이를 만난 나의 감회는 형언하기 어려운 것이었다. 우리는 교육총회에서 같이 일하기도 했거니와 어렸을 때 중근과 함께 쏘다니며 놀았던 사이였다. 그러나 옛 추억을 안주 삼아 술이나 한잔하고 싶은 마음은 나만의 것이었다. 명근은 심심해서 같이 놀자고 나를 찾아온 것이 아니었다. 독자적으로 독립운동을 벌이기 위해 자금을 구하러 다닌다는 말을 들었을 때, 나는 장터에서 같은 물건을 파는 이웃과 마주친 기분이었다.

"그런데 고향 사람들 반응이 영 신통치가 않은 겁니다."

나는 원래 그런 법이라고 말해주려다 참았다.

"그래서 제가 안악에 사는 부자들을 좀 세게 다그쳐볼 생각입니다. 총을 들이대면 정신들 차리겠지요. 소문이 퍼지면 다른 데서도 일이 수월해지지 않겠습니까. 형님, 도와주십시오."

"그래서 뭘 어쩌겠다는 건데?"

나도 모르게 짜증 섞인 소리가 튀어나왔다.

"그래서 황해도 일대의 부자들에게 돈을 걷어서, 동지들을 모으고 무기를 구해서…… 그다음에 전신 전화를 다 끊어버리는 겁니다. 다 끊고 나서, 모든 군마다 산재한 왜구들을 각 군에서 모조리 사살하라는 명령을 내리고, 그러면……"

"그러면?"

"그러면 적의 지원군이 도착할 때까지 한 닷새 동안은 자유 천지가 될 거 아닙니까. 그다음은 그때 가서…… 설령 거기서 끝난다 해도 일단 분풀이는 원 없이 해볼 수 있는 거 아닙니까."

짜증을 내서 될 일이 아니었다. 나는 명근의 손을 잡고 말했다.

"이보게, 내 자네 심정은 충분히 이해하네. 종형의 원수를 갚고 싶은 마음을 내가 왜 모르겠나. 피가 끓어오르겠지. 그래, 좋아. 닷새 동안 황해도를 자유 천지로 만든다. 좋지. 헌데 그러려면 얼마나 많은 인원이 필요할지 생각해봤나? 돈보다도, 동지는 몇 사람이나 확보했지?"

"제 동지만 해도 몇십 명은 될 겁니다. 게다가 형님이 도와주시면 사람 모으는 건 일도 아닐 줄 압니다."

며칠 동안 내게 만주 이민의 뜻을 밝힌 가족이 겨우 한 집이었다. 그것은 어쨌든 살러 가는 길인데도 그랬다. 죽으러 가는 사람들 모으는 게 일도 아니라니. 그의 동지 몇십 명은 아마도 열 배쯤 부풀린 숫자일 터였다. 나는 내가 할 수 있는 최선을 다해 명근을 말렸다. 일에는 다 때가 있다는 식의 진부한 설득도 했고, 죽고 싶어서 환장했냐고 윽박지르기도 했다. 머지않아 크게 한판 붙을 날이 올 것이다, 병사들을 훈련시키고 물자를 비축해야만 승산이 있다, 네 말대로 해가지고는 닷새는커녕 삼일천하도 어렵다, 자유 천지를 만들기도 전에 우리 쪽이 몰살당하기 십상이다……

나는 명근에게 분을 참고 동지들과 함께 만주로 가서 군사 교육부터 받으라고 간곡히 권했다. 명근은 내 뜻이 뭔지 알겠다면서도 자신은 자신의 길을 가겠다며 고집을 꺾지 않았다. 내심 나를 비겁한 방관자로 여기는 눈치였다. 상대의 뜻에 동조하지 않고는 상대를 설득할 수 없다는 모순 앞에서 나는 무력했다. 내게 남은 말은 죽으려고 작정한 사람더러 몸조심하라는 공허한 소리뿐이었다.

몽상

며칠 뒤에 명근은 사리원에서 붙잡혀 경성으로 압송되었다. 몇 명의 연루자들이 신천 등지에서 체포되었다는 소식도 뒤따랐다. 사전에 발각되어 목숨을 건졌으니 다행이라고 해야 하나. 밀고자에게 고마움을 느껴야 하는 현실이 답답해서 나는 혼자 주막으로 갔다. 따지고 보면 우리 신민회의 계획 또한 명근의 것과 다를 게 뭐냐. 술이 한잔 들어가자 내 속은 대답이 필요 없는 물음들로 들끓기 시작했다.

조금 더 멀리 보고 조금 더 크게 벌여봤자 거기서 거기 아니냐. 막강한 적의 위력 앞에서는 그게 그거 아니냐. 놈들은 이미 우리의 움직임을 훤히 들여다보며 일망타진의 기회를 노리고 있는지도 모른다. 힘이 없어 망했는데 비밀을 지킬 힘은 어디서 나겠느냐. 뭐? 전국을 통치한다고? 통치는 고사하고 누구 소원처럼 분풀이나 실컷 해보고 싶어도 그럴 기회가 오겠느냐. 아, 정녕 우리에게 희망은 있는 것이냐.

나는 갑자기 꿈에서 깨어 낯설고 단단한 현실에 내동댕이쳐진 기분이었다. 현실을 잊기 위해 우리는 집단으로 꿈을 꾸고 있는 게 아닌가. 오, 그것이 바로 우리의 희망인가. 잠시 이탈한 몽상가의 대열로 빨리 돌아가기 위해 내가 할 짓은 너무도 자명했다. 나는 쉬지 않고 마시다가 의식을 잃었다.

문제의 1910년은 그렇게 저물어갔다. 몽상에 기대어 현실을 버티며. 어쩌면 그해 겨울 몽상은 나의 유일한 현실이었다. 현실이기에 뜻대로 될 수 없는 신기루와 같은 것. 나는 자금을 구하기 위해 집을 나설 때마다 부자들의 몸조심을 이해해야 한다고 마음을 추슬렀다. 하지만 명근의 울분을 이해하며 돌아설 때가 더 많았다. 그들을 몰래 만난다는 것은 애초에 불가능했다. 그들 몰래 그들을 만날 수는 없기 때문이었다. 만남을 철저히 비밀에 부치려면 아무도 만나지 말아야 한다는 역설 앞에서 나는 차라리 감탄했다. 빼앗긴 지 넉 달 만에 나라를 되찾는 기적은 일어나지 않았다. 그렇게 아무 일 없이 새해는 밝아왔다.

어느 날 배천 군수 전봉훈이 나를 찾아왔다. 왜놈들 밑에서 군수 노릇 못해먹겠다며 그만둘 작정이라고 했다. 안악으로 와서 나와 함께 교육에 힘써보겠다는 그를 말릴 이유는 없었다. 그저 뜻 맞는 사람들끼리 모여 속닥이며 한세상 살면 되는 거 아닐까 싶기도 했다. 전봉훈은 새로운 인생에 대한 기대로 들떠서는 콧노래를 부르며 돌아갔다. 나는 그가 이사 오는 모습을 보지 못했다. 그 전날 나는 헌병대로 연행되었다.

날조

나는 재령을 거쳐 사리원의 헌병대 유치장에 수감되었다. 그곳은 마치 황해도에 사는 요주의인물들의 회합 장소와도 같아 보였다. 신민회 동지들이 거의 다였고 일곱 명의 양산학교 동료들도 포함되어 있었다. 학교 문을 닫게 생겼다는 걱정을 안 할 수가 없었다. 왜 잡혀왔는지 아는 사람은 우리 중에 아무도 없었지만, 몰라서 답답하다는 사람 또한 찾아보기 어려웠다. 우리는 곧 경성으로 이송되었다.

기차가 재령강 철교를 지날 때였다. 호송관의 감시가 느슨해진 틈을 타서 동지 한 명이 강으로 몸을 던졌다. 그가 헤엄을 잘 친다 해도 살아날 가망은 없었다. 강물은 빙판이었다. 나는 그의 죽음을 이해할 수 없었다. 나머지는 모두 무사했다.

나는 용산역에서 이승훈 동지가 체포되는 장면을 목격했고 경성의 구치소에서는 이미 들어와 있던 양기탁 동지와 조우했다. 짐작대로 신민회를 겨냥한 예비 검속임이 분명했다. 올 게 온 것이라고 생각하니 마음이 편했다. 조국의 패망을 수수방관한 죄값이라고 생각하면 더욱 그랬다. 나는 어느 정도 감옥 체질인 것 같았다.

구치소에 수감되자마자 우리는 쉴 틈도 없이 취조실을 드나들기 시작했다. 취조는 통역을 사이에 둔 대화로 진행되었고 가끔은 우리말에 능한 일본 순사가 직접 묻기도 했다. 나는 일본어를 전혀 모르는 사람처럼 굴었다. 그러고 싶기도 했고, 알아들은 질문에 대해서는 통역을 거치는 사이에 생각할 시간을 벌 수 있었다. 첫 문답은 매우 간단하고 무의미했다.

"네가 왜 여기로 왔는지 아나?"

"모른다. 붙잡혔으니 끌려왔을 뿐이다."

대화는 그것으로 끝이었다. 놈들은 내 손발을 묶어서 천장에 매달아놓고 사라졌다. 얼마나 그들이 보고 싶었던가. 내가 받은 고통의 크기를 달리 표현할 말이 없다. 나는 떠나간 애인이 돌아오기를 바라듯 간절한 마음으로 기다렸다. 혹시 날 잊어버린 게 아닐까 생각되면 가슴이 답답하고 오금이 저려서 차라리 다른 고통을 덜어주었다. 제발 돌아와주기만 해다오. 와서 나를 실컷 두들겨 패도 좋으니. 그 아픔으로 매달려 있는 고통을 잠시 잊을 수도 있을 것 같았다.

나는 놈들이 언제 돌아왔는지 알 수 없었다. 정신을 차려보니 취조실 바닥에 누워 있었고 젖은 내 얼굴 위로 또 한 바가지의 찬물이 끼얹어지고 있었다. 그 자리에서 신문은 또 시작되었다.

"안명근과는 어떤 사이지?"

그 질문으로 모든 게 명확해졌다.

"안면이 좀 있는 고향 선후배 사이다."

놈들의 각본은 명근의 탄로난 거사 계획과 신민회 조직을 엮어 보자는 것이었다.

"모의에 가담한 것은 언제냐?"

저항 세력의 싹을 잘라버리겠다는 놈들의 흉계를 과연 물리칠 수 있을까.

"그런 적 없다."

내 몸은 다시 허공에 매달렸다. 아까와는 달리 놈들은 나가지 않고 몽둥이로 나를 후려치기 시작했다. 머리 부위만을 뺀 난타였다. 바라던 바였으니 만족했던가. 너무 기쁜 나머지 그토록 처절한 비명을 질러댔던가. 같은 비명이라도 주리를 틀리면 속으로 기어들고 매타작을 당하면 밖으로 터져나온다는 것을 나는 알았다. 그리고 그냥 매달려만 있는 것이 얼마나 견디기 쉬운 고통인지도 알았다. 이놈들아, 왜 나가지 않는 것이냐. 제발 사라져서 날 잊고 다시는 돌아오지 말아다오. 나는 빨리 또 기절하게 해달라고 기도했다. 기도하는 중에 응답을 받은 것은 처음이었다.

눈을 떠보니 다시 바닥이었다. 몸이 젖지 않은 것으로 보아 물세례를 받고 정신이 든 것은 아니었다. 저절로 깰 때까지 놔둔 놈

들의 배려가 고마워서 눈물이 날 지경이었다. 놈들은 한쪽 구석에
모여 뭔가 심각한 얘기를 나누고 있었다. 작은 창으로 스며드는 새
벽 빛 속에서 그들의 얼굴은 퀭하고 까칠했다. 나는 또 눈물이 나
려 했는데, 이번에는 부끄러움 때문이었다. 저놈들은 상부의 명령
을 받들려고 온 힘을 다하는데 내 꼴은 이게 뭔가. 주어진 일에 매
달려 밤을 새워본 적이 몇 번이나 있던가. 나는 아무리 아프고 힘
들어도 다시는 정신을 놓지 않겠다고 다짐했다.

폭력

기절했다 깨어나기를 몇 번 더 거듭한 뒤에 나는 경무총감부로
이감되었다. 양기탁을 비롯한 지도자급 인사들이 총망라된 행렬이
었다. 그 속에 끼어 걷는 내 마음은 뿌듯했던가. 나도 이제 거물이
되었으니 소원을 이루었다고 기뻐했던가. 진짜 거물들은 간도에
서 만주에서 또는 바다 건너 머나먼 대륙에서 저마다 가야 할 길을
걷고 있었다. 나는 내가 가야 할 길이 무엇인지 알지 못한 채 눈발
흩날리는 진고개를 넘고 있었다. 남산 기슭에 들어앉은 총감부 건
물은 주변의 좋은 경치를 다 망쳐놓는 흉물이었다. 그래도 그 안
에서 벌어지는 살풍경에 비하면 눈감아줄 만한 그림이었다.

총감부의 지하 감옥은 어둡고 축축했다. 기다란 복도 양쪽으로
여남은 개의 감방들이 다닥다닥 붙어 있는 구조였다. 감방은 두 사

람이 눕기에도 비좁았다. 실제로 셋 이상을 모아놓은 방은 없었고 나처럼 혼자 갇힌 이들도 여럿이었다. 우리 같은 경우를 염두에 두고 설계한 흔적이 역력했다. 입장 바꿔 생각하면 납득할 만했다. 사건의 날조를 위해서는 격리가 필수일 터였다. 복도 쪽까지 철창 아닌 벽으로 막은 것도 같은 맥락이었다. 감방 안에서는 다른 감방이 보이지 않았다. 자연스레 우리는 소리에 민감해졌다.

안명근이 같이 있음을 확인한 것도 그의 목소리를 듣고서였다. 귀를 곤두세우지 않고도 쉽게 들을 수 있는 소리이기는 했지만. 명근은 취조를 받고 돌아오는 길인 듯했다. 복도를 쩌렁쩌렁 울리는 그의 목소리에 단잠을 망쳤다고 투덜댄 이들도 한둘이 아니었을 것이다.

"네놈들이 애국지사를 이렇게 대접하고도 무사할 것 같냐!"

그 말만으로는 호통의 주인공이 누구인지 식별할 수 없었다. 목소리만 듣고도 대번에 알 수 있을 만큼 막역한 사이는 아니었다. 나는 그저 어떤 혈기왕성한 동료가 조선인 간수들을 꾸짖는구나 짐작했을 따름이었다.

"여러분, 나 안명근이오!"

그와 함께 있을 거라는 짐작은 누구든 할 수 있는 것이었다.

"나는 내 말만 했소."

명근의 목소리에는 모진 고통과 그것을 이겨낸 긍지가 함께 배어 있었다. 나는 가슴이 아렸다.

"다른 분들과는 절대로 관계가 없다고 했소!"

그러면서 명근은 몇 사람의 이름을 댔는데 맨 앞이 내 이름이었다. 나도 모르게 한숨이 나왔다. 간수가 듣고 보고하면 좋을 게 없다는 생각 탓이었다. 명근에게 보내는 화답과 격려의 소리가 들려왔다. 나는 가만히 있었다. 감방 문이 여닫히는 소리와 함께 명근의 소리는 잦아들었다. 누군가 박수를 치기 시작했다. 보이지 않았으므로 소리는 자유롭게 퍼져나갔다. 간수들은 엄포만 놓을 뿐 모든 감방을 동시에 제압할 수는 없었다. 보이지 않았으므로. 순식간에 지하 감옥은 우렁찬 박수 소리로 가득 찼다. 그것은 내 모든 염려를 잠시 덮어주는 감동의 소리였다. 나는 뒤늦게 소리의 대열에 합류해서 손바닥이 얼얼하도록 박수를 쳤다.

박수 소리에 감옥 문이 활짝 열리는 기적은 일어나지 않았다. 신문은 계속되었다. 염려한 대로 나는 안명근과 신민회를 엮는 핵심 고리가 되어 있었다. 놈들은 더욱 정교해진 각본을 제시하고 나에게 어릿광대가 되어줄 것을 요구했다. 폭력적으로. 나 혼자였다면 기절하는 게 지겨워서라도 각본대로 연루되고 말았을 것이다. 그렇다면 나를 버티게 한 힘은 전체를 위하는 의리, 눈물겨운 동지애였던가. 나는 남들 다 버티는 고통을 혼자 못 이겨냈을 때 받게 될 손가락질이 두려웠다. 적어도 최초의 변절자는 되지 말아야지. 우리는 모두 그런 마음으로 하나가 되지 않았을까. 누군가 빨리 굴복하기만을 한마음으로 기다리며 버틴 게 아니었을까.

신문은 계속되었다. 묻는 자는 다 알면서도 묻고, 답하는 자는 수십 번을 알려줘도 모른다고 답하는 기이한 문답이었다. 대화 뒤에는 반드시 폭력이 따랐다. 고문은 쌍방을 다 지치게 만든다. 휴식 중에는 이따금 여담을 나누기도 했다. 그럴 때 취조관은 너그럽고 부드러웠다.

"부인이 보고 싶지 않나?"

그 말에 하마터면 눈물을 비칠 뻔했다. 학교에서 붙잡혀 식구들 얼굴도 못 보고 끌려온 신세였다. 나는 애써 무심한 척 대꾸했다.

"마누라 간섭 안 받고 사는 게 소원이다. 혼자 있으니까 편하고 좋다."

취조관은 웃었다.

"그 말 집에 전해도 되나?"

"전하지 마라. 누구 쫓겨나는 꼴 보고 싶나."

취조관은 더 크게 웃었다.

"너는 의리와 용기도 있고 말도 재미있게 잘해서 사람들이 많이 따를 것 같은데. 맞나?"

"보잘것없는 나를 귀찮게 여기지 않는 친구들이 몇 있을 뿐이다."

"가장 친한 친구는 누구냐?"

진짜 조심해야 하는 것은 여담이었다.

"최광옥이다."

취조관이 눈을 반짝였다.

"지금 이 안에 있나?"

"없다."

"어디서 뭐 하는 자인가?"

먹잇감을 포착한 맹수의 눈빛.

"딴 세상에서 푹 쉬고 있다."

나는 사실대로 불었다.

"무슨 소린가?"

맹수의 얼굴이 일그러졌다.

"이런 개 같은 세상이 올 줄 알고 일찌감치 하늘나라로 갔다는 소리다."

나는 가끔 그렇게 매를 벌기도 했다. 자청한 폭력은 훨씬 견딜 만했지만, 그래 봐야 결국 기절하기는 마찬가지였다. 그때 나에게 죽음은 아주 구체적이었다. 기절한 뒤에 깨어나지 못한다는 것. 후배 교사이기도 한 한필호 동지가 고문으로 숨진 뒤부터는, 정신을 잃었다가 되찾을 때마다 새로 태어나는 기분이었다. 그것은 삶의 환희였던가. 우리의 저항이 모두의 죽음으로 끝날지도 모른다는 생각에 내 마음은 한없이 무거웠다. 목숨을 앗아간 뒤에도 멈추지 않는 폭력에 기가 질렸다. 혹시 우리는 서로의 변절을 감시함으로써 동지의 죽음을 방조한 것이 아닌가. 또 하나의 은밀한 폭력을 행사한 것은 아닌가. 나는 무엇이 용기이고 무엇이 비겁인지 혼란스러웠다.

대결

감방 문마다 뚫려 있는 배식구를 우리는 밥구멍이라고 불렀다. 하루는 우리에게 호의적인 조선인 간수가 밥구멍으로 주먹밥을 넣어주며 넌지시 일렀다.

"내일부터 담당 취조관이 바뀐다네."

인천에서 전근 온 과장인데 악랄하기로 소문난 자라는 것이었다. 나는 이름이 뭐냐고 물었다.

"이름이…… 에이, 왜놈들 이름은 다 비슷비슷해서…… 아무튼 조심하게."

불길한 예감은 틀리는 법이 없다. 다음날 취조실로 나를 부른 자는 어김없이 와타나베였다. 세월이 흐른 만큼 나이가 들어 보일 뿐이었다. 나는 아무 표정도 짓지 않으려 애쓰며 와타나베의 기색을 살폈다. 그는 나를 알아보지 못할 수도 있다는 내 기대는 헛된 것이었다.

"십오 년 만이지? 반갑군."

입을 연 와타나베는 예전보다 많이 노련해진 느낌이었다.

"이름을 바꿨더군. 난 예전 이름이 더 좋은데. 그 이름이 맘에 안 들었나? 아니면 뭔가 숨기고 싶은 과거라도 있나 보지?"

나는 그동안 치하포 사건에 대해 신문 받은 적이 없다는 사실을 상기했다. 말없이 버티는 나를 봐줄 아량쯤은 있다는 듯 와타나베는 미소를 지으며 물었다.

“엑스 광선이라고 들어봤나?”

들어봤어도 나는 가만히 있었을 것이다.

“그 빛을 네 가슴에 대고 쏘면 갈비뼈가 훤히 다 보이지.”

다 끝난 일을 들추어 나를 괴롭히겠다는 심산인가? 제발 그래주기를 바라는 마음과 형량이 늘어날지도 모른다는 염려가 동시에 일었다.

“나는 너의 모든 비밀을 알고 있다. 털끝만큼이라도 감추려 한다면 너를 이 자리에서 때려죽일 것이다.”

와타나베의 목소리는 낮고 차가웠다. 이제 말할 때가 되었다고 나는 판단했다.

“나에게는 비밀이 없다. 너도 아는 일이 어찌 나의 비밀이 될 수 있는가.”

내 말을 옮기는 통역관의 태도는 조심스러웠다. 와타나베는 웃어넘기고 본격적으로 묻기 시작했다. 처음부터 다시 한다는 뜻을 전달하기에 충분한 질문들이었다.

“출생지는?”

“해주 텃골이다.”

“학력은?”

“서당을 다녔다.”

“하는 일은?”

“원래는 농사를 짓다가 종교와 교육에 종사하기 시작해서 지금은 안악의 양산학교 교장으로 있다.”

"지금은 나라에 반기를 든 죄인이지. 안 그런가?"

나는 잠시 생각한 뒤에 말했다.

"없는 나라를 어떻게 반역할 수 있나."

와타나베는 잠시 나를 노려본 뒤에 말했다.

"다시 묻겠다. 무슨 일을 했나?"

"원래는 농사를 짓다가⋯⋯"

"칙쇼!"

마침내 흥분해서 자리를 박차고 일어난 와타나베의 모습은 내게 작은 승리감을 안겨주었다.

"지금부터 네가 할 말을 내가 대신 해줄 테니 잘 들어라."

확실히 옛날의 와타나베가 아니었다. 금세 노기를 가라앉힌 그는 침착하게 자신이 알고 있는 내 비밀을 말하기 시작했다.

"종교나 교육은 다 껍데기일 뿐이고 너는 은밀하게 반란을 준비해왔다. 너의 새로운 조국 대일본제국에 맞서 감히 전쟁을 모의하고 병력과 자금을 모으다가 발각되어 여기 오게 된 것이다. 맞나?"

안명근 사건이 아니라 신민회의 활동에 관한 언급이라면 크게 틀린 말은 아니었다. 이자가 어디까지 알고 있는 것일까? 나는 침묵했다.

"우리는 네가 안명근과 공모해서 데라우치 총독 각하를 암살하려 했다는 사실도 알아냈다. 맞나?"

새로 날조된 혐의였다. 이놈들이 아주 재미가 붙었구나. 그렇게 속으로 혀만 차고 넘어가기에는 너무 위중한 혐의였다. 총독 암살

미수로 몰리면 최소한 종신형이 아닐까. 나는 서둘러 부인했다.

"지금 네 말을 듣고 처음 알았는데 사실일 수가 있나."

언제까지 이렇게 피곤한 대화를 주고받아야 하나. 나는 빨리 고문을 받고 하루 일과를 끝내고 싶었다.

"남들은 다 자백했는데 너 혼자 버텨서 뭘 어쩌겠다는 거냐. 어리석은 놈."

그럴 리가 없다는 생각과 그럴 수도 있다는 생각이 동시에 스쳐 갔다. 한편 와타나베가 겨냥한 내 비밀이 치하포 사건은 아닌 게 틀림없다는 생각에 나는 안도하기도 하고 허탈하기도 했다. 이런 저런 생각과 느낌으로 복잡하게 엉킨 내 속을 풀어준 것은 와타나베의 말 한마디였다.

"당장 사실대로 불지 않으면 이 자리에서 너를 때려죽일 것이다."

그런 식의 위협은 한 번으로 족한 것이다. 진짜 때려죽이든가 더는 말을 말든가. 말만 거듭하게 되면 말하는 사람만 우스워진다는 이치를 아직 모를 정도로 와타나베는 역시 허술한 상대였다. 비로소 그가 옛날처럼 만만하게 보였다. 그러자 과거에 놈을 상대했던 요령도 되살아났다. 나는 눈을 부릅뜨고 말했다.

"너는 나를 죽이지 못한다. 내가 네 손에 죽게 나를 가만히 놔둘 것 같으냐."

통역이 끝나기 전에 나는 몸을 날려 이마로 돌기둥을 박았다. 있는 힘을 다해 다시 한번 돌과 박치기를 하고는 그 자리에서 정신을 잃었다.

회유

총감부가 우리를 다루는 수법은 크게 세 가지였다. 첫째는 말할 것도 없이 혹독한 고문이었다. 매달고 때리는 것말고도 화로에 달군 쇠꼬챙이로 온몸 지지기, 뾰족한 나무 조각을 손가락 사이에 끼우고 조이기, 거꾸로 매달아 콧구멍에 물 붓기 등 다양한 수단이 동원되었다. 그런데 고문보다 견디기 힘든 것이 굶기는 수법이었고, 그보다 더 효과적인 수법은 반대로 배불리 먹이는 것이었다. 이루 말할 수 없는 아픔과 굶주림을 다 이겨내고도, 따뜻하고 깨끗한 방에서 흰 쌀밥과 고깃국을 대접받고는 저항을 포기한 동지들이 더러 있었다.

고문에 대해서는 내 나름대로 대처하는 방법이 있었다. 요컨대 열은 열로 다스린다는 것. 살살 다뤄주기를 바라는 마음이 고통을 가중시킨다는 것을 알고 난 다음부터 나는 가장 강도 높은 고문을 각오하는 쪽으로 마음가짐을 바꾸려 애썼다. 하루는 놈들이 채찍으로 등짝을 후려치는데 너무 아파서 더는 못 버틸 것 같았다. 안 되겠다 싶어 나는 채찍질을 멈추게 한 뒤에 놈들에게 말했다.

"옷을 입어서 덜 아프니 벗고 맞겠다."

지나침은 언제나 후회를 낳는다. 정신의 힘은 육신의 고통 앞에서 어찌 그리도 초라하기만 한 것인가. 채찍이 맨살을 파고드는 아픔은 기절하다가도 깨어날 만큼 극심했다. 예수의 고난을 떠올리며 참아보려고도 해봤지만, 나는 예수도 아닌데 왜 이래야 하냐는 생각만 자꾸 들었다. 내가 졌다고, 시키는 대로 다 할 테니 이제 그만 하라고 말하려는데 놈들이 먼저 채찍을 던지고 나가떨어졌다. 나는 망가진 내 등을 볼 수 없어 안타까웠다.

감방으로 돌아와 엎드린 채 끙끙 앓고 있는데 어디선가 고깃국 냄새가 솔솔 풍겼다. 잘 익은 김치 냄새도 코를 찔렀다. 누군가 사식을 받아먹고 있는 것이리라. 나는 당장 감방 문을 부수고 뛰쳐나가 킁킁 냄새를 쫓아가서 밥구멍에 대고 소리치고 싶었다. 동지여! 밥 좀 주소. 고기 얹어 김치에 싼 밥 한 덩이만 다오.

우리에게 제공되는 식사량은 일반 죄수의 반밖에 안 되었다. 우리보다 두 배나 더 먹는 일반 죄수들의 식사량은 또 얼마나 되었겠는가. 그러니 굶는 벌칙을 따로 받지 않을 때라도 우리는 늘 지독한 배고픔에 시달렸다. 게다가 우리에게는 사식의 반입도 금지되어 있었다. 간혹 지하 감옥에 음식 냄새가 진동하는 경우는 가족들이 돈을 써서 간수가 눈감아줄 때뿐이었다. 급기야 나는 이런 생각까지 하고 나서 혀를 깨물고 싶었다. 남편이 감옥에서 굶어죽게 생겼는데 마누라는 밖에서 뭐 하고 있나. 나이도 젊으니 몸을 팔아서라도 제대로 된 밥 한 끼는 넣어줘야 할 게 아닌가.

그런 내가 김이 모락모락 나는 국밥을 앞에 두고 숨인들 제대로 쉴 수 있었겠는가. 와타나베와 십오 년 만에 다시 기 싸움을 벌인 그날이었다. 내가 나를 기절시켰으니 이긴 것인가 진 것인가. 깨어나 보니 처음 보는 으리으리한 방이었다. 와타나베는 안 보이고 통역관 옆에 낯선 중년 사내가 앉아 있었다. 그는 가만히 있는데 통역관이 먼저 입을 열었다.

"여기는 아카시 경무총감님의 집무실이다."

그런 줄 알고 좀 고분고분해지라는 소리였다. 듣고 보니 낯선 사내에게서는 나름대로 거물의 냄새가 풍겼다. 드디어 우두머리를 상대하게 되었다고 생각하니 새로운 힘이 솟는 느낌이었다. 이마에 혹이 나고 머리가 좀 욱신거리는 것말고는 몸 상태도 그런대로 괜찮았다. 사내가 뭐라고 작게 중얼거리자 통역관이 방에서 나갔다.

"나는 아카시 총감님을 모시고 있는 구니모토 경시요."

사내는 유창한 우리말로 자신의 정체를 밝혔다. 나는 실망과 더불어 긴장이 풀리면서 갑자기 배가 고파 미칠 것 같았다.

"그동안 고생이 많았죠? 선생같이 훌륭한 분이 이렇게 험한 꼴을 당해야 하다니 가슴이 아픕니다."

뻔한 수작인 줄 알면서도 나는 그의 정중하고 따뜻한 말씨에 눈물이 날 것 같아 참느라고 애를 먹었다. 더 자제하기 힘든 것은 이제 고생이 끝난 것인지도 모른다는 기대감이었다.

"선생이 조금이라도 협조하는 자세를 보였다면 우리도 그렇게까지는 하지 않았을 텐데 참으로 애석한 일입니다."

구니모토는 짐짓 안타까운 표정을 지었다. 나는 그 가증스러움을 비웃어줘야 한다고 생각하면서도 속에서 밀고 올라오는 후회를 막을 길이 없었다. 그래, 내가 왜 쓸데없이 뻗댄 것일까. 어차피 결과는 이미 정해진 것을. 내가 어리석었어. 알량한 자존심 때문에 생고생을 했지 뭔가. 구니모토는 손수 담배에 불을 붙여 내게 건네주었다. 오랜만인데다가 공복에 빨아들인 담배 한 모금으로 내 머리는 핑 돌았다.

"그동안 선생에 대해 많은 것을 알아봤지요. 황해도까지 다녀왔습니다. 교육 사업에 열의가 대단하더군요. 봉급을 못 탄 달이 꽤 많은데도 버틴 걸 보면 알 수 있지요. 학부형들 평가도 아주 좋습니다. 정직하다, 실력 있다, 무엇보다도 재물을 탐하지 않는 선생이다…… 부하들이 선생을 잘 모르고 너무 심하게 다룬 점 대신 사과합니다. 고문이 필요한 놈들은 따로 있지요. 아직 사람 볼 줄을 몰라서들 그런 거니 이해하기 바랍니다. 선생처럼 신사적으로 대해야 사실을 털어놓는 사람도 간혹 있다는 걸 모르고들…… 실례가 많았습니다."

구니모토도 고수는 아니었다. 말이 너무 많았다. 한두 마디 툭툭 던지는 식으로 계속 내 심금을 건드렸다면 나는 그의 무릎에 얼굴을 파묻고 목 놓아 울었을지도 모른다. 그가 속 보이는 소리를 길게 늘어놓는 사이에 나는 흐트러진 마음가짐을 다잡을 수 있었다. 구니모토는 내 속을 흔들어놓는 데 성공했다고 여기는 눈치였다. 그의 말씨가 더욱 나긋나긋해졌다.

"선생을 위해 특별히 해줄 말이 있습니다."

나는 몹시 궁금하다는 표정을 지어주었다.

"우리 일본이 조선의 발전에 얼마나 공을 들이고 있는지 압니까?"

나는 잘 모르겠다는 표정을 지어주었다.

"이게 문젭니다. 그래서 총독 각하가 구상한 새로운 정책이 있지요. 솔직히 우리 일본인만으로 조선을 통치하기는 힘들기도 하고, 또 조선이 일본과 진정으로 하나가 되기 위해서 필요하기도 한데……"

뭔지 대충 짐작이 갔지만 나는 표정을 바꾸지 않고 들어주었다.

"능력 있고 덕망 있는 조선의 인사들을 발탁해서 중요한 자리를 맡길 계획입니다. 선생 정도면 누가 봐도 그냥 두기 아까운 인물 아닙니까."

나는 약간 모자란 사람처럼 웃어주었다.

"그저 조선의 병합을 수긍하고 천황의 백성임을 인정하기만 하면 되는 일입니다. 간단하지요."

나는 고민하는 기색을 보여주었다.

"선생처럼 경험 많고 사려 깊은 분이 시대의 대세를 못 읽을 리 없고…… 어떻습니까? 우리 같이 손잡고 한번 멋진 세상을 만들어봅시다."

나는 감화된 듯 고개를 끄덕여주었다.

"아, 그런데 선생 경우에는 조건이 하나 더 있다는 걸 잊을 뻔했군요."

나는 염려의 빛을 띠어주었다.

"별거 아니니 너무 걱정 마십시오. 에 또…… 안명근 사건에 대해서만 사실대로 진술해주면 아무 문제 없도록 해드리겠습니다."

기다리던 말이었다. 나는 정색을 하고 또박또박 힘주어 말했다.

"이미 다 말했으니 더 할 말이 없소."

언젠가 똑같은 말을 한 적이 있다는 전율 속에서 나는 구니모토의 얼굴이 살짝 일그러지는 장면을 놓치지 않았다. 그때 문이 열리면서 통역관이 들어왔다. 먹을 것이 가득한 쟁반을 들고서였다. 국밥에 수육에 김치에 나물에……

"검사 앞에서는 사실대로 말하는 게 좋을 것이다."

구니모토의 일본어를 옮긴 통역관의 말이었다. 나는 구니모토의 기분이야 언짢든 말든 신경 쓸 겨를 없이, 음식 쪽으로 자꾸 기우는 몸을 지탱하느라 있는 힘을 다 쏟고 있었다. 구니모토는 실수한 것이다. 미리 음식을 들여놓고 그것을 미끼 삼아 나를 구슬렸어야 했던 것이다. 나에 대해 잘 모르기는 자기도 마찬가지 아닌가. 그까짓 관직 따위로 나를 낚을 수 있다고 여기다니. 내가 얼마나 먹는 것에 약한 사람인 줄 모르고…… 실제로 나는 눈앞의 먹을 것들을 다 뱃속에 처넣을 수만 있다면 진술을 번복하지 못할 게 뭐냐는 생각과 씨름하고 있었다. 눈이 뒤집힌다는 표현은 절대로 과장이 아니었다.

"왜 안 먹나? 식기 전에 어서 먹어라."

나는 그저 먹으라는 말이 수상쩍었다. 먼저 먹인 연후에 응분의 대가를 요구하려는가.

"우리와는 이것으로 끝이다. 다른 뜻 없이 밥 한 끼 먹여서 보내려는 것이니 망설이지 마라."

나는 끝이라는 말을 믿어도 좋을지 망설였다. 정말 끝이라면 더욱 끝까지 버텨야 한다는 생각에 이를 악물었다. 구니모토가 웃으며 말했다.

"독약이라도 탔을까봐 그러나?"

얼마나 고마운 말인가. 나는 대답하지 않고 수저를 들어 국밥부터 한술 떠서 입에 담았다. 졸렬한 의심 따위는 하지 않는다는 것을 보여주려면 그러는 수밖에 없었다. 얼마나 다행한 일인가. 나는 천천히 수저를 놀리기 위해 무진 애를 쓰며 국물 한 방울 김치 한 조각 남기지 않고 깨끗이 먹어치웠다.

판결

다음날 나는 동지들과 함께 종로 구치소로 이감되었다. 가는 길에 우리는 서로의 안부를 묻고 필요한 정보를 교환했다. 신민회의 활동에 대해서는 대부분 자백했다는 사실을 그때 알았다. 고문에 굴하지 않던 이들을 흔들어놓은 것은 동지의 죽음이었다. 그러니까 결국은 고문의 승리였다. 안명근 사건에 대해서도 날조된 혐의를 인정한 이들이 더러 있었다. 한 명만 있어도 놈들의 목적은 달성될 것이었다. 모두 버티지 못하면 버틴 게 아니었다.

담당 검사의 고민은 따로 있었다. 보안법만 적용해서는 주범이 아닌 경우 법정 최고 형량이 이 년밖에 안 되었다. 검사는 안명근

의 모금 활동을 강도 행위로 규정하고 조서를 새로 꾸몄다. 나는
이미 탄로 난 신민회의 비밀 모임에 가담했음을 시인하는 것으로
강도 혐의를 벗고자 했다. 안명근이 안악에서 지인들을 불러 모은
날 나는 양기탁의 연락을 받고 경성에 가 있었다. 검사는 그날 안
악에서 나를 봤다고 증언해줄 목격자가 필요했다. 대질 심문에 불
려갔더니 양산학교 문지기의 아들 이원형이 잡혀와 있었다. 원형
은 열세 살 소년이었다.

소년은 잔뜩 겁에 질린 모습이었다. 아직 두들겨 맞지는 않은 것
으로 보였다. 폭력을 맛보는 것과 거짓 증언을 하는 것 중 어느 것
이 어린 그에게 더 해로울지 나는 알 수 없었다.

"작년 십이월 이십일에 이자가 안명근 등과 함께 학교에 있는
걸 봤느냐?"

그날은 아니지만 내가 학교에서 명근을 만난 것은 사실이니 원
형이 봤다고 답해도 아주 거짓은 아니지 싶었다. 그런 생각으로 나
는 어린 제자를 감싸고 내 마음을 다스리려 했던가. 문제는 그애
가 안명근이 누군지도 모른다는 사실이었다.

"예."

원형은 나를 똑바로 쳐다보지 못했다. 검사는 서둘러 어린 증인
을 내보냈다. 나는 녀석에게 괜찮다는 표시로 고개라도 한번 끄덕
여주지 못한 것을 후회했다. 검사의 신문이 이어졌다.

"이렇게 증거가 확실한데도 부인할 테냐."

나는 웃으며 말했다.

"한날한시에 오백 리 떨어진 두 곳 회의에 다 참석하느라 여간 힘들지 않았소이다. 한낱 범부에 지나지 않는 나를 초인으로 만들어준 은혜가 사무치니 보답의 길을 궁리할 따름이오."

검사는 나를 신민회의 주요 인사로 규정하되 경성 모임의 참석자 명단에서는 삭제하는 것으로 수사를 마무리했다.

판결만 남아 있는 감옥 생활은 한가로웠다. 곱절로 늘어난 식사량 덕에 배고픔이 덜했고 낮잠을 방해받지 않아 밤에 잠을 이루지 못했다. 양산학교가 공립 보통학교로 바뀌었다는 소식은 그리 놀라울 게 없었다. 필생의 사업으로 시작한 일이 헛되었다는 생각에 그저 무력해질 따름이었다. 혼자서 학교를 지켜왔을 전봉훈의 앞날이 걱정되기도 했지만, 감옥에 갇힌 주제에 누구 일을 근심하랴 싶어 오래 생각하지 않았다.

그사이 어머니가 상경하여 손수 밥을 지어 날랐다. 나는 며느리를 보내지 그랬냐는 말을 입 밖으로 꺼내지 않았다. 아내는 딸애와 함께 친정에 가 있다고 했다. 장모는 처형 집에 얹혀살고 있었다. 처형은 본래 세브란스에 다니던 의사 지망생과 결혼했는데, 불화하여 갈라선 뒤에 새로운 남자를 만났다고 했다. 새 동서의 직업은 헌병 보조원이었다. 우리 부부가 둘 다 일본이 제공한 처소에서 먹고 자게 된 셈이었다.

어머니가 지은 밥을 입에 대고부터는 감옥에서 주는 밥에 손이 가지 않았다. 내 입맛에 딱 맞는 어머니의 밥을 씹을 때마다 거기 섞여 있을 당신의 눈물 또한 감도는 듯하여 가슴이 찔리고 목이 메었다. 나는 옥바라지 없는 동료에게 어머니의 밥을 나눠주고 모래 섞인 콩밥을 먹었다. 몸이 아주 힘들 때는 몸만 편하면 다일 듯싶었으나 몸이 조금 편하고 보니 역시 마음 편한 게 최고였다.

선고 공판은 경성 지방재판소 제2호 법정에서 열렸다. 방청석 끄트머리에 어머니가 앉아 있었고 그 곁에 잠든 딸애를 업고 서 있는 아내의 모습도 보였다. 애써 웃어 보이는 아내의 얼굴은 반쪽이었다. 나는 울컥 치미는 기운을 눌러앉히기 위해 눈을 감고 묶인 손깍지에 힘을 주었다. 내 앞자리에 앉은 안명근의 머리에는 피고름이 말라붙어 있었다. 그는 돌아보지 않았다.

명근에게는 총독 암살 기도를 비롯한 여러 죄목이 적용되어 종신형이 선고되었다. 나는 강도를 모의하고 반국가단체를 결성한 혐의가 인정되어 징역 15년에 처해졌다. 다른 동지들에게 매겨진 형량도 대체로 터무니없는 것이었다.

자유

나는 서대문 감옥으로 이송되었다. 이제는 동지보다 동료라고 해야 좋을 17인의 수인(囚人)들과 함께였다. 우리는 거간꾼의 결정에 따라 이곳저곳으로 옮겨지는 짐짝과도 같았다. 그 마지막 호송 대열에 끼지 않은 동지들이 몇 명 있었다. 우리 내부의 균열을 노린 처사였을까, 당국은 황해도 출신이 아닌 이들에게까지 안명근 사건을 덮어씌우지는 않았다.

　제주도로 유배된 이승훈 동지도 그들 중 한 사람이었다. 오산학교를 세운 그는 평안도 정주 사람이었다. 귀양살이가 감옥살이보다는 낫겠지 싶어 다행이라 여기면서도, 나는 이동지와 헤어지게 된 것이 못내 서운했다. 이동지는 안창호의 연설을 듣고 감동하여 그를 평생의 사표(師表)로 삼은 사람이었다. 안창호는 이동지보다 열네 살 아래였다. 긴 대화를 나눌 겨를은 없었지만 이동지, 아니 이선생과 함께 있으면 내 정신도 덩달아 맑아지는 느낌이었다. 그의 신앙은 깊고 넓었다.

　역시 좋은 만남은 오래가지 못하는구나. 오래가지 못하기에 좋은 만남으로 남는 것인가. 나는 그런 생각을 하며 걷고 있었다. 팔을 젓지 못하는 걸음걸이는 우스꽝스러웠다. 나는 포로구나. 우리는 싸움 한번 제대로 못해보고 포로가 된 한심한 전사들이었다. 전사들은 밧줄로 묶이고 엮인 채 포로의 날들을 보내야 할 수용소를 향해 어기적어기적 걸어가고 있었다.

　감옥의 담장과 망루가 시야에 들어왔을 때 내 눈을 붙든 것은 길목에 자리잡은 특이한 형태의 석조 건축물이었다. 가운데가 뻥 뚫린 그것은 말로만 듣던 독립문이었다. 아니, 저것을 왜 아직도 허물지 않았을까. 나는 독립문과 더불어 조롱 받는 기분이었다. 같은 생각을 하고 있었는지 옆의 동지가 말을 걸어왔다.

　"저거 말일세, 저 독립문이 그대로 남아 있는 게 신기하지 않나?"

　신기하기에 앞서 치욕스러웠던 나는 아무 대꾸도 하지 않았다.

"그런데 알고 보면 신기할 게 하나도 없다는 거지."

나는 무슨 말이냐는 의미의 눈짓을 건넸다.

"나도 들은 얘긴데, 저 독립은 조선이 청국의 간섭에서 벗어났다는 뜻이라더군. 그래서 감사하다는 표시로 저 문을 세웠다는 거지. 누구에게 고맙다는 거겠나? 이 조선 땅에서 청나라와 전쟁을 벌여 이긴 게 어느 나라냐고? 그러니 총독부가 저 문을 헐 까닭이 없다는 거 아닌가."

그런 거였나. 치욕은 저 문이 세워질 때 이미 싹튼 것인가. 동지의 말은 사실이 아닐 수도 있었지만, 그렇다 한들 달라질 것은 아무것도 없었다. 우리는 남은 길을 말없이 걸었다. 감옥의 문이 열렸고, 나는 그 문에서 막 나온 사람처럼 뒤돌아 걷고 싶었다.

수감 절차의 시작은 옷을 갈아입는 일이었다. 형이 확정된 죄수에게는 붉은 옷을 입혔다. 우리 몸의 붉은 상처들이 붉은 천에 다 가려졌을 때 당직 간수가 입을 열었다. 그는 일본인이었다.

"너희가 벗어놓은 옷은 창고에 고이 보관될 것이다."

그의 우리말 발음은 구니모토 경시의 것보다도 정확했다.

"동시에 너희의 자유 또한 우리 손에 맡겨진다는 것을 명심해라. 감옥에 들어와 수의를 입었으니 오로지 복종이 있을 뿐이다……"

이어지는 말을 건성으로 들으며 나는 생각했다. 조국의 신세가 나와 같구나. 십오 년 뒤에 나의 자유가 이 붉은 옷의 속박으로부터 풀려나는 날, 내 조국도 함께 복종의 굴레에서 벗어날 수 있을 것인가. 그날이 와도 조국의 자유를 되찾지 못한다면, 내가 풀려

나도 조국에겐 오로지 복종이 있을 뿐이라면, 노예의 나라에서 자유의 몸으로 산다는 게 얼마나 웃기는 짓일 것인가.

나는 얼굴을 찡그렸다. 지금껏 무슨 이유로 일본에 맞서왔는지 모르겠다는 생각 때문이었다. 도대체 무엇을 바라고 온몸이 만신창이가 되어 여기까지 왔는가. 그거야 조국의 독립이 아니냐고 더듬대는 내 안의 소리가 들려왔다. 나는 다그쳐 물었다. 너는 왜 조국의 독립을 바라는가. 남들이 다 원한다 해도 네가 원하는 이유는 무엇인가?

나는 답을 알고 있었다. 알면서 혼자 능청을 떨고 있었다. 간수의 입에서 '자유'라는 말이 튀어나온 순간, 그 단어를 태어나서 처음 듣는 듯한 느낌에 사로잡힌 순간 깨달음처럼 내게 온 답이었다. 조국이 왜 독립해야 하냐고? 안 그러면 내 인생이 우스워지니까. 나는 격조 있게 살고 싶고, 그러려면 내가 사는 땅의 격조가 지켜져야 하므로. 격조는 무엇으로 유지되는가. 노예에게도 격조가 있을 수 있나. 나의 진정한 자유를 위해서 조국은 자유로워져야만 한다. 그것만이 내가 조국의 독립을 바라는 이유여야 하고, 나머지는 모두 헛것이다. 헛것은 힘을 쓸 수가 없고 힘을 쓰면 더 나빠진다. 나의 소원은 자유다. 고로 나는 조국의 독립을 염원한다……

말을 마친 간수가 다가와 차례대로 우리의 수갑을 검사했다. 내 것이 헐겁다고 판단했는지 간수는 양쪽을 동시에 힘주어 조였다. 수갑의 톱니가 손목을 파고들어 뼈를 물었다.

허세

　감방 배정은 이튿날 하는 것이 관례였다. 우리는 같이 수감된 다른 죄수들과 함께 작은 방에서 웅크린 채 밤을 보냈다. 정식 감방이 아니므로 수갑 찬 모습 그대로였다. 나는 손목이 너무 아파서 새우잠조차 잘 수 없었다. 아침에 퉁퉁 부은 내 손목을 보고 간수가 놀라며 물었다.

　"왜 그렇게 됐나?"

　"간수가 모르는 걸 죄수가 어찌 알겠소."

　나는 일부러 퉁명스럽게 대꾸했다. 호락호락하지 않다는 인상을 심어주기 위해서였다. 간수는 죄수의 인상 따위는 관심 없다는 듯 아무런 반응도 보이지 않았다. 그는 내 손목을 가까이 살펴보더니 황급히 수갑을 풀었다. 움푹 파인 상처가 뱀에 물린 자국처럼 선명했다. 간수는 눈살을 찌푸리며 일본말로 뭐라고 중얼거렸다. 이런…… 아니 이렇게 미련할 데가 있나. 그런 뜻이 아닌가 짐작되었다. 간수는 다시 우리말로 점잖게 나를 책망했다.

　"이 지경이 되기 전에 수갑을 늦춰달라고 해야 할 것 아닌가."

　그래도 되는 거였나? 나는 전날 그가 뱉은 말을 상기시켜주고 싶었다.

　"죄수에게는 복종이 있을 뿐이라고 들었소."

　간수는 어이없다는 표정으로 말했다.

　"어디든 아픈 데가 있으면 즉시 알리라는 말은 못 들었나?"

딴 생각 하느라고 못 들었다는 말까지는 할 수 없었다. 간수는 나를 의무실로 데리고 갔다. 나는 그와 기 싸움을 벌이려 했던 내가 우스웠다. 치료받는 동안 참지 않고 아파하는 나를 보면서 간수는 이상하다는 표정을 지었다. 치료를 끝낸 의사는 흉터가 평생 안 없어질 거라고 했다. 나는 뺨에 살짝 얽은 곰보 자국이며 허벅지에 난 칼자국들을 가만히 어루만졌다. 마음이 편해지는 까닭을 알 듯 모를 듯하였다.

우리는 각자의 번호를 부름받고 이 방 저 방으로 뿔뿔이 흩어졌다. 내 옷에 새겨진 번호는 56번이었고 내가 배정받은 감방은 13호실이었다. 입실한 나를 기다리고 있던 것은 감방 고참들의 질문 세례였다. 이름이 뭐냐, 집이 어디냐, 무슨 죄를 지었냐, 징역은 몇 년을 사냐, 마누라는 예쁘냐…… 한꺼번에 퍼부어지는 질문들을 일일이 다 챙기기는 어려웠다. 나는 강도죄로 들어온 아무개라고만 말하고는 구석 자리에 앉으려 했다.

"어이 신참, 앉기 전에 똥통에 대고 절은 해야지."

나는 군말 없이 냄새 나는 변기통 앞에 엎드려 절했다.

"방장님께도 큰절 한번 올려봐."

한바탕 뒤집어엎을까 하는 생각도 없지는 않았지만 다 부질없는 짓이었다. 내 절을 받고 나서 방장이 실실 웃으며 말했다.

"야 이거 생긴 것도 우락부락해서 강도질에 제격이었겠는데. 어디 한번 들어나볼까. 무슨 강도짓을 어떻게 한 거냐?"

나는 지어내기도 귀찮고 해서 가만히 있었다.

"어라, 내 말이 말 같지가 않아? 너 어디서 굴러먹던 놈이냐?"

방장의 기세가 그쯤밖에 안 되는 것으로 보아 시시한 잡범들을 모아놓은 방인 듯했다. 아예 내가 방장 자리를 꿰차버릴까 싶은 생각도 들었지만 그 또한 부질없는 짓이었다. 나는 방장의 말을 무시하고 조용히 구석 자리로 돌아와 앉았다. 때리면 맞겠다는 각오쯤은 얼마든지 되어 있었다. 하지만 그런 일은 일어나지 않았다.

나를 손보려고 나서는 자는 아무도 없었고, 대신 감방 안이 무지 시끄러워졌을 뿐이었다. 내 행동에 당황한 방장은 어쩔 줄 몰라 했고 측근들이 내게 삿대질하며 겁을 주려 애썼는데, 그 말씨의 거친 정도나 욕의 강도로 보아 그 바닥의 초짜들인 게 분명했다. 소란을 제압하고자 달려온 간수의 호통 한마디에 감방은 쥐 죽은 듯이 조용해졌다. 초면의 조선인 간수는 발길을 돌리다가 나를 보고 멈춰 섰다. 내 이름 뒤에 '선생'을 붙여 부르고 나서 그가 전한 위로의 말은 극진했다.

"선고 공판 때 참관했소. 애석한 마음 금할 길이 없구려. 옛말에 새옹지마라 했으니 참고 기다리면 반드시 좋은 날이 올 것이오. 마음 편히 갖고 부디 건강을 해치지 마시오."

간수가 돌아간 뒤에 나의 새로운 동료들은, 그 어설프기 짝이 없는 감방 고참들은 내 눈치를 보며 수군거렸다.

"간수가 죄수를 공대하는 건 또 처음 보네."

"보통 강도가 아닌가 본데."

"강도한테 선생이라잖아."

"저 간수 뇌물 받아먹고 그러는 거 아니야?"

"신참이 강도질로 돈 꽤나 모았나봐."

"그런데 새옹지마가 무슨 뜻이야?"

"이런 무식하긴. 아 그 말 타다가 다리 부러진 얘기도 몰라?"

"저런! 그래서 어떻게 됐는데?"

그중 유식한 이가 그 유명한 인간 만사 불변의 이치를 설파했다. 방장은 권위를 잃고 침통한 표정으로 앉아 있었다. 나 때문이기는 했지만 내가 책임질 문제는 아니었다. 수습을 돕고 싶어도 그럴 수 없는 것이, 내가 나서면 그는 더욱 난처해질 것이었다. 사람이 자기 분수를 알아야지. 저자는 어쩌자고 감당하지도 못할 자리를 탐해서는 곤경을 자초하고 말았을까. 딱해서 혀를 차고 보니 내가 살아온 꼬락서니가 딱 그 모양이었다. 나는 눈을 감고 반성을 겸한 묵상에 들어갔다. 하지만 이내 몰려오는 졸음을 쫓기에 급급했다.

현실

방장이 그 자리에 앉을 수 있었던 것은 그가 의병장 허위 장군 밑에서 참모장을 지낸 덕이었다. 13호실에서 그보다 더 끗발이 센 자는 없었다. 감방 동료들이 대부분 포로로 잡힌 의병이라는 사실을 알았을 때, 그들을 좀도둑쯤으로 보았던 나는 적잖이 당황했다. 간수를 통해 내가 누구인지 알게 된 동료들이 앞 다투어 자기를 소개하고 나선 것이었는데, 그에 따르면 조선 의병에는 사병 계급이 없는 듯싶었다. 나는 경기 의병 중대장이었다는 동료에게 군율의 기본과 간단한 병법에 대해 물었다. 그는 의병을 왜 일으켰는지조차 제대로 말하지 못했다. 이 마을 저 마을 얻어먹고 다니며 아낙네들 희롱한 얘기를 무용담처럼 신나게 떠벌리는 그들 앞에서, 나는 차라리 안도했다. 그들은 나의 위안이었다. 나라고 다를 게 뭐가 있나. 오히려 나는 그들의 순진무구를 닮고 싶었다. 우리는 모두가 식민지의 못난 백성들, 암울한 조국의 실상이었다. 그러므로 허상이었다.

일본은 우리의 허상조차 용납할 수 없다는 듯 남아 있는 애국지사들을 모조리 잡아들였다. 조선인 간수에게 전해들은 소식이었다. 이번에는 평안도 출신들이 주된 표적이었는데 기소된 숫자는 모두 105인이었다. 그중에는 제주도에 가 있는 이승훈 선생도 끼어 있었다. 어이없게도 나는 잠시 기뻐했다. 잘하면 다시 그와 함께 지내며 신앙의 정수를 배울 수 있겠다는 생각 때문이었다.

이번에도 혐의는 총독 암살 모의였다. 사실일 수도 있는 것이고, 어차피 벗지 못할 혐의일 텐데 기왕이면 사실이기를 바라기도 했지만, 비밀이 생명인 암살 모의에 백 명 넘는 사람들이 가담했다니 안중근이 무덤 속에서 웃을 일이었다. 무엇보다도 이승훈 선생이 포함되었다는 점이 날조를 의심케 하는 결정적인 단서였다. 제주도에 발이 묶인 사람이 평안도 선천에는 무슨 수로 다녀갔다는 것인가. 하기는 내 경우로 미루어 보건대 그를 홍길동으로 만드는 것은 놈들에게 일도 아니었을 것이다. 이선생은 유배지를 무단이 탈한 죄까지 뒤집어쓸 판이었다.

놈들은 자기네 우두머리를 죽이지 못해 그토록 안달인 셈이었다. 그래, 정 그렇게 바란다면 하는 수 없구나. 우리가 너희의 소원을 꼭 이루어주마. 쩨쩨하게 총독만 자꾸 우려먹지 말고 다음엔 좀 통 크게 놀아보려무나. 그러면 내 여기서 나가는 날 바로 현해탄을 헤 엄쳐 건너 너희의 소원대로 일왕의 목을 베리라…… 감옥에서는 헛된 망상도 살아가는 힘이 되곤 했지만, 고스란히 남아 있는 십 오 년을 생각하면 기가 차서 한숨도 안 나왔다. 살아서 나갈 수나 있을 것인가. 그저 살아남는 것이 유일한 내 소원일 수밖에 없는가.

또다시 대대적인 검거 선풍이 불었다는 소식을 듣고 가장 분노 한 사람은 안명근이었다. 우리는 공장으로 사역을 나갈 때나 따로 모여 사식을 먹을 때 만나 짧은 대화를 나눴다. 서대문으로 옮겨와 서부터는 다시 사식을 챙겨먹고 있었다. 계속 어머니의 밥을 마다 하기에는 감옥에서 살아야 할 세월이 너무 길었다. 백다섯 명이 기 소되었다는 소식이 들려온 날 함께 내 밥을 나눠 먹고 있을 때였다. 명근은 먹다 말고 얼굴을 찡그리며 가슴을 어루만졌다. 속에서 뭐 가 울컥 치미는 모양이었다.

"형님, 이대로는 도저히 못 살겠습니다."

"못 살면 어쩌려고?"

"죽어야지요."

"괜한 소리 하지 마. 죽긴 왜 죽어. 살아야지. 끝까지 살아남아야지."

"살아서 뭐 하겠습니까. 하루를 더 살면 하루가 더 욕될 뿐이지요."

목숨에 연연하지 않는 것은 집안 내력인가. 종형의 죽음이 드리운 그늘에서 좀처럼 벗어나지 못하는 것일 터였다. 나는 측은하면서도 한편으로는 지겨웠다.

"죽는 건 쉬운 줄 알아? 감옥은 죽을 자유도 없는 곳이네. 어서 밥이나 먹어."

명근은 쥐고 있던 숟가락을 내려놓으며 말했다.

"방금 굶어죽기로 결심했습니다, 형님."

내가 말린다고 들을 사람이 아니었다.

"배부른 소리 하고 있네. 그래, 어디 한번 잘해봐라."

명근은 그날부터 단식에 들어갔다. 나는 뒤늦게 녀석의 마음을 헤아리지 못했다고 뉘우쳤다. 나에게는 그래도 기약이 있지 않나. 죽을 때까지 감옥에서 살아야 하는 처지가 얼마나 답답하고 괴로웠으면…… 닷새째 되는 날 간수들이 명근의 방으로 우르르 몰려가는 것을 보았다. 한 명은 죽 그릇을 들고 있었다. 명근의 힘없는 발악은 곧 멈추었다. 나는 가슴을 쓸어내렸다. 며칠 후에 명근을 불러내 어머니의 밥을 먹였다. 훌쩍 야윈 그는 말없이 고개 숙인 채 바닥까지 핥아 먹었다. 벙어리가 된 줄 알았던 녀석이 씩 웃으며 입을 열었다.

"이 밥이 먹고 싶어서 죽는 줄 알았어요."

어머니는 밥만 부지런히 들여보냈지 상면할 기회는 좀처럼 주지 않았다. 서대문 감옥의 면회소가 어디 붙어 있는지 알게 된 것은 수감된 지 여덟 달이 다 되어서였다. 어머니도 어머니지만 아내와 딸애를 본다는 생각에 면회소로 향하는 내 가슴은 두근거렸다. 세 식구가 함께 경성에 살고 있다는 소식은 편지를 통해 알고 있었다.

면회소 창살 너머에는 일본인 간수 곁에 어머니만 혼자 서 있었다. 나는 반갑기도 하고 서운하기도 하여 눈앞이 흐려지는 것을 어찌할 수 없었다. 먼저 말을 건네는 어머니의 모습은 태연했다.

"얘, 아범아. 난 네가 평양 감사 된 것보다 기쁘구나. 아버지도 하늘나라에서 네 자랑을 늘어놓고 계실 거다. 어멈하고 화경이도 같이 왔는데 한 번에 한 사람씩만 허락한다니 어쩌냐. 어멈이 한사코 내 등을 떠밀어서 어쩔 수 없이 내가 들어왔다. 처자식이 더 보고 싶겠지만 다음으로 미뤄야지 어쩌겠냐. 우린 다 잘 있다. 걱정 말고 네 몸이나 잘 챙겨라. 기도하마. 밥맛은 괜찮냐? 양을 더 늘려주랴……"

나는 눈물 한 방울 흘리지 않는 어머니가 존경스러웠다. 감옥으로 찾아온 어머니에게 고작 존경심이나 품어야 하는 자식의 속이 편할 수는 없는 것이다. 다른 어머니들은 면회 시간 내내 울기만 한다는데 어머니는 어찌 이리도 씩씩하신가요. 쉴 새 없이 움직이는 어머니의 입술이 얄미워서 나는 속으로 빈정거렸다. 어머니 혼자 떠들다가 시간이 다 가버렸으니 허망한 노릇이었다. 나가라는 간수의 말에 어머니는 망설이지 않고 돌아섰다. 꼭 다문 당신의 입술이 파르르 떨고 있었다.

감옥

　어머니는 눈물 대신 말을 쏟은 것이었다. 입을 다물고 있으면 울음이 터질까봐 쉬지 않고 말한 것이었다. 옥바라지는 어머니의 생활이었다. 생활은 눈물을 용납하지 않는다. 그것이 어머니의 가르침이었다. 아울러 무엇이 나의 생활인지, 생활이어야 하는지도 새삼 분명해지는 것이었다. 그전까지 나는 감옥에서 나갈 일만을 생각했다. 나간 뒤만을 상상했다. 그것이 나를 버티게 해준 힘이었지만, 그 힘으로 십오 년을 버틸 수는 없는 일이었다. 그 긴 세월을 버티려면 오히려 버려야 할 헛된 힘이었다. 내게 필요한 것은 생활이었다.

　감옥의 하루는 아침 점호와 함께 시작되었다. 56번! 하는 소리에 손을 들며 하이! 하고 외치기만 하면 되는 간단한 절차였다. 감옥은 예전같이 허술하지 않았다. 졸다가 대답 못하는 사람은 가끔 있었지만 간밤의 탈옥으로 빈자리가 생기는 일은 없었다. 같은 번호를 두 번 부르게 한 사람은 쇠창살 사이로 손을 내밀고 손바닥을 맞았다. 그를 바라보는 동료들의 시선은 곱지 않았다. 무릎 꿇고 있는 시간이 길어지기 때문이었다.

　점호가 끝나면 일제히 옷을 벗고 알몸이 되었다. 우리는 수건을 허리춤에 두르고 맨발로 감방을 나섰다. 운동장을 가로지를 때 줄이 안 맞거나 발이 틀리면 단체로 뒷짐 지고 땅바닥에 머리를 박았다. 몸의 중심이 흔들릴 때마다 눈앞에서 거꾸로 매달린 불알이 덜렁거렸다. 우리는 겨울이라는 계절을 좋아할 수가 없었다.

공장에 도착해서 작업복을 입고 나면 다시 인간으로 돌아온 기분이었다. 씻고 나서 아침을 먹을 때 우리는 가장 행복했다. 밥은 콩이 반이었고 나머지도 반은 좁쌀이었다. 영원히 계속되면 좋을 그 시간은 가장 빠르게 지나갔다. 작업의 종류는 목공, 철공, 담뱃갑 제조 등 다양했다. 평소에 품행이 방정하다고 인정된 죄수들은 옥사에 남아 청소를 하거나 병동에 가서 일했다. 그들처럼 되어보는 게 소원이었지만 나 같은 국사범(國事犯)의 품행은 언제나 기준 미달이었다.

작업 중에 잠시라도 한눈을 팔거나 애기를 나누다가 들키면 영락없이 곤봉 세례가 가해졌다. 나는 왼쪽 귀의 연골을 다쳐 짝짝이 귀가 되었다. 그래도 우리는 틈만 나면 대화를 주고받았다. 온몸이 피멍으로 얼룩지는 것보다 더 견딜 수 없는 것은 강요된 침묵과 단절이었다. 매 맞은 보람이 있어 새로운 동지를 사귀기도 했는데 그중의 으뜸은 김좌진이었다. 좌진은 침착하면서도 호탕한 기질이 돋보이는 스물두 살의 잘생긴 청년이었다. 그도 명근처럼 군자금을 모으다가 들어왔으니 죄명은 나와 같은 강도죄였다.

공장에서 저녁을 먹고 역시 발가벗은 행렬에 섞여 감방으로 돌아오면, 마치 학교 일을 마치고 귀가했을 때처럼 안온한 기분이 들기도 했다. 그 기분을 깨뜨리는 것은 점호의 시작을 알리는 당직 간수의 고함 소리였다. 점호가 끝남과 동시에 일제히 취침해야 하는 것도 처음에는 상당한 고역이었다. 인천 감옥에서 밤새도록 놀던 때가 그리웠다. 문제는 아무리 피곤해도 쉽사리 잠을 이룰 수가 없다는 것이었다. 고문 중에서도 잠 안 재우는 고문이 가장 고통스럽듯이, 죄수들에게 심야의 감방은 한마디로 지옥이었다.

강도로 둔갑한 시국사범이 급증하자 감방은 콩나물시루가 되었다. 앉아 있을 때가 그랬으니 편히 눕는다는 것은 상상할 수도 없었다. 웅크리지도 못한 이들은 벽에 등을 붙이고 서서 발로 누운 사람의 등짝이나 가슴팍을 밀었다. 엉덩이 붙일 자리라도 확보하기 위해서였다. 그 바람에 흉골을 다쳐서 앓다가 죽은 사람도 있었다. 말 그대로 사투를 벌인 끝에 겨우 잠이 들었다가도 이상야릇한 느낌에 깨어나 보면, 내 발가락이 남의 입 속에 들어가 있거나 누군가 잠결에 내 사타구니를 더듬고 있곤 했다. 입맞춤도 다반사였다. 남자끼리 좋아지내는 이들도 아무 남자하고나 붙어 자는 것은 달가워하지 않았다.

그러니 우리는 여름이라는 계절을 싫어하지 않을 수가 없었다. 겨울에는 동상으로 발가락이 썩기는 해도 숨이 막혀서 고통스러운 일은 없었다. 한여름 무더운 밤에 바람도 통하지 않는 좁은 감방에 살과 살이 맞붙고 포개진 채 처박혀 있으면, 입 냄새 땀 냄새에다 뿌연 증기가 방 안에 가득 차서 숨을 쉬기가 곤란했다. 늙고 허약한 죄수들은 자다가 질식해서 죽기도 했다. 나는 옴이 옮은 것

처럼 꾸며서 그 생지옥으로부터 며칠 벗어난 적이 있다. 공장에서
나올 때 몰래 수건 끝에 쑤셔넣어둔 철사 조각을 뾰족하게 갈아 손
가락 사이를 마구 찔렀던 것이다. 옴 환자들만 모아놓은 방은 넓
고 쾌적했다. 들통 나서 죽도록 맞았지만 후회는 없었다.

그런 아수라장 속에서도 망중한의 기쁨은 있었다. 사역을 쉬는
날이면 감방에 책이 들어왔다. 서대문 감옥에는 읽을 만한 책이 많
았다. 예전에 복역했던 이승만 박사가 미국 친구들의 도움으로 갖
춰 놓은 것이라고 했다. 그중에는 내가 인천 감옥에서 읽은 『태서
신사』도 있었다. 나는 감개무량한 마음으로 그 책을 뒤적였다. 여
러 군데 옆줄이 그어져 있고 맨 끝 장에 이박사의 친필 서명이 적
혀 있었다. 아직 만난 적은 없는 사이였지만 그의 얼굴을 본 것처
럼 반가웠다.

독방

이승만 박사는 1898년에 역모 혐의로 체포되어 서대문 감옥에
갇혔다. '새옹지마'로 나를 위로했던 간수가 해준 얘기였다. 그의
말에 따르면 탈옥하려다 실패한 이박사에게 친일 내각은 사형을
선고했다. 작고한 민영환 대감의 간곡한 탄원이 없었다면 박사도
못 돼보고 죽을 뻔했다며 간수는 안도의 한숨을 내쉬었다. 당년 23
세였다니 이박사가 나보다 한 살 위였다. 종신형으로 감형된 그는

미국 선교사들의 주선으로 칠 년 만에 풀려난 뒤 자신의 근거지인 미국으로 돌아가서 박사가 되었다.

나는 이박사의 손때가 묻은 책을 접할 때마다 책 주인이 부러워서 한숨을 쉬곤 했다. 사형 선고를 받고도 살아난 행운은 나의 것이기도 했으므로 부러워할 일이 아니었고, 국내외로 든든한 인맥을 부러워했다면 미천한 상놈 태생인 내 처지를 망각한 어리석은 시샘에 불과했으리라. 인맥이라고 할 것까지는 없지만 살아오면서 내가 누린 인복도 남부러울 게 없지 않은가. 내가 부러워한 것은 이박사가 감형된 후에 보냈을 감옥의 나날이었다.

처음에는 대수롭지 않게 여겼는데 날이 갈수록 내가 강도죄로 형을 산다는 게 적잖이 억울했다. 형기가 터무니없이 늘어난 것도 그렇거니와 정치범으로서 마땅히 받아야 할 대우를 못 받게 된 것이 몹시 아쉬웠다. 이박사는 독방에서 아무런 방해 없이 책도 읽고 잠도 잤을 게 아닌가. 감옥이 공부하기 좋은 곳이라는 말은 그런 경우를 두고 하는 소리였다. 애꿎은 이박사의 경우를 굳이 들먹일 것도 없이, 인천 시절만 해도 마음만 먹으면 감옥을 학교로 만들 수 있지 않았던가. 나라를 빼앗긴 백성의 설움은 감옥에서도 면할 수가 없는 것이었다.

나의 부러움과 억울함이 수그러든 것은 옴 환자로 속였다가 맞아죽을 뻔한 뒤부터였다. 그때 나는 환자 방에서 진짜 옴이 옮았는지 모른다는 의심을 사고 사흘 동안 독방에 격리되었다. 편하고 좋았던 것은 첫날뿐이었다. 총감부에 있을 때는 매일 취조 받느라 바빠서 미처 느낄 겨를이 없었던가. 독방에 갇혀 있는 고통은 말로 표현하기 어려운 것이었다. 그곳은 한마디로 감옥 안의 감옥이었다. 그런 데서 칠 년을 견뎠을 이박사가 새삼 존경스러웠고, 나를 강도로 만들어준 검사의 선처에 감사해야 할 것 같아 기분이 더러웠다.

독방에서 자꾸 약해지려는 마음을 다잡기 위해, 동료들의 살냄새에 대한 그리움을 떨치기 위해, 나는 우리 죄수들이 겪고 있는 부당한 처우에 대해 생각을 집중했다. 날마다 끊이지 않는 구타와 기합과 욕설…… 일본인 간수들의 처사는 가혹했다. 같은 일본인 죄수도 똑같이 다룰까 의심하기에 충분한 작태였다. 처음에 느꼈던 엄정함 속의 배려는, 알고 보니 그날의 당직 간수 혼자만의 것이었다. 그들보다 더 악랄한 조선인 간수도 있었다.

예전의 조선 감옥이 너무 주먹구구식이었던 것에 비하면, 일본이 감옥을 운영하는 원칙이나 규정에 진일보한 측면이 없는 것은 아니었다. 그러나 지나친 엄격함은 반드시 부작용을 낳지 않던가. 더군다나 원칙과 규정에도 어긋나는 가혹 행위로 교화시킬 수 있는 인간은 감옥 밖에서도 찾을 수 없는 것이다. 학대받은 죄수의 심성은 더욱 나빠지기 마련이어서, 출옥 후에 더 무거운 죄를 짓고 다시 들어오는 자들이 부지기수였다. 감옥이 바깥세상과 같을 수야 없겠지만 죄수도 인간임을 인정하는 선에서 구속이든 억압이든 해야 할 것이 아닌가. 내 생각은 계속되었다.

나중에 우리가 국권을 회복했을 때 감옥은 어떤 식으로 꾸려가야 할까. 일본식은 아무래도 문제가 있지. 이대로 답습해서는 미래가 없어. 내 생각은 마침내 제멋대로 굴러가기 시작했다. 우리의 감옥은 학교를 지향해야 해. 간수는 가장 훌륭한 교사가 되어야하고, 죄수도 백성의 한 사람으로서 합당한 교육과 대우를 받아야한다. 그들이 출옥한 뒤에도 감옥살이를 했다는 이유로 멸시 받고따돌림을 당해서는 안 되지. 그래서는 감옥이 있어야 할 명분도 실리도 없지 않은가.

감옥을 학교처럼 만들어야 한다는 생각은 이후로도 내 머리를떠나지 않았다. 그것은 공상이자 착각이었다. 언제 가능할지 모를조국의 독립을 가정했다는 점에서 공상이었고, 마치 내게 감옥을변화시킬 힘이 주어지기라도 할 것처럼 허세 부렸다는 점에서 착각이었다. 따지고 보면 감옥은 이미, 그리고 늘, 학교가 아닌 적이없었다.

신참

감옥에는 실로 다양한 인간들이 들어와 살고 있었다. 노인과 청년, 의병과 도둑, 선생과 사기꾼, 부자와 가난뱅이…… 나누고 묶자면 한이 없지만, 나이나 직업 또는 재물의 많고 적음 같은 기준들만으로 사람을 판단할 수 있는 것도 아니었다. 노인보다 고리타분한 젊은이, 도둑놈 심보로 무장한 의병, 선생을 가르칠 만큼 덕

망 있고 유식한 사기범, 마음만은 풍요와 기품이 넘치는 빈자(貧
者)…… 그들은 모두 나의 거울이고 창문이었다. 그들을 통해 나
를 돌아보거나 미래의 내 모습을 내다보는 것은 독서로 할 수 없
는 좋은 공부였다. 감옥에 가지 않았으면 만나지 못했을 많은 사람
들…… 나는 책을 좋아했지만 내 배움의 원천은 역시 사람이었다.

　어느 날 공장에서 일을 하고 있는데 낯선 얼굴이 눈에 띄었다.
그저 낯설기 때문이라면 눈에 띌 얼굴은 많았다. 그는 특별해 보
였고, 그것은 자신의 특별함을 드러내려 하지 않는 데서 우러나는
특별함이었다. 그날은 마침 너그러운 조선인 간수가 작업을 감독
하고 있었다. 나는 슬그머니 낯선 사내를 향해 다가갔다. 그는 나
보다 대여섯 살은 많아 보였다. 그의 눈매는 날카로웠고 눈빛은 부
드러웠다. 나는 다짜고짜 물었다.

　“무슨 죄로 얼마를 사시오?”

　그는 물끄러미 나를 쳐다보다가 입을 열었다.

　“강도죄로 오 년이오.”

　나는 통성명이라도 하듯 대꾸했다.

　“강도죄로 십오 년이오.”

　내심 기선을 제압하겠다는 의도가 없지 않았다. 그는 조용히 웃
기만 했다. 나도 막상 더 할 말이 없어서 가만히 있는데 그가 불쑥
말했다.

　“초범이신가요? 아닌 것 같기도 하고……”

　초범이라면 초범이고 아니라면 또 아니었다. 나는 용한 점쟁이

와 마주하고 있는 기분이었다. 마침 간수가 눈짓으로 주의를 줘서 서둘러 내 자리로 돌아왔다. 옆에서 일하던 감방 동료 최가가 간수 눈치를 보며 속삭였다.

"저분하고 아는 사인가?"

최가는 자기 말로 충청 일대를 주름잡은 도둑이었는데 누구를 '분'이라고 칭할 자가 아니었다.

"아니. 오늘 처음 봤지. 자네는 아나?"

"안다기보다는…… 예전에 먼발치에서 몇 번 뵌 적이 있지."

거물이라는 얘기였다. 나는 간수가 등을 보이기를 기다렸다가 재빨리 물었다.

"누군데?"

"그냥 김진사라고만 알려져 있지. 삼남에서는 아주 유명한 두목일세."

"두목이라면?"

"활빈당이라고 들어봤지?"

나는 고개를 끄덕였다. 활빈당이라면 진작부터 관심을 갖고 있던 의적의 무리였다. 신민회 모임에서도 그 조직과 활동에 대해 연구해봄직하다는 말이 오간 터였다. 최가가 주위를 살피고는 목소리를 더욱 낮췄다.

"도둑이지만 웬만한 의병들보다 훨씬 의로운 자들이지. 무기도 상대가 안 되고, 싸움은 또 얼마나 잘하는데. 다들 일당백이라네. 그나저나 김진사 저 양반을 잡아들였으니 이제 왜놈 순사들 발 뻗고 자겠구먼. 제기럴."

애기를 듣는 동안 나는 고인이 된 은인 김주경을 생각했다. 그의 친구이자 나의 동지였던 유완무 형의 얼굴도 떠올랐다. 일하다 말고 가끔 김진사를 바라봤지만, 그가 일감에서 눈을 떼는 모습은 볼 수 없었다.

다음날은 사역이 없는 날이었다. 나는 감방에서 성서를 읽고 있었다. 신약이었다. 사도 바울의 옥중 서신을 읽다가 마음이 동하여 눈을 감았다. 하느님의 음성을 들려달라고 기도했더니 감방 문 열리는 소리가 났다. 눈을 뜨고 돌아보니 문간에 김진사가 서 있었다.

최가가 얼른 나서서 김진사에게 절을 올리고 동료들에게 그를 소개했다. 하극상에 시달리고 있던 방장은 거물 신참에게 자리를 양보하려 했다. 김진사는 사양하고 구석 자리에 앉았다. 나는 어딜 가든 말석에 앉으라는 예수의 가르침을 떠올렸다. 우리는 입을 모아 김진사에게 방장을 맡아달라고 간청했다. 헛수고일 거라는 내 짐작과 달리 김진사는 사뿐히 일어났다. 자리를 옮겨 앉아 방 안을 둘러보는 그의 동작은 자연스러웠다.

"오늘부터 우리 방에는 방장이 따로 없소. 같은 죄수들끼리 위아래는 따져서 뭐하오. 다 부질없소. 앞으로는 날마다 한 자리씩 옮겨 앉도록 합시다. 이 자리에 앉는 사람이 그날의 당번이오. 간수에게는 내가 알려서 점호 때 착오가 없도록 하겠소."

김진사가 방장으로서 내린 처음이자 마지막 지시였다. 말을 놓지 않는 것이 인상적이었다. 감방에는 순식간에 생기가 돌았다. 그날 김진사는 손수 밥을 나르고 변기통을 만졌다. 그는 방장을 버림으로써 가장 강력한 방장이 되었다.

대화

그날 나는 김진사에게 전날의 무례를 사과하고 정식으로 나를 소개했다. 김진사는 고개를 끄덕이며 말했다.

"어쩐지 강도 같지는 않아 보였소."

무슨 말이든 더 해주기를 기다렸으나 김진사는 말이 없었다. 침묵 속에서 그는 편안했고 나는 그렇지 않았다.

"그런데 어떻게 방을 배정받기도 전에 사역을 나왔습니까?"

불편한 쪽이 먼저 입을 여는 법이고, 그때 나오는 말은 쓸데없게 마련이다.

"자청했소. 수갑을 벗고 싶었소."

간단히 말하는 게 두목의 자질 중 하나인 모양이었다. 나는 김진사에게 내 손목의 흉터를 보여주고 싶었다. 그 충동을 참느라 대화는 또 끊어졌다. 내가 정말 듣고 싶은 것은 활빈당에 대한 애기였지만 섣불리 물을 수가 없었다. 어떻게든 대화를 이어가야 한다는 생각에 나는 뜬금없는 애기를 늘어놨다. 좋은 감옥에 대한 내 의견이었다. 김진사는 경청한 뒤에 말했다.

"좋은 생각이오. 김형의 소원이 꼭 이루어지기를 빌겠소. 이룰 수 있을 것이오."

그 말을 듣고 나는 내가 마치 안창호나 이승만 박사쯤 되는 위치에 있기라도 하듯 건방지게 굴었다는 것을 깨달았다. 나는 당황해서 손사래를 치며 말했다.

"아니, 그냥 한번 해본 생각일 뿐입니다. 저같이 힘없고 미련한 놈이 무슨 수로……"

김진사는 나를 뚫어져라 쳐다보더니 천천히 입을 열었다.

"자신을 속이지 마시오, 김형."

하마터면 나는 다소곳이 예, 할 뻔했다. 나는 머리가 어지러웠다. 어떤 내가 속이는 나이고 어떤 내가 속는 나인지 모르겠다는 생각 때문이었다.

공부

그 뒤로 나는 틈날 때마다 김진사와 대화를 나눴다. 나는 주로 듣는 쪽이었다. 내가 처음 가르침을 청했을 때 김진사는 고개를 저으며 말했다.

"가르치는 것은 김형 일이잖소. 한낱 도둑 패거리의 두령에 불과한 놈에게 무슨 배울 게 있겠소."

"활빈당에 대해 알고 싶습니다."

다른 군소리는 필요치 않을 것이었다.

"조선의 불한당 계보는 크게 나누어 강원도의 목단설과 삼남의 추설이 있소."

김진사는 의외로 선뜻 내 청에 응하고 나섰다.

"따라서 내가 이끄는 활빈당은 추설에 속하오. 나머지 잡다한 무리들은 싸잡아서 북대라 부르는데, 그때그때 작당해서 민가를 털고 행패나 부리는 잡것들로 우리 눈에 띄면 작살이 나오."

그렇게 운을 뗀 후에 김진사는 활빈당의 족보를 더듬어 고려 시대까지 거슬러 올라갔다. 얘기할 시간이 많지 않았으므로 그 얘기만 듣는 데도 며칠이 걸렸다. 김진사는 장광설을 펴는 재주도 뛰어났다. 나는 현재 활빈당의 조직과 운영에 대해 듣고 싶어 조바심이 났지만, 괜히 재촉했다가는 김진사의 터진 말문이 도로 막힐지도 모를 일이었다. 남의 말 듣는 연습한다고 생각하면 참고 들어줄 만했다.

김진사의 얘기는 슬쩍 무용담으로 넘어가더니 또 하 세월이었다. 족보 캐는 얘기보다는 훨씬 재미있어서 다음 얘기가 기다려지기도 했다. 특히 상여 행렬로 가장하여 하동 장을 접수한 대목은 압권이었다. 장터 한복판에서 상여꾼들이 상여를 부수고 관 뚜껑을 깨는 장면의 통쾌함이란! 관 속에는 시체 대신 5연발 장총이 가득 들어 있었다. 무장한 활빈당원들은 조용하고 신속하게 거상(巨商)의 호위 무사들을 제압했다. 죽거나 다친 사람은 없었다. 총은 쏘지 않기 위해 필요한 물건이라고 김진사는 말했다.

그러나 총을 지닌 자는 결국 쏘게 되는 법이라고 김진사는 또한 말했다. 연전에 활빈당이 황해도까지 진출해서 곡산 관아를 습격하고 군수를 죽였다는 소문은 나도 들어 알고 있었다. 그때 김진사는 가마 탄 양반의 행차로 꾸미고 득달같이 달려들어 순식간에 관아를 점령했다고 했다. 군수의 학정이 소문보다도 심하여 극에 달했음을 알고 분노한 나머지 제 손으로 쏴 죽였다는 것이었다. 그 얘기를 듣고 나는 멍청한 질문을 던졌다.

"아, 그래서 징역을 살게 된 겁니까?"

김진사는 웃으며 대답했다.

"그 때문이라면 오 년 가지고 되겠소. 종신형을 살기도 어려울 거요. 경술년에 나라가 망한 뒤부터 왜놈들이 군경 합동으로 대대적인 토벌을 벌이기 시작했소. 조선 의적의 씨를 말리겠다고 나선 게지요. 당해낼 수가 없더이다. 붙잡힌 게 먼저고, 우선 가벼운 강도죄를 씌워 집어넣습디다."

나는 '우선'이라는 말이 마음에 걸렸다.

"김형, 나는 죄가 많은 몸이오."

김진사가 한숨을 토하듯 말했다.

"인간은 누구나 다 죄인이지요."

내 말에 김진사는 고개를 저었다.

"누구나 다 사람을 죽이지는 않지요."

나는 고개를 끄덕일 수밖에 없었다.

"더구나 내가 죽인 사람이 어디 곡산 군수 하나뿐이겠소. 때로는 내 식구를 처단하기도 했고, 내 식구가 되려다 만 자를 산속에 파묻은 것도 한두 번이 아니오. 후환을 없애기 위해서였소. 나는 손에 피를 많이 묻힌 사람이오. 감옥에 들어와 있으니 조금은 마음이 편하오."

무슨 말인지 나도 조금은 알 것 같다는 말을, 나는 할 수 없었다. 그나저나 기다릴 만큼 기다렸으니 이제 듣고 싶은 얘기를 해달라고 졸라도 괜찮지 않을까. 그런 생각을 나는 하고 있었다. 김진사는 죄 많은 인생에 대한 회한에 젖은 듯 푹 가라앉은 모습이었다. 먼저 말을 꺼내기가 조심스러웠다.

"김형."

"예."

"김형은 내가 무슨 기준으로 수하를 뽑고 어떤 식으로 단련시키는지 알고 싶은 것이오? 비밀을 지키는 방법은 무엇이고 우리끼리 알아보는 표지와 암호는 어찌 정하고, 기강은 또 어떻게 잡는지…… 그런 것들이 궁금한 게지요?"

나는 어떤 서슬에 눌려 아무 대답도 하지 못했다.

"특별할 게 없으니 발설 못할 까닭도 없소. 오늘은 그만 하고 내일 마침 일을 쉬는 날이니 종일토록 죄다 일러드리리다."

내가 고맙다고 말하기 전에 김진사의 단호한 목소리가 이어졌다.

"하지만 듣고 나서는 다 잊는 게 좋을 것이오. 내 김형의 궁금증이 병이 될까봐, 다른 놈보다는 나한테 듣는 편이 나을 것 같아 말해주는 것뿐이니, 도적패의 방식으로 세상일을 도모할 생각은 버리는 게 좋을 것이오. 아니, 버려야 하오. 버리시오."

"활빈당은 그저 그런 도적패가 아니잖습니까. 조선 최고의 의적이 아닙니까."

나는 다분히 항의조로 말했다. 모르는 사람이 들었으면 내가 활빈당인 줄 알았을 것이다. 우직한 수하를 달래는 자상한 두목처럼, 김진사는 내 어깨에 손을 얹고 두어 번 다독였다.

"의적이라고 너무 우습게보면 곤란한데…… 내 미리 하나만 말해줄 테니 들어보오. 아까 후환을 없애기 위해 식구가 되다 만 자를 죽인다고 하지 않았소. 되다 만다는 게 무슨 뜻이겠소. 싹수가 보인다고 다 받아들이는 게 아니란 얘기지요. 연습 삼아 작은 판에 가담시키면 그자는 반드시 포교들에게 붙잡히게 되어 있소. 물론 포교들은 미리 변복하고 기다리던 내 수하들이오. 그자가 온갖 고문을 당하고도 끝까지 입을 열지 않으면, 술과 고기를 먹인 후에 입당식을 치르오."

김진사는 거기서 입을 다물었다. 나는 고문에 못 이겨 입을 열면 어떻게 되냐고 물을 만큼 멍청하지는 않았다. 만일 내가 활빈당에 들어가려 했다면 그 시험을 통과했을까 못했을까. 나는 그런 생각을 하고 있었다.

"김형도 그런 식으로 하겠다는 것이오?"

"예? 뭘 말입니까?"

내가 시치미를 뗀 것인지 진짜 몰라서 반문한 것인지는 나 자신도 가늠하기 어려웠다. 김진사는 웃으며 말했다.

"내일 얘기합시다."

김진사는 약속을 지키지 못했다. 다음날 그는 총감부로 압송되었다. 아침 점호 시간에 벌어진 일이었다. 김진사의 번호를 부른 간수는 대답도 듣지 않고 그를 일으켜 세웠다. 작별 인사도 나누지 못하고 우리는 헤어졌다. 나는 내 번호를 놓칠 뻔했다. 점호가 끝난 뒤에 간수에게 물었더니 살인 혐의가 추가되었다는 대답이 돌아왔다. 곡산 군수 건이었다. 증언이 확보되었다는 말을 듣고 나는 간수에게 말했다.

"수하 중에 고문을 못 견딘 자가 있었던 거로군요."

의협심이 강한 조선인 간수는 쓴웃음을 지으며 말했다.

"그게 아니라, 밖에 남아 있던 심복이 저지른 배반이라오. 이 틈에 두목 자리를 꿰차겠다는 게지. 망할 놈."

갑자기 나는 감옥 안이 갑갑해서 견딜 수가 없었다. 술을 마실 수 없기 때문이었다.

기도

나란 놈은 얼마나 평범한 것이냐. 김진사가 내게 주고 간 것은 비밀 결사를 꾸리는 기술이 아니라 그런 자각이었다. 내 인생은 참 평탄하게 흘러왔구나. 그것은 자조라기보다 자신에 대한 새로운 긍정이었다. 은연중에 나는 내가 특별한 줄 알고 있었고, 그 힘으로 파란과 곡절의 인생을 살아내야 한다고 믿고 있었다. 이따금 스스로 보잘것없다고 겸손을 떨 때 나의 특별함은 가장 빛나지 않았던가. 그것은 웃지 못할, 차라리 눈물겨운 나의 교만이었다. 진짜 특별한 인생은 따로 있었다.

김진사는 떠나면서 돌아보지 않았다. 그의 뒷모습을 보면서 나는 죽은 중근을 떠올렸다. 오전 내내 나는 책도 읽지 않고 멍하니 앉아 있었다. 김진사 때문인지 김진사 때문에 생각난 중근 때문인지는 분명치 않았다. 아마 둘 다였거나 둘 다 아니었을 것이다. 점심때 들어온 사식은 전날 들어온 어린 신참 몫으로 돌리고 감방에서 콩밥으로 끼니를 때웠다. 식사 시간이 끝나자마자 간수가 돌아다니며 청소 사역을 나갈 죄수들을 불러 세웠다. 다들 억지로 몸을 일으키고 있었다. 공장에 나가는 날에는 그렇게들 부러워하는 일이었다. 나는 투덜대는 최가를 눌러 앉히고 간수에게 사역을 자청했다. 감방에 죽치고 있는 것보다는 그 편이 나을 것 같아서였다.

나는 옥사 뒤안의 뜰도 쓸고 간수실의 유리창도 닦으며 휴일의 오후를 보냈다. 갑갑증이 한결 가시는 느낌이었다. 역시 감옥은 편히 지내고자 할수록 더욱 힘들어지는 곳이었다. 어디 감옥뿐이랴. 세상 어디든 다 그렇지 않을 것인가. 흐르는 땀과 함께 내 가슴에 앙금으로 쌓인 온갖 감정의 찌꺼기들이 조금씩 빠져나가는 기분이었다. 나는 입김으로 뿌옇게 흐려진 유리창을 닦으려다 말고, 창에 비쳐 점점 또렷해지는 내 얼굴을 물끄러미 바라보았다. 하느님, 언젠가 우리가 독립하여 우리의 정부를 세우는 날이 오거든, 나는 그 청사의 뜰을 쓸고 창을 닦는 일을 하게 해주십시오. 그러다 죽어도 여한이 없겠나이다. 그 순간 내 마음은 깨끗이 닦인 유리창보다 투명했다.

투명한 것은 순간이었다. 그리고 시간이었다. 시간은 내 계산이 끼어들지만 않으면 아무런 사심 없이 흘러가는 것이었다. 흘러흘러 어느덧 내가 서대문 감옥에 들어온 지 한 해하고도 두 달이 지난 1912년 가을의 어느 날이었다. 공장에서 일하던 우리는 작업을 중지하라는 간수의 명을 받고 모두 한구석으로 모였다. 일본인 간수는 침통한 표정으로 일왕 메이지의 사망 소식을 전했다. 통역하는 조선인 간수의 목소리는 건조했다. 우리를 술렁거리게 한 것은 뒤이어 전해질 대사면 소식이었다.

우리는 일왕이나 그 왕비가 죽으면 죄수들을 사면한다는 것을 알고 있었다. 그래서 식사 시간마다 놈들이 '천황'이라 일컫는 자에게 감사해야 할 때 우리는 나지막이 중얼거렸다. 하느님, 메이지란 놈을 하루빨리 죽여주시옵소서. 대부분의 동료들이 찾는 하느님은 옥황상제였지만 그 순간 우리는 하나였다. 저주에 가까운 우리의 기도가 통했는지는 알 수 없지만, 어쨌든 우리의 소원대로 일왕은 우리에게 큰 선물을 남기고 죽었다. 짧은 징역을 사는 이들은 바로 석방되었고 나는 형기가 칠 년으로 줄었다. 종신형을 사는 죄수에게는 아무 혜택도 없었다.

그해가 가기 전에 메이지의 부인도 죽었다. 내 형기는 다시 오년으로 줄었다. 그때서야 겨우 명근도 이십 년으로 감형되었는데, 내 짐작대로 그는 그 따위 가소로운 은전(恩典)을 받을 까닭이 없다고 버텼다. 그러나 죄수에게는 감형을 받지 않을 자유도 없었다. 얼마 뒤 명근은 마포 공덕리에 새로 지어진 감옥으로 떠났다. 이 후로는 다시 만날 수 없었다.

졸지에 형기가 삼 년밖에 안 남게 된 나는 들뜨지 않을 도리가 없었다. 그것은 곧 감방 전체의 분위기이기도 했다. 동료들의 태반이 출옥하여 갑자기 넓어진 방에서 남은 자들은 서운할 것도 없이 밤마다 큰대자로 누워 성큼 다가온 자유의 기쁨을 누렸다. 나는 내 형기가 짧아진 만큼 조국의 독립도 앞당겨질 것만 같은 희망까지 부풀어 잠을 이루지 못했다.

형기를 다 마치면 내 나이 마흔이 될 것이었다. 나가면 무엇을 하며 어떻게 살아야 하나. 가까운 미래가 되어버린 출옥 이후로 자꾸 뻗어나가는 생각을 다스리기가 쉽지 않았다. 그래, 나간 뒤를 생각하지 말고 지금 당장 할 수 있는 것을 찾아보자. 뭐가 있을까…… 뭐가 있을까……

불현듯 나는 이름을 또 고쳐야겠다는 생각이 들었다. 이번에는 내 손으로, 내 맘대로…… 식민지의 민적에 올라 있는 이름은 버리고 새 이름으로 다시 태어나고 싶었다. 그것만이 내가 당장 할 수 있는 유일한 일인 것 같았다. 뭐가 좋을까…… 뭐가 좋을까…… 수십 개의 글자들이 감방 천장에 새겨졌다 지워지곤 했다. 잡힐 듯 말 듯 가물거리는 새 이름에 골몰하는 동안 새벽이 부옇게 밝아오고 있었다.

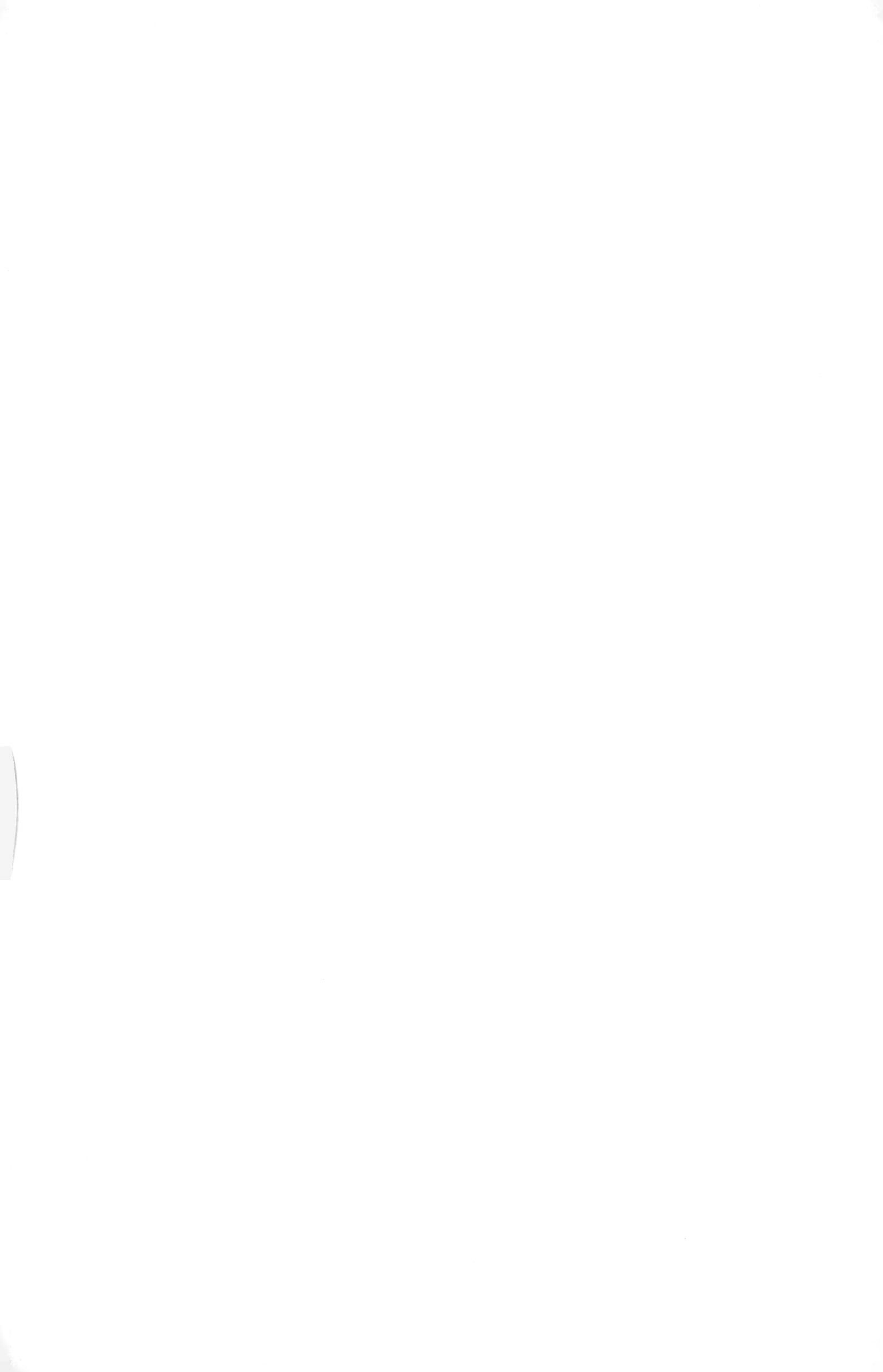

불혹의 청년

나는 천천히 이 날아가는 하나의 정부를 살폈다. 김구 주석, 김
규식 부주석, 이시영 국무위원 (……) 이 가운데 단 한 사람의 여
자가 안미생 여사로 우리는 안 스잔나로 불렀다. 김구 주석의 며
느리였지만, 김인(金仁)—김구 선생의 장남—씨가 돌아가자(1945
년 3월, 27세로 사망—인용자) 시아버지의 비서로 일했고 임시정
부에서 재중경 애국부인회의 일을 거들며 일했다. 사실 안여사는
우리가 잘 아는 안중근 의사의 조카딸이라는 것으로 더 잘 기억
할 수 있을 것이다. (……) 하지 장군이 이 수송기를 보내오긴 하
였지만, 우리의 조국에서 할 일을 생각하면 너무나도 늦은 환국
이 아닐 수 없었다. 좀더 빠른 주선을 해주었던들, 우리는 지금
쯤 어수선하다는 국내 정세를 좀더 빨리 정리할 수 있었을는지도
모른다. 아쉬움이 새삼스레 황해의 푸른 물굽이를 지나는 비행기
안에서 나에게 안겨졌다. 그러나 칠십 노령에도 불구하고 건강하
게 이 환국도상에 오른 김구 선생의 위엄이 마음 든든할 따름이

었다. (……) 김구 선생은 눈물지는 눈을 지그시 감은 채 뒤에 기대고 있을 뿐, 눈물을 닦으려 하시지도 아니했고, 입을 비죽거리지도 않았으며, 고개를 숙이지도 않았다. 하나의 거대한 돌부처처럼, 우는 돌부처처럼, 그런 모습으로 주먹을 쥐어 무릎 위에 얹은 채 새로운 앞일을 감당하고 있었다. (……) 환국의 비행기는, 각기 심각한 명상 속에 잠긴 임시정부를 싣고 이날 오후 네시가 가까워질 무렵 강화도를 순식간에 지나쳤다. 초조한 긴장을 못 이겨, 신문이며 잡지를 펼쳐들었던 사람들도 모두 황량한 겨울의 조국을 내려다보았다. 그러나 김구 주석은 그 무엇을 구상하는지 끝내 먼 하늘을 바라보고 있었다. (……) 수송기의 고도가 떨어졌다. 인천이 발 아래로 깔리고 우리는 김포의 활주로를 돌고 있었다. 정각 네시. 우리는 김포비행장이라는 벌판 위에서 한줄기 활주로를 놓고 선회를 마친 뒤, 아랫배가 허전해오는 착륙을 기도했다. 이윽고 비행기가 활주로에 들어섰다. 알 수 없는 심회가 꼿꼿이 굳어졌다. 이제 조국에 돌아왔다. 곧 땅을 밟고 그리운 동포의 그 표정을 보리라. (……) 김구 주석이 앞서고 그 뒤를 엉거주춤하게 서 있었다. 미공군 하사관이 기체의 문을 열어제쳤다. 화악 하고 고운 바람이 조국의 냄새를 불어넣어 주었다. 나는 심호흡을 들이켰다. 기어간 산등성이가 멀리 부옇게 보였다. 시야에 들어온 것은 벌판뿐이었다. 일행이 한 사람씩 내렸을 때 우리를 맞이하는 것은 미군 GI들뿐이었다.

—장준하, 『돌베개』에서

귀환

김구는 열여섯 획의 '거북 구'를 버리고 단 두 획의 '아홉 구'를 취하여 金九가 되었다. 호(號)도 새로 지었으니 백범(白凡)이었다. 백정과 범부. 뜻은 자명했다. 이름을 바꾼다고 갑자기 딴 사람이 되는 것은 아닐 테지만, 김구는 바뀐 이름 덕에 새로워진 기분이었다. 줄어든 획수만큼 홀가분한 느낌이었다. 익숙해진 감옥 생활은 지겹지만 견딜 만했고, 출감 후의 계획에 대해서는 아무 생각이 없었다.

김구는 서대문 감옥에서 남은 형기를 마치고 싶었지만, 감옥은 죄수의 희망대로 굴러가는 곳이 아니었다. 총독부는 인천의 항만 신축공사에 투입할 대규모의 노동력이 필요했다. 사망자가 속출하는 위험한 공사였기에 모집한 민간인 노동자들만으로는 일손이 모자랐다. 경무총감부는 전국의 감옥에 수감된 중죄수(重罪囚)들을 대상으로 차출 리스트를 작성했다. 형기가 일 년밖에 안 남은 김구를 명단에 올린 것이 와타나베의 짓이라는 확실한 증거는 없었다.

탈출한 지 십육 년 만에 김구는 인천 감옥으로 돌아왔다. 철사줄로 꽁꽁 묶인 붉은 옷의 무리에 섞여. 오랜만에 고향으로 돌아온 방랑자 같은 기분에 젖어. 새 건물이 군데군데 들어선 관공서 거리는 친숙하면서도 낯설었다. 경무청 건물은 인근 집창촌 여성들의 정기검진 시설로 변해 있었다. 김구는 그 안에서 겁 없이 웅변을 토했던 젊은 날의 자신을 떠올렸다. 그러자 덕수궁 앞에서 연설하다 말문이 막혔던 기억도 뒤따랐다. 김구는 썩은 미소를 지었다.

감옥 역시 세월이 흐른 만큼 달라져 있었고, 세월이 흘러도 변함없는 풍경 또한 간직하고 있었다. 김구는 한때 '감옥의 왕'으로서 유유히 산책했던 뜰을 다시 거닐어보고 싶었지만, 이제는 그저 수많은 죄수들 중 하나인 자신의 처지를 인정하지 않을 수 없었다. 새로 매겨진 죄수 번호는 숫자 하나가 줄어든 55번이었다. 김창수도 김구도 아닌 55번으로 조용히 살다가 나가면 되는 거라고 김구는 생각했다.

과거

세상은 김구의 생각대로 굴러가는 곳이 아니었다. 감방에 입실한 그가 막 자리잡고 앉았을 때였다. 파견 죄수이므로 신참이 치러야 할 신고식은 생략되고 간단한 자기소개만 마친 뒤였다. 처음부터 김구를 주시하고 있던 한 사내가 다가와 넌지시 말을 걸었다.

"어디서 본 거 같은데…… 나 모르겠소?"

말은 그렇게 했지만 사내는 확신에 차 있었다. 고개를 갸우뚱하는 김구에게 사내는 대들듯이 말했다.

"당신 김창수지? 맞지?"

김구는 나쁜 짓을 하다 들킨 아이처럼 깜짝 놀랐다. 사내의 움푹 파인 이마를 단서로 누구인지 기억해내려 애썼지만 도무지 알 수 없었다.

"내 몰골이 흉해서 기억을 못하나 본데, 이마가 멀쩡하다고 보면 생각이 날걸."

있는 흉터를 없다고 치는 것은 생각처럼 쉽지 않았다. 그보다도 김구는 사내의 곱지 않은 말투가 거슬려서 제대로 집중할 수가 없었다.

"이런…… 나 문종칠이오. 한때 김창수 당신을 선생으로 모셨던 문가라고."

문종칠? 문가? 아! 김구는 미안하고 반갑고 언짢은 마음이 뒤엉켜서 어찌할 바를 몰랐다.

"아니, 어떻게…… 여지껏……"

옛 동료의 형기를 기억해낸 김구는 의아함을 감추지 못했다.

"놀라긴. 누구처럼 나갔다 또 들어왔지. 난 그렇다 치고, 죄 없는 동료들 술 처먹여 재워놓고 감쪽같이 사라졌던 양반이 이게 무슨 꼴인가, 응? 그 잘난 충신 영웅이 또 무슨 죄를 지으셨냐고?”

김구는 그가 왜 자기를 삐딱하게 대하는지 알 것 같았다. 하지만 모르는 척 묻는 말에만 답했다.

“강도죄요.”

“하, 강도질하는 충신이라……”

“실은 난 강도도 충신도 아니지만, 충신이 강도가 되기도 하고 강도가 충신이 될 수도 있는 게 세상 이치 아니겠소.”

“오, 그렇게 세상 이치에 밝은 양반이니 당신 떠난 뒤에 남겨진 우리가 얼마나 고생했는지도 물론 잘 알겠군.”

문종칠은 이마의 흉터를 매만지며 말했다. 김구는 입이 열 개라도 할 말이 없었다.

그날부터 문종칠은 인천 감옥에서 가장 배부른 죄수가 되었다. 김구의 사식은 다 그의 차지였다. 김구는 감옥에서 주는 밥도 걸핏하면 그에게 덜어줬다. 달리 해줄 게 없어 안타까우면서도 한편으로는 배가 고파 짜증이 났다. 짜증이 나도 참아야 했다. 자기 때문에 두개골이 함몰된 옛 동료에 대한 속죄이기도 했지만, 속이 잔뜩 꼬인 문가의 입을 막지 못해 창수 시절의 행적이 죄다 알려지면 좋을 게 없었다. 어쨌든 그곳은 일본 감옥이었다. 아무리 시효가 지났다 해도 일본인을 살해한 조선인 죄수를 괴롭힐 길은 얼마든지 있었다. 다행히 문종칠의 형기는 몇 달밖에 남아 있지 않았다. 그는 툭하면 이런 말을 해서 김구의 속을 태웠다.

“밑천 안 드는 장사가 두 가지 있지. 거지하고 도둑. 특히 도둑질에 한번 맛을 들이면 끊기가 어렵다고. 다른 일은 눈에 안 들어오지. 하긴 감옥을 제 집처럼 드나드는 놈에게 일을 맡길 바보도 없겠지만. 내 나갔다가 곧 다시 들어올 테니 너무 섭섭해하지 마시구려."

문종칠이 만기 출옥하는 날 김구는 자기가 풀려나는 것보다 더 후련했다. 김구는 그가 손을 씻고 새사람이 되게 해달라고, 그게 정말 어렵다면 제발 들키지 않게, 들켜도 붙잡히지 않게 해달라고 간절히 기도했다.

시련

이름을 고치듯 과거를 지울 수는 없는 일이었다. 혹은 타인의 기억 속에 새겨진 옛 이름처럼 과거는 사라지지 않는 흔적으로 도처에 남아 있을 것이었다. 문종칠이 사라졌다는 해방감도 잠시뿐, 김구는 언제 어디서 또 과거의 흔적과 마주치게 될지 모른다는 생각으로 갑갑했다. 감옥에서 나간다 한들 조선 땅에 발붙이고 사는 한, 그 땅이 남의 나라의 지배에서 벗어나지 못하는 한, 난자당해 물고기 밥이 된 쓰치다의 망령으로부터 풀려나기는 틀렸다는 자기 저주로 우울했다.

김구가 우울했던 까닭은 또 있었다. 항만 공사장의 노역은 한마디로 사람 죽이는 일이었다. 첫날 가벼운 마음으로 자신의 체력을 점검해보려 했던 김구는 몇 분 지나지 않아 체력의 한계를 느끼고 휘청거렸다. 일은 너무도 단순했다. 흙 지게를 지고 사다리를 오르내리기만 하면 되는 일이었다. 문제는 흙 지게의 무게가 몸무게에 육박한다는 데 있었고 사다리의 높이가 이십 미터를 넘는데다 기울기는 거의 수직에 가깝다는 데 있었다.

꾀를 부려 천천히 오르고 싶어도 무게를 견딜 수 없어 저절로 동작이 빨라졌고, 그러면 또 다리 근육이 찢기는 듯한 통증 때문에 속도를 줄여야 했다. 쇠사슬로 연결된 두 사람이 함께 움직여야 했으므로 체력 소모는 더욱 심했다. 김구는 사다리 아래 설 때마다 과연 저 위까지 도달할 수 있을까 자신이 서지 않았다. 공사 중에 죽고 다치는 가장 큰 원인은 추락이었다. 황당한 이인일조 시스템이 도주를 막는 데 얼마나 효과가 있었는지는 알 수 없지만, 사상자의 숫자를 배가시키는 데 크게 기여한 것만큼은 분명했다.

더 큰 문제는 김구 자신에게 있었으니, 그의 마음은 여전히 청춘이었다. 그 청년의 마음과 마흔을 바라보는 몸 사이의 괴리로 말미암아 김구는 남들보다 훨씬 힘들게 일했다. 마음먹은 대로 몸이 따라주지 않을 때 찾아오는 고약한 열패감. 게다가 그는 늘 허기진 상태였다. 식사 시간말고 따로 주어지는 휴식은 없었다.

첫날부터 어깨와 등이 다 까지고 허리는 끊어질 듯 욱신거리고 발이 퉁퉁 부어올라 평지를 걷기도 힘든 몸으로, 김구는 날마다 고통의 사다리를 오르내렸다. 그것은 마치 시지프의 왕복 운동과도 같은 형벌의 노동이었다. 기약이 있다는 점에서는 신화 속의 상황보다 희망적이었으나, 스스로 그만둘 수 있다는 점에서 훨씬 치명적인 위험이 도사리고 있었다.

어느 날 김구는 사다리를 오르다 말고 그 헛된 몸놀림을 그만 멈추고 싶다는 강한 충동을 느꼈다. 거의 이십 년 전 바로 인천 감옥에서 자살은 꿈도 꾸지 않겠다고 결심한 이후로 가장 뿌리치기 힘든 죽음의 유혹이었다. 열 길 아래 바닥에는 그물이나 매트가 설치돼 있을 리 없었다. 한몸처럼 엮인 동료의 아까운 목숨을 생각하지 못했다면 김구는 그때 거기서 생을 마감했을지도 모른다. 다음날 그는 모범적인 사역의 자세를 보였다는 이유로 표창을 받았다. 죄수에게는 상을 거부할 자유가 없었다.

만기 출옥을 몇 달 앞둔 여름날 아침, 김구는 동료들과 줄을 맞춰 운동장에 서 있었다. 누가 나와서 무슨 소리를 지껄일지는 알 수 없었지만, 누구든 나와서 무슨 소리든 오래오래 떠들어대기를 모든 죄수들은 바라고 있었다. 사역 시간이 줄어들 수만 있다면 뭐든 시키는 대로 할 각오 또한 되어 있었다.

구령대 위로 올라온 간수장은 곧바로 확성기를 입에 대고 죄수들의 번호를 부르기 시작했다. 불려진 죄수는 대답과 함께 앞으로 튀어나갔다. 그중에는 55번도 들어 있었다. 긴장된 모습으로 늘어서 있는 여남은 명의 죄수들에게 간수장이 건넨 소식은 간단했다. 통역을 듣기 전에 김구가 알아들은 그 말에는 꿈같은 단어가 들어 있었다. 가리샤쿠호…… 가석방이었다.

형벌

1915년 8월 중순의 어느 날, 김구는 경의선 기차에 몸을 싣고 집으로 돌아왔다. 기차는 거침없이 강을 건너고 들판을 달려 사리원역에 닿았다. 김구의 가족은 얼마 전에 안악으로 돌아와 있었다. 사리원과 안악은 지척이었다. 김구는 빨리 걷고 싶었으나 몸이 성치 않아 여의치 않았다. 집으로 가는 길은 낯선 신작로로 변해 있었다.

마을 입구에는 김구를 마중하기 위해 곽낙원과 최준례가 나와 있었다. 김구는 멀리 서 있는 어머니와 아내의 주변을 맴돌며 놀고 있을 아이를 찾느라 목을 빼고 눈을 가늘게 떴다. 거리가 가까워져도 화경은 눈에 띄지 않았다. 최준례는 남편의 굼뜬 걸음걸이를 보다가 왈칵 눈물을 쏟으며 고개를 돌렸다. 곽낙원이 다가온 아들의 손을 잡고 말했다.

"왔구나. 애야, 너는 오늘 이렇게 살아 돌아왔는데, 화경이가…… 제 언니 곁으로 갔구나. 집에 돌아오자마자 시름시름 앓더니…… 너한테 차마 알릴 수가 없었다. 그 어린 것이, 자기 아픈 거 아버지는 모르게 하라고, 너 마음 상한다고…… 죽기 전에 제 아버지를 얼마나 보고 싶어했는지 모른다."

김구는 화경의 나이가 생각나지 않았다. 물어보거나 따져보면 금방 알 수 있는데도 그는 무턱대고 딸애가 몇 살인지 생각해내려 애썼다. 그러니까 실은 생각나지 않게 하려고 애썼다는 게 더 맞을 수도 있었다. 그 생각에 사로잡힌 척하는 것만이 딸의 죽음을 감당할 수 있는 유일한 길인 것처럼, 김구는 떠오르는 숫자들을 자꾸 밀쳐내며 부동자세로 오랫동안 서 있었다.

그날 밤 잠자리에서 김구는 좀처럼 아내의 몸을 만질 수 없었다. 꼭 화경의 죽음 때문만은 아니었다. 오랜 세월 감옥에서 혼자 성욕을 푸는 데 익숙해진 몸이었다. 꿈에 그리던 아내와의 정사를 막상 치르려 하니 첫날밤의 신랑으로 돌아간 듯 서먹서먹했다. 기다리던 최준례가 몸을 돌려 김구의 옷고름을 풀었다. 아내의 손길과 입맞춤으로 김구의 몸은 금세 부풀어올랐다. 골병 든 남편의 몸을 눕혀둔 채로 최준례는 천천히 몸을 움직였다. 그날 밤 그들의 정사는 숨죽인 소리만큼 뜨거웠다.

이듬해 6월 최준례는 셋째딸을 낳았다. 김구는 딸의 이름을 은경(恩敬)이라고 지었다. 은혜와 공경. 뜻은 자명했다. 은경은 일 년 뒤에 죽었다.

생활

김구는 딸 셋을 모두 잃었다. 셋은 고사하고 둘만이라도 함께 키워본 날이 단 하루도 없었다. 같이 살아본 적 없는 세 자매가 천국에서 서로 몰라보는 일이 없게 해달라고 김구는 기도했다. 은경이 죽은 지 일 년 만에 남동생이 태어났다. 이름은 인(仁)이었다. 민적에 올린 이름 린(麟) 대신 김구가 따로 지은 이름이었다.

인이 태어날 무렵까지 김구의 생활은 조신했다. 귀향 후 몇 달 동안은 가석방 상태였으므로 완전한 자유의 몸이 아니었다. 형기를 다 살고 나온다 한들 그 자유가 완전할 수 있으랴. 김구는 관할 헌병대장의 묵인 아래 인근 학교에서 아이들을 가르쳤다. 가끔 바닷바람을 쐬고도 싶었지만 일일이 헌병대의 허가를 받기 싫어서 마을 밖으로는 나가지 않았다.

처음에는 환영회다 위로주다 뻔질나게 찾아오던 친구와 제자들도 점점 발길이 뜸해졌다. 당연하고 다행한 일이었다. 찾아오면 반갑고 고맙긴 했지만 성가시고 피곤한 것 또한 사실이었다. 김구는 집에 손님이 오면 음식을 장만해야 하는 두 여자의 눈치를 보느라 마음이 편치 않았다. 그래서 마을 친구 집에 모여 기생들을 불러 놀다가 곽낙원에게 된통 혼나기도 했다. 최준례가 알고 시어머니에게 일러바친 것이었다.

워낙 보기 드문 고부지간이던 곽낙원과 최준례는 김구가 감옥에 들어가 있는 동안 더욱 끈끈한 사이로 발전해 있었다. 김구가 보기에 그것은 가히 동지적 관계의 모범이라 할 만했다. 곽낙원은 김구에게 말했다.

"같이 들어간 네 동지들 중에는 부인이 도망간 집이 여럿 있다더라. 감옥에서 고생하는 남편 팽개치고 얼씨구나 팔자 고치려 드는 몹쓸 년들이 다 있구나. 옥바라지는 대충 하면서 딴 사내랑 정분난 경우도 한둘이 아니고…… 넌 다른 건 몰라도 장가 하나는 잘 갔다는 걸 잊으면 안 돼. 네 처의 수절은 네 친구들이 모두 감동했지 않냐. 행여라도 네 처를 박대했다가는 내 손에 아주 작살이 날 줄 알아."

최준례는 가족의 생계를 책임지는 실질적인 가장이었다. 그녀는 김구를 임시로 받아준 안신학교의 정식 교사였다. 가석방 기간 동안의 취업은 규정 위반이었다. 김구는 무보수로 일했다. 자연스레 가정을 꾸리는 주도권은 최준례에게 넘어갔다. 그녀는 시어머니와 상의해서 집안의 대소사를 처리했다. 김구는 집에 돌아오면 조용히 저녁을 먹고 잠자리에 들었다. 휴일에는 예배 뒤에 인근 소작인들을 도와 일했다.

해가 바뀌어 형기를 마친 뒤에도 김구의 생활은 별로 달라질 게 없었다. 그도 어느새 마흔이었다. 새로운 일을 시작하기에는 좀 늦은 나이였고, 놀고먹기에는 너무 이른 나이였다. 김구는 여전히 학교를 오가며, 전과자이므로 정식 발령은 받지 못한 채, 그래도 배운 도둑질이 하나 있음을 감사히 여기며 살았다. 정초에 숙부 김준영이 죽었을 때는 그를 마지막으로 본 게 언제인지 생각나지 않아 애를 먹었고, 연말에 처형이 죽었을 때는 그녀가 아내보다 몇 살 위인지 기억 못하는 자신을 한심해하며 장례를 치렀다.

마흔 줄에 접어들면서부터 시간은 덧없다는 표현이 무색할 만큼 걷잡을 수 없이 빠르게 흘러갔다. 흐른다기보다는 무더기로 잘려나가는 것 같다는 게 김구의 느낌이었다. 그 느낌이 꼭 나쁜 것만은 아니어서, 한 해가 훌쩍 가버릴 때마다 그는 짐을 하나씩 내려놓는 기분이었다. 이대로 좀더 버티면 금세 주름진 얼굴에 백발이 되리라. 그러면 어느 누구도 왜 이렇게 사냐고, 네가 지금 이러고 있을 때냐고, 고작 이 정도밖에 안 되는 놈이 그렇게 천방지축 날 뛰었냐고 시비를 걸어오지는 못하겠지. 김구가 따돌리고픈 그 누구는, 누구보다도 김구 자신이었다.

혼돈

1919년 기미년의 3월이 왔다. 백일을 앞둔 인과 함께 김구의 가족은 무사했다. 바깥세상의 사정은 달랐으니 독립 만세를 외치는 함성이 전국으로 퍼져나가고 있었다. 황해도도 예외일 수 없었다. 의사 안중근을 배출한 고장의 명예와 자존심이 걸린 문제였다. 김구는 옛 동지로부터 한 통의 편지를 받았다. 거사를 의논하기 위해 재령으로 모이자는 내용이었다. 김구는 기회를 봐서 움직이겠다고 답장했다. 그는 홀어머니와 조강지처와 젖도 안 뗀 늦둥이가 딸린 마흔세 살의 가장이었다.

만세 운동이 일어날 것이라는 정보를 처음 접했을 때 김구는 제정신이 아니었다. 경성에서 최초의 거사가 있기 이틀 전이었다. 내가 모르는 사이에 이런 엄청난 일이 진행되고 있었구나. 저항의 중심에서 밀려났다는 서운함도 없지 않았지만, 드디어 조선 인민의 기개를 만천하에 떨칠 수 있게 되었다는 반가움과 설렘에 비하면 아무것도 아니었다. 김구는 갑자기 이십여 년의 세월을 거슬러 스무 살의 청년으로 돌아간 기분이었다. 마치 깊은 겨울잠에 빠져 있던 개구리가 얼음을 녹이며 쏟아지는 봄비에 놀라 깨어난 것과 도 같았다. 때는 바야흐로 우수(雨水)와 경칩(驚蟄)의 계절이었다. 김구 앞에는 이틀 뒤면 세상을 발칵 뒤집어놓을 두 개의 문서가 놓 여 있었다. 독립선언서와 민족 대표 33인의 명단이었다.

吾等은 慈에 我…… 당대 최고의 문장가가 선포한 조선 독립의 대의와 정당성은 김구를 다시 한번 피 끓는 청년으로 되돌려놓았다. 그 언젠가 한 줄의 포고문을 써내려가던 손끝의 떨림이 되살아나 는 느낌이었다. 손병희, 이승훈, 한용운…… 민족을 대표하는 쟁 쟁한 이름들을 하나하나 읽어내려가는 그의 가슴은 자랑스러움과 부러움으로 벅차게 뛰었다. 김구는 둘 중의 한 마음을 잠재우려 애 썼다. 너는 이미 독립 정부의 문지기나 청소부가 되기로 결심한 몸 이 아니냐. 그는 매우 흥분한 상태였다. 당장 밖으로 뛰쳐나가 사 람들을 불러 모으고 싶은 마음을 꾹꾹 눌러 참아야 했다. 요원할 것만 같던 조국의 독립이 뜻밖에도 코앞의 현실로 다가오다니…… 김구는 혼자 꿈을 꾸고 있었다.

김구가 백일몽에서 깨어나 냉정을 되찾을 수 있었던 것은 거사 당일 민족 대표들이 보여준 석연찮은 행보 덕이었다. 3월 초하루 의 날이 밝자 김구의 집에는 손님의 발길이 끊이지 않았다. 친구 와 제자들은 바삐 오가며 시시각각 경성에서 벌어지는 상황을 전 달하고 그 여파를 예측했다. 그러다가 민족의 대표들이 자진해서 경찰서로 직행했다는 소식이 들어오자 모두 어안이 벙벙했다. 자진 출두에 앞서 민족을 대표하는 지도자들은 학생들이 기다리는 공원으로 가지 않고 근처 음식점에 둘러앉아 선언서를 읽었다.

왜 그랬을까. 김구는 사람들을 돌려보내고 생각에 잠겼다. 무슨 깊은 뜻이 있는 것일까. 평화적인 시위를 위해 그랬다는 그들의 주장은 더욱 요령부득이었다. 그렇다면 평화적으로 시위를 했어야 하지 않는가. 자신들이 앞장서면 군중을 흥분시켜 폭력이 발생하게 될 것을 우려했다고 그들은 덧붙였다. 그렇다면 정작 시위대가 흥분하여 폭력을 행사하려 할 때 그들을 진정시켜 질서를 세울 사람은 누구인가. 그 일을 할 사람들이 모두 유치장에 얌전히 앉아 있으니 향후 운동의 조직적인 전개는 어떻게 가능할 것인가. 그들은 도대체 무슨 생각으로 민족의 대표를 자처하고 나섰는가. 싸움이 시작되자마자 항복할 거면 싸움은 왜 시작했는가. 그들은 혹시 저항과 투항을 혼동한 것이 아닌가. 그들의 독립은 인민으로부터의 독립을 뜻하는가.

무엇보다도 그들은 평화를 오해하고 있었다. 전쟁은 한쪽의 일방적인 의지만으로도 가능하지만, 평화는 양쪽 공동의 노력 없이는 불가능할 것이었다. 폭력을 거부하고 평화를 사랑하는 정신은 아름답지만, 현실에서 그 아름다운 열매는 거저 주어지는 것이 아니었다. 정녕 그들은 미국 대통령의 말 한마디가 조국의 독립을 가져다줄 것이라고 믿고 있는가. 독립의 선언이 곧 독립의 실현이라고 착각하고 있는 것은 아닌가.

김구는 한숨지었다. 자신도 잠시 그런 환상에 빠져 있었다는 부끄러움 때문이었다. 그는 문득 33인의 명단에 들어 있던 이름 하나를 떠올렸다. 이승훈 선생이라면 처음부터 모든 사정을 알고 참여하지 않았을까. 앞일이 어찌 될지 내다보고 시작하지 않았을까. 그렇다면 자진해서 유치장에 갇히는 것이 선생으로서는 최선의 선택이었던가. 어차피 체포될 몸이므로. 그렇게 끝날 것임을 알고 있었기에. 아니, 선생은 그것이 시작임을, 이 거사가 앞으로 끊임없이 벌여나가야 할 기나긴 싸움의 시작일 뿐임을 이미 알았던 게 아니었을까. 김구는 다시 한숨지었다. 날이 저물고……

날이 밝았다. 거사에 동참하라는 동지의 권유를 완곡히 물리치기는 했지만, 김구는 답답하고 궁금해서 가만히 앉아 있을 수가 없었다. 역사의 현장을 두 눈으로 확인하지 않고는 배길 도리가 없었다. 그래, 평양으로 가자. 평양은 경성과 더불어 기미년 만세 운동의 중심이었다. 1907년의 대부흥 이후 '동양의 예루살렘'이라 불려온 도시이기도 했다.

김구는 대동강을 건너기 위해 치하포로 갔다. 그를 알아보는 사람은 아무도 없었다. 배 위에서 바라보는 강의 하구는 바다처럼 넓었다. 육지 사이에 끼어든 좁은 바다였다. 며칠 전까지만 해도 작은 빙하를 방불케 했던 강물은 밥상만한 얼음의 잔해들을 싣고 바다로 흘러가고 있었다. 김구는 그 아래 가라앉아 있을 쓰치다의 유해(遺骸)를 떠올렸다. 그때 내가 왜 그를 죽여야만 했을까.

어떤 물음은 답을 먼저 구한 뒤에 떠오르기도 한다. 김구의 답은 얌전히 떠내려가는 얼음 조각들을 바라볼 때 찾아온 것이었다. 김구는 다른 비유를 생각했다. 그때 나는 터질 곳을 찾아 돌아다니는 폭탄이 아니었을까. 혹은 답답한 우리에 갇혀 탈출구를 찾아 헤매는 젊고 사나운 짐승…… 그게 다라고는 할 수 없지만 그걸 빠뜨린 답 또한 온전할 수 없다는 것이, 강을 건너는 내내 김구를 사로잡은 생각이었다. 그가 진남포에 발을 디뎠을 때는, 이미 평양으로 가는 모든 길이 봉쇄된 뒤였다.

집으로 돌아온 김구를 만나기 위해 마을 청년들이 찾아왔다.

"준비가 끝났습니다. 내일 함께 나가서 만세를 부르셔야죠."

김구는 망설이지 않고 말했다.

"나는 참여할 의사가 없네."

전혀 예상치 못한 반응이었기에 청년들은 어리둥절했다.

"선생님이 안 나오시면 선창은 누가 합니까?"

"누구든 하면 되지 않겠나. 선창 없이도 이심전심으로 부르면 되겠지. 이번 만세는 각자 알아서 부르는 수밖에 없네."

그것이 정확히 무슨 말인지는 김구 자신도 알 수 없었다. 방 안의 공기는 한없이 무거웠다.

"선생님, 왜 참여하지 않으시는지…… 이유를 여쭤봐도 되겠습니까?"

무슨 대답을 할 수 있을 것인가. 만세 부르는 걸 싫어하는 체질이라고 대답할 것인가. 김구는 난감했다. 독립은 만세를 부른다고 되는 것이 아니네…… 그런 대답으로 찬물을 끼얹을 용기는 없었

다. 내가 참여하고 안하고는 중요하지 않으니 괘념치 말고 자네들
은 열심히 만세를 부르게…… 그런 헛소리가 대답이 될 수는 없었
다. 침묵 끝에 김구는 짧게 대꾸했다.

"안 돼. 묻지 말게."

청년들은 어두운 표정으로 돌아갔다. 그들이 나간 뒤에야 생각
난 최선의 대답을, 김구는 허공에 대고 중얼거렸다. 나도 모르겠네.
이 사람들아……

다음날 청년들이 모여 만세를 부르는 동안 김구는 소작인들과
함께 저수지의 둑을 고쳤다. 다음날도 그 다음날도 김구는 마을의
농사 준비를 돕는 데 열중했다. 학교는 정상 수업이 어려워 임시
로 쉬고 있었다. 김구를 감시하는 젊은 순사보는 따분해서 하품만
나왔다.

그렇게 3월은 가고 있었다. 만세의 열기는 식을 줄을 몰랐고, 오
히려 더 거센 불길로 타오르고 있었다. 운동의 실패를 예감했던 김
구는 안도했고 동시에 불안했다. 많은 사람들이 다치고 죽어갔다.
김구는 날마다 기도했다. 주여, 저들의 희생을 헛되이 마옵소서.

망명

3월 29일 아침, 읍내에 사는 김용진이 김구에게 사람을 보내왔다.
화급을 다투는 일이니 즉시 와달라는 전갈이었다. 김용진은 안악

의 젊은 유지로 양산학교 시절부터 김구가 벌인 교육사업의 성실한 후원자이자 신민회 사건으로 함께 체포되었던 동지였다. 김구는 아침도 거르고 집을 나섰다. 김용진의 당부대로 행선지와 만날 사람은 거짓으로 꾸며댔다. 최준례는 점심때 국수를 말아줄 테니 빨리 다녀오라며 남편을 배웅했다. 곽낙원은 방 안에서 손자의 기저귀를 갈아주고 있었다. 그 시각, 김구의 담당 순사는 상부에서 떨어질 모종의 명령을 기다리고 있었다. 그 옆에서 순사보는 오늘도 하루 종일 들판에서 서성여야 하나, 투덜대며 신발 끈을 고쳐매고 있었다.

김구와 마주앉자마자 김용진은 말했다.

"선생님, 상해로 가십시오."

김구는 무슨 말이냐고 묻지 않았다. 그 한마디로 모든 것이 명확해진 느낌이었다. 자신이 왜 만세를 부르지 않았는지, 그러면서 무엇 때문에 불안해하고 있는지도…… 그는 감옥이 두려운 것이었다. 다시 시뻘건 죄수복을 입는 것이 죽기보다 싫은 것이었다. 상해로 가십시오…… 그 옛날 중국으로 향하던 발길을 돌린 이후 오직 그 말을 듣기 위해 살아온 것 같은 아득함 속에서, 김구는 그 일곱 글자를 거역할 수 없는, 돌이킬 수 없는 운명의 지침으로 받아들였다. 침묵의 의미를 오해한 김용진은 김구를 설득하기 시작했다.

"선생님도 짐작하시겠지만 놈들의 무자비한 진압이 임박했다는 정보가 들어왔습니다. 본토의 병력이 증파될 거라는 소문도 파다하고요. 진압에 앞서 거물급 인사들부터 이미 잡아들이기 시작했답니다. 선생님이 아무리 은인자중하셔도 왜놈들은 우리 안악에서 벌어지는 모든 시위를 선생님의 지시에 따른 것으로 파악하고 있다는 걸 아셔야 합니다. 선생님, 이번에 들어가시게 되면……이제 연세도 있으신데 남은 세월을 감옥에서 썩을…… 보낼 수는 없지 않습니까. 이동녕 선생과 이광수 군이 상해에서 선생님을 기다리고 있습니다. 제가 다 주선해놨으니 결단만 내리시면 됩니다. 상해로 가시지요, 선생님. 가서서 새로운 일에 힘써주셔야지요."

새로운 일, 새로운 인생…… 김용진의 말을 듣고 김구가 떠올린 것은 십 년 전에 죽은 안중근의 어릴 적 모습이었다.

"언제 떠나면 되나?"

김용진은 안도의 한숨을 내쉬었다.

"당장 출발하실 수 있게 준비해놨습니다."

"집에 좀 다녀올 테니 잠깐 기다려주게."

"죄송하지만 그럴 시간이 없습니다. 지금쯤 순사들이 댁으로 들이닥쳤을지도 모릅니다. 식구들은 곧 뒤따라갈 수 있게 조처할 테니 걱정 마시고 바로 떠나십시오. 가족을 생각하셔서서라도……"

김구는 자리에서 벌떡 일어났다. 갑자기 아내의 국수가 먹고 싶어 환장할 것 같았다.

점심 무렵 김구는 사리원발 신의주행 기차에 몸을 실었다. 허리춤에는 돈과 소개장이 든 주머니를 차고 있었고, 얼굴에는 동그란 뿔테 안경을 쓰고 있었다. 열차 안은 만세 시위에 관한 얘기들로 시끌벅적했다.

"어제 평양에서 또 여러 명이 죽었다지."

"어서 빨리 독립이 돼야 귀한 목숨들이 그만 상할 텐데."

"독립은 벌써 되지 않았나. 왜놈들이 물러가지 않았을 뿐이지. 곧 쫓겨나고 말 테니 너무 걱정들 말라고."

김구는 잠을 자둬야겠다는 생각으로 눈을 감았다.

기차가 신의주역에 도착했을 때는 날이 저물어 있었다. 김구는 열차에서 내리기 전에 소개장을 사타구니에 감췄다. 개찰구를 지키는 순사가 김구의 주머니를 가리키며 물었다.

"나니카?"

통역이 없다고 입을 다물 형편이 아니었다. 김구는 주머니에 뭐가 들었는지 간단히 답했다.

"오카네."

주머니를 열어 본 순사는 두툼한 지폐 다발에 입이 벌어졌다.

"시고토가 나니카?"

하는 일이 뭐냐는 질문이었다. 김구는 갑자기 일본어 발음이 생각나지 않았다.

"목재상."

"목재……상? 목재가 사람 이름인가?"

순사는 조선말을 할 줄 알았다. 그는 혼자 낄낄대며 김구를 통과시켰다. 그 외국 경찰관의 썰렁한 농담이, 김구가 이 땅을 뜨기 전에 마지막으로 들은 모국어였다.

김용진의 말대로 압록강 철교 어귀에는 인력거 한 대가 기다리고 있었다. 중국인 인력거꾼은 약속된 액수의 돈을 챙긴 뒤에 김구를 태웠다. 그 돈의 일부는 철교 남단에 설치된 검문 초소로 건네졌다. 허공에 뜬 다리 위를 인력거는 흔들리며 달렸다. 김구는 압록강을 건넜다. 그가 내린 곳은 훗날 단둥이라 불리게 될 중국 땅 안동의 한 여관 앞이었다. 김구는 여관방에 틀어박혀 일주일을 보냈다.

그 이레 동안 김구의 일과는 감옥의 하루보다도 단순했다. 먹고 자는 시간 빼고는 온종일 책을 읽으며 지냈다. 책은 단 한 권, 여관 주인이 방마다 놓아둔 한문 성서였다. 첫날 성서를 발견하고 반가운 마음에 좋아하는 구절을 찾았으나 신약은 없었다. 김구는 아직도 구약의 시대를 살고 있는지도 모른다고 생각하며 창세기를 펼쳤다. 그가 되풀이해 읽은 것은 출애굽기였다.

김구가 온갖 꿈을 꾸고 깨어난 아침이었다. 약속대로 그의 잠행을 도울 청년이 찾아왔다. 김구가 조국을 떠난 뒤에 처음 만나보는 동포였다. 청년은 소문으로만 듣던 대선배 앞에서 긴장의 빛을 감추지 못했다. 김구는 말없이 그에게 소개장을 건넸다.

그리하여 1919년 4월 초순의 어느 날, 김구는 배를 타고 바다 위에 떠 있었다. 배는 쾌속정이었고 선장은 영국인이었다. 배 옆구리에 새겨진 회사명 이륭양행(怡隆洋行)의 경영주는 아일랜드 출신의 테러리스트였다. 김구는 난간에 손을 짚고 서서 멀어져가는 조국의 산천을 바라보고 있었다. 거기 두고 온 가족의 안부를 걱정하며 꿈에서 보았던 모세의 지팡이를 떠올리고 있었다.

나는 모세인가. 얼토당토않다는 생각 속에서도 김구는 그 물음을 떨칠 수가 없었다. 내가 모세라면 살인을 저지르고 도망치는 사십 세의 청년 모세로구나. 그러면 나도 언젠가 먼 훗날에 늙고 지친 몸을 지팡이에 의지하고 저 한 많은 땅으로 돌아올 수 있을까. 모세에게 주어진 소명 같은 것 없이도, 살아서 저 지긋지긋한 나라로 돌아갈 수 있을까. 그런 날이 올 것인가……

배는 황해도 앞바다를 지나고 있었다. 일본 경비선 한 척이 경적을 울리며 따라붙었다. 해상 검문을 실시하겠다는 뜻이었다. 테이시! 테이시! 육성으로 외치는 정지 명령이 들릴 만큼 가까운 거리였다. 김구와 선장의 눈이 마주쳤다. 콧수염을 멋지게 기른 파란 눈의 선장은 씩 웃더니 피우던 담배를 발로 비벼 끄고 경쾌한 손놀림으로 변속 레버를 당겼다. 김구는 선실로 들어갔다. 배는 전속력으로 물살을 가르며 거침없이 앞으로 나아갔다. 작아지는 경적 소리, 몇 발의 총성과 함께 경비선은 점점 뒤처지더니 순식간에 시야에서 사라졌다. 그로부터 나흘 뒤 상하이 푸둥 선착장에 발을 디딜 때까지, 김구는 세상의 모든 육지로부터 자유로웠다.

작가의 말

오류

나는 그를 잘 모른다. 그에 관한 논문 한 편 읽지 않았고, 그를 찾는 여행 한번 가지 않았다. 무식한 자의 용기로 이 소설은 씌어졌다. 그가 남긴 자서전 한 권에 빌붙어 이 소설 비슷한 것은 겨우 지어졌다. 나는 그를 번역했다.

모든 번역은 오역이라고 배웠다. 그의 말과 나의 말이 다르므로 내가 그를 오해하지 않을 길은 없다. 그를 이해할 수 없는 내가 지어낸 그는 누구인가. 어떤 그인가. 내가 대답할 질문이 아니라고 말해야 한다. 나를 읽는 이는 나를 통해 그를 읽을 것이고, 그를 통해 또 나를 읽으려 하겠지만, 결국은 자기를 읽게 될 것이다. 모든 독서는 번역이고, 그러니 당연히 오독인데, 잘못 읽는 자가 달리 누구를 읽겠는가. 끝내 남는 것은 저마다의 그가 될 것이다.

수업

1978년 4월의 어느 날, 나는 검은 옷을 입고 교실에 앉아 있었다. 중학교 3학년 사회 시간이었다. 칠판에는 몇 개의 단어가 적혀 있었다. 동학, 돌베개, 함평 고구마…… 선생은 며칠 앞으로 다가온 어떤 날에 대해 가르치고 있었다. 5·16이 혁명이라고 배운 나로서는 알아듣기 벅찬 얘기였다. 선생은 불온했고 나는 멍청했다. 선생은 젊은 여자였고 나는 어린 남자였다. 그리고 세상은, 긴급 조치의 세상이었다.

그날 선생은 몇 사람의 이름을 댔다. 함석헌, 장준하, 김주열…… 그 속에 그의 이름도 들어 있었다. 내가 아는 유일한 이름이었다. 그에 대해 내가 아는 유일한 것은 이름이었다. 선생은 그의 자서전에 대해서도 얘기했다. 나는 그를 소설로 쓰기 전까지 그 책을 읽지 않았다. 내가 읽은 것은 소설이었다. 나중에 선생은 나를 불러 그해 나온 문제의 소설 한 권을 건넸다. 선생은 내가 그 소설을 읽고 의식 있는 학생이 되기를 원했다. 나는 그 소설을 밤새워 읽고 나서 소설을 써야겠다고 결심했다. 이듬해 선생은 감옥으로 갔다.

착란

언제부턴가 그는 더 이상 불온한 존재가 아니었다. 그의 소원도 우리의 소원도 다 교과서에 실려 있었다. 그를 몰라도 되는 이유였다. 내가 모르는 사이에 그는 다만 떠다녔으며, 그의 많은 꿈은 오래도록 미루어졌고, 숱한 선택의 갈림길에서 그는 정처없었다. 그에 관한 모든 소식은 풍문이었다. 그는 괴력의 장사였고 변장과 은신의 귀재였고 불세출의 지도자였고…… 하나의 전설이었다. 그를 전설로 만든 결정적인 사건은 물론 그의 죽음이었다. 자서전은 저자의 죽음을 기록하지 못한다. 그러므로 그의 죽음에 관한 한 나도 꿀릴 게 없었다. 그렇게 그는 내 안에서 화석이 되었다. 그도 나처럼 불효막심한 아들로 살았다는 무늬 따위는 새겨지지 않았다. 그는 누구의 아들이 아니라 오직 그였다.

여러 해 전 술자리에서 어느 지인이, 그에 관해 기억할 만한 영화나 소설 한 편 없다는 게 신기하지 않냐고 했을 때, 나는 대뜸 내가 써보겠다고 나섰다. 무슨 생각으로 그랬냐고 묻는다면, 영화 만드는 재주는 없으니까 그랬다고 답하겠다. 그러니까 내가 믿은 것은 그가 아니라 소설이었다. 지인의 말에 따르면, 당시에 여야를 막론하고 대다수의 정치인들이 가장 존경하는 인물로 꼽는 이가 그였다. 그 점이 마음에 걸려 개운치 않았다. 그런 인물이 소설의 주인공이 될 수 있을까. 그래서들 안 쓰거나 못 쓰는 게 아닐까. 소설에 대한 믿음은 흔들리지 않았지만, 흔들리는 나를 믿을 수는 없었다.

어느 쪽으로든 흔들리지 않기 위해 그의 자서전을 읽기 시작했다. 그는 죽으려고 스스로 목을 조르기도 했고, 죽임을 당하기 직전에 극적으로 살아나기도 했다. 그의 숙부는 자기 아버지의 장례를 훼방놓아 발뒤꿈치가 잘리기도 했으며, 그를 돕느라 전재산을 거덜내고 홀연히 사라진 이상한 사내도 있었다. 그의 주변에는 소설에나 나올 법한 인물들이 수두룩했다. 그가 맺은 역사적인 인물들과의 인연도 새로웠고, 게다가 그가 겪어야 했던 가족사는 우여곡절의 극치였다. 망명하기 전부터 일찌감치 그의 생애는 공과 사를 불문하고 파란만장했다. 그런데 이상하게도 나는 그의 자서전이 재미없었다. 그리고 또 이상하게도 그를 소설로 써야겠다는 생각은 굳어졌다. 나는 딴 소설을 쓰기 시작했다.

불온

1980년 5월의 어느 날, 나는 또 검은 옷을 입고 교실에 앉아 있었다. 무슨 과목 시간이었는지 잊어버렸다. 나는 교과서 밑에 소설을 깔아놓고 읽기 바빴다. 걸리면 맞겠다는 각오였다. 얼마나 재미있는 소설이었기에? 어려운 소설이었다. 그때 내가 그 소설을 이해하며 읽었다고 보기는 어렵다. 그러나 이해되지 않는 소설을 수업 시간에 몰래 읽었다고 보기도 어렵다. 어쨌든 나는 계속 읽어나갔다. 가족과 헤어진 주인공의 처지가 내 마음을 움직였는지도 모른다. 동정보다는 동경에 가까운 마음이었다. 그때 나는 조금 비뚤어져 있었고, 세상은 완전히 망가지는 중이었다. 나는 불온한 척했고, 세상의 참상은 소문 저편에서만 아른거렸다. 그리고 소설은…… 그때 우리는 모두 소설을 읽었다.

그날 그 소설에 그의 이름이 나왔음을 기억하는 까닭은, 소설 속 인물들과 나의 처지가 닮았다고 느껴서였을 것이다. 내가 눈치 보며 읽는 소설 속에서, 그들은 가슴 졸이며 그의 묘를 찾아갔다. 그들은 경찰을, 나는 교사를 두려워했다. 우리는 모두 불온한 짓을 저지르고 있는 공범이었다. 그들 중 한 명이 말했다. 스릴이 있단 말이야. 불온한 자는 그 짜릿한 맛을 잊지 못한다. 한때 사람들은 그와 몰래 연루되는 아슬아슬함 속에서 불온할 수 있었다. 그야말로 자유당 때 얘기다. 이제는 그의 자서전이 전국민의 교양도서가 되었다. 세상이 아무리 흉흉해도 설마 그 책이 불온서적으로 찍히는 날이야 오겠는가. 그의 자서전은 안온하다.

변명

그의 자서전은 광활하다. 안온하게 살지 못한 탓이다. 그의 드넓은 생을 전부 감당할 수 없는 나는 거두하고 절미한 끝에 간신히 한 시절을 붙들었다. 몸통보다 길고 통통한 꼬리였지만 내 몫이 아니므로 욕심내지 않았다. 한 도막 남은 시절만 해도 이십 년이 넘는 세월이었다. 그 세월을 통으로 밀고 나갈 힘이 내게 있을 리 없다는 것쯤은 알고 있기에, 나는 그의 한 시절을 또 셋으로 나눴다.

그 시절 그의 이름은 두 번 바뀌었다.

그의 자서전은 건조하다. 군말이 없다. 중요해 보이는 대목을 그는 한 줄에 줄이곤 한다. 그럴 때 그의 글은 경전을 닮았다. 그래가지고는 소설이 될 수 없다는 것쯤은 알고 있기에, 나는 그 한 줄을 한 장으로 늘이곤 했다. 반대로 한 장을 한 줄로 줄이거나 몇 장씩 건너뛰곤 한 것도 똑같은 짓이다. 뛰어난 기억력 때문에 그의 자서전은 때로 장황하다. 군말투성이다. 그대로 둬가지고는 내가 읽어도 지루한 소설이 될 게 뻔했다.

늘이고 빼고 나누는 것으로 소설이 될 수 없음은 자명하다. 그렇다면 소설은 무엇으로 되는가. 그 비법을 모르는 나로서는 더 늘이고 더 빼고 더 나누는 수밖에 없었다. 그러느라 곳곳에 생긴 틈을 메우려면 거짓말이 필요했다. 내 본연의 일을 마다할 이유는 없었다. 나는 신나게 꾸며냈다. 그런 재미도 없이 이 짓을 왜 하랴 싶었다. 그래봐야 부처님 손바닥 안이었다. 나는 그 경계 밖으로 나갈 생각이 애초에 없었다. 소심한 탓이라고 해도 좋고 안이함의 소치라고 해도 어쩔 수 없다. 그를 소설로 쓰는 나의 자세는 그토록 태만했다.

참배

2007년 6월의 어느 날, 나는 검은 티셔츠에 청바지를 입고 무덤

앞에 서 있었다. 그의 묘지였고, 소설의 초고를 끝낸 뒤였다. 비가 올 것 같아 우산을 들고 나왔는데 하늘은 맑게 개어 있었다. 내 마음은 좀 들뜬 것 같기도 했고 무겁게 가라앉은 것 같기도 했다. 그곳을 찾은 것은 처음이었다. 바로 옆 운동장에서 축구경기를 본 적은 있었다. 어렸을 때였다. 그의 묘지가 새로 단장되고 기념관도 지어진다는 보도를 접했을 때 괜한 조바심이 났었다. 그전에 한번 가봐야 하지 않나. 그런 생각을 품었다가 곧 잊었다. 나는 그의 묘지가 어떻게 달라진 것인지 알 수 없어 조금 민망했다. 어떻게든 좋아졌겠지. 나는 서둘러 두 손 모으고 고개 숙이고 눈 감았다. 기도를 하고 싶었지만 아무 생각도 나지 않았다.

묘지로 향하는 계단을 오를 때 나는 주위를 두리번거렸다. 경찰도 안 보이고 아무도 없었다. 나는 자꾸 두리번거리며 걸었다. 그 길을 편안한 마음으로 오르고 있다는 게 불편해서였을 것이다. 걸음걸이가 어색해지곤 했다. 그의 묘지에 머무는 내내 그랬다. 혼자였고, 어색한 마음이었다. 계단을 내려오는데 저 아래서 노년의 신사 한 분이 지팡이를 짚고 천천히 올라오고 있었다. 나는 종종걸음으로 그곳을 벗어났다.

질문

왜 그를 소설로 쓰려고 했는가. 쓰려고 했다가도 안 쓰면 그만인데 왜 기어코 쓰고야 말았는가. 내 맘이라는 식으로 슬쩍 넘어갔던 질문을 다시 던지는 까닭은, 내가 대답할 질문이 아니라고 말해서는 안 되는 질문이기 때문이다. 작가의 다른 모든 말은 헛소리다. 작가가 꼭 무슨 말을 해야 한다면 그 말은 무엇이어야 하는지 알고 있는 것이다. 그러나 할 수 있는 말은 거기까지뿐. 다시 입 다물고 딴청 부려야 한다. 딴 데 가서 알아보라고 받아넘겨야 한다. 나는 그 대답마저 소설에서 해야 한다. 대답은 소설이 하게 놔두고 딴소리나 늘어놓을 뿐. 그러니 역시 헛소리만 지껄일 수 있을 따름이다.

대답

그는 평생을 불온한 자로 살았고, 진짜 불온한 자들에 의해 죽었다. 사후에도 여전히 그는 불온한 기운의 중심으로 남았지만 그 시절은 오래가지 않았다. 훨씬 더 불온한 세대의 거듭되는 출현으로 그는 고단한 자리에서 내려올 수 있었다. 진짜 불온한 세력이 훨씬 더 포악해진 덕이었다. 어느 쪽에서 보기에도 그는 안전했으므로 어느 쪽도 그를 불온시하지 않았다. 마침내 그는 편히 쉴 수 있게 되었다. 모두가 그를 제 편으로 삼기 원했지만 누구도 절실히 원하지는 않았다. 아무도 그를 욕하지 않았고 그의 말을 귀담아듣지도 않았다. 온 국민이 그를 기억하는 가운데 그는 잊혀졌다. 잊혀져서 종이돈에 새겨진 초상화로 남게 되었고 그마저도 알 수 없게 되어버렸다. 그가 영화나 소설의 주인공이 되지 못한 이유였다. 불온했던 시절에는 그럴 방법이 없었고 안온해진 이후로는 그럴 필요가 없었다. 그가 죽지 않았다면, 그때 그렇게 죽지 않았다면……뻔한 질문이 뒤따르는 어리석은 가정을 사람들은 더 이상 하지 않는다. 대답을 잊었으므로. 우리는 모두 그와 더불어 안온하다.

은혜

그의 자서전은 수없이 많은 판본으로 나와 있다. 그 중 몇 권의 책을 읽으며 이 소설을 썼다. 특히 '돌베개 판(도진순 주해)'을 많이 읽었다. 소설이 씌어진 후에 나온 '너머북스 판(배경식 풀고보탬)'도 좋은 텍스트였다. 고치고 다듬는 데 적잖은 도움을 얻었다.
강출판사의 정홍수 대표와 김현주 씨께 깊이 감사드린다. 이 소설은 그분들의 판단과 노고에 전적으로 힘입어 책으로 만들어지게 되었다. 거듭 감사드린다.
그리고 그에게…… 그와 나의 주님께……
이 소설이 그와 그의 가족에게 누가 되지 않기만을…… 기도한다.

2009년 가을
이해경

청년 김구

ⓒ 이해경

1판 1쇄 발행 | 2009년 10월 30일
1판 2쇄 발행 | 2010년 5월 28일

지은이 | 이해경
펴낸이 | 정홍수
편집 | 김현숙 김현주
펴낸곳 | (주)도서출판 강
출판등록 | 2000년 8월 9일(제2000-185호)

주소 | 서울시 마포구 서교동 460-45(우 121-842)
전화 | 325-9566~7
팩시밀리 | 325-8486
전자우편 | gangpub@hanmail.net

값 10,000원
ISBN 978-89-8218-139-9   03810

이 도서의 국립중앙도서관 출판시도서목록(CIP)은 e-CIP 홈페이지(http://www.nl.go.kr/cip.php)에서
이용하실 수 있습니다.(CIP제어번호:CIP2009003219)